拾われた1ペニーの花嫁

カーラ・ケリー
佐野晶 訳

THE ADMIRAL'S PENNILESS BRIDE
by Carla Kelly
Translation by Akira Sano

mira

THE ADMIRAL'S PENNILESS BRIDE

by Carla Kelly

Published by K.K. HarperCollins Japan, 2023

拾われた１ペニーの花嫁

おもな登場人物

サラ(サリー)・ソフィア・ポール・デイヴィーズ——老婦人のコンパニオン
アンドリュー・デイヴィーズ——サリーの夫。故人
ピーター・デイヴィーズ——サリーの息子。故人
チャールズ(チャーリー)・ブライト——海軍提督
ファニー——チャールズの長姉
ドーラ——チャールズの次姉
ジョン・スターキー——チャールズの執事
エティエンヌ・デュピュイ——チャールズの屋敷のコック
ヤコブとリヴカ・ブルースタイン——チャールズの隣人夫妻
ブリムリー侯爵——チャールズの隣人
プルネラ・バッチソープ——チャールズの部下の妹
ハドリー卿——チャールズの屋敷の元所有者
アメリア・タイン——家庭教師
ヴィヴィアン——皿洗いの少女

プロローグ

　この五年は、なんとつらい日々だったことか。プリマスの郊外にようやく仕事が見つかり、バースの職業斡旋所《あっせん》を出たとき、サリー・ポールの手元には郵便馬車の代金がぎりぎり残っているだけだった。しかも少ない給金と厳しい条件からすると、次の雇い主はかなりの倹約家らしい。

　デヴォンシャーの海岸に近づくにつれ、かすかな不安が頭をもたげはじめたものの、サリーは無理やり自分にこう言い聞かせた。アンドリューがみずから命を断ったあと、もう決して海を見ないと自分自身に立てた誓いのせいよ、と。この不景気のさなかに、えり好みなどできない。一カ月以上も失業していたあとでは、働く先が見つかっただけでもありがたかった。コール家がどれほど倹約家だとしても、とにかくこれで寝る場所と食事の心配だけはしなくてもすむ。

　二年のうちに二度も、長いこと働く先が見つからず、乏しい蓄えは底をついていた。老婦人の話し相手《コンパニオン》という仕事には、ついてまわる困難だ。どれほど親切だろうが意地が悪かろうが、老人はこの世を去る確率が高い。そして彼らが亡くなればサリーの仕事はなくなる。

こんなことは誰にも言えないが、サリーは六週間前まで仕えていた老婦人が他界しても、少しも悲しいとは思わなかった。干しすもものようにしわくちゃのその夫人は、サリーがそばに行くたびに、なんの理由もなくつねったからだ。家族ですらできるだけ近づかず、それが夫人の最後の愚痴になったくらいで、臨終とあってみんながそばに集まったときに、こう叫んだのだ。「だから言ったじゃないか。あたしは病気だって！」勝ち誇ったように宣言したあと、その夫人は息を引き取った。サリーが笑いをのみこみ、真顔を保てたのは、ひとえに五年の訓練の賜物《たまもの》だった。

とはいえ、新しい仕事に就く前は、とくに理由もなく楽観的な気持ちになるものだ。たとえそれが今回のような特殊な状況でも。実はサリーはまだ一度もコール家を訪れたこともなければ、雇い主と顔を合わせたこともないのだった。

郵便馬車が停《と》まったこの〈ドレイク〉亭から、広い敷地の立派な家が並ぶプリマスの東端まで歩くのはなんでもない。バースから何時間もにきびだらけの若者と青白い顔の家庭教師に挟まれ、馬車に揺られどおしだったことを思えば、脚を伸ばせるのはかえってありがたかった。サリーは空腹のあまりぼうっとして頭が許すかぎり、爽やかな風のなかの〝散歩〟を楽しんだ。

でも、目当ての屋敷前の円形の私道に到着し、家族に不幸があったことを示す黒いリースと窓の黒い布を見たとたん、ささやかな喜びはたちまち飛び去った。どうか亡くなったのは、お酒を浴びるように飲み、誰にもたいして惜しまれていない息子でありますように。そんな思いが頭の隅をよぎる。

残念ながら、彼女の恐れは的中した。自分はミセス・ポールで、ミセス・モード・コールのコンパニオンを務めるために来たと執事に告げると、執事はサリーをドアの外に残したままなかに引っこんだ。そして黒い喪服に身を包み、ハンカチを握りしめた女性をともなって戻ってきた。

「義母《はは》は昨日の朝、亡くなりましたの」その女性は乾いた目で言った。「もうあなたは必要ありませんわ」

この旅が幸せな終わり方をすると、どうしてほんの一瞬でも思ったりしたのだろう？ 愚かなサリー。ドアのリースが目に入った瞬間に、こうなることはわかったはずよ。「お悔やみを申しあげます」彼女は静かに言った。

喪服の女性は帰ろうとしないサリーを見て、眉をひそめた。この人は、わたしがこのまま踵《きびす》を返して立ち去ることを期待しているの？ でも、それではバースに帰ることもできないわ。

その女性は、さっさとドアを閉めたがっていた。五年前、この仕事に就いたばかりのサリーなら、何も言えずに引き返したかもしれない。でも、いまはそれほどうぶではなかった。それに、このままでは馬車賃の使い損になってしまう。

「ミセス・コール、わたしを雇ったバースまでの馬車賃をいただけませんか？」サリーは閉まりはじめたドアに向かって頼んだ。

「あなたに会って、同意するまでは、雇うという保証はなかったわ」喪服の女は細い隙間から答えた。「義母は死んだ。この仕事はなくなったの」

ドアがかちりと音をたてて閉まった。サリーが途方に暮れてその場に立ちつくしていると、執事が再びドアを開け、まるで物乞いでも追い払うように手を振った。

泣くものですか。サリーは自分にそう言い聞かせた。この状況では、来た道を戻り、ここから〈ドレイク〉亭まで歩くあいだに、奇跡が起こるのを期待するしかないが、その可能性はほぼなきにひとしい。まったく知らない土地で、ほとんど金がなくなってしまったのだ。

あれはなんだったかしら？　アンドリューの口癖は？　〝紅茶を飲みながら考えれば、たいていの問題はなんとかなる〟だった。

もちろん人生はそんな単純《レティキュール》なものではないが……。

サリーは歩きながら手提げ袋のなかをのぞいた。〈ドレイク〉亭で紅茶を一杯飲むお金はある。

1

鼠嬢《ねずみ》は約束の時間に遅れていた。チャールズ・ブライト卿《きよう》は自分のことを寛容な人間だと思っていたが、遅刻だけは例外だ。長いあいだ、たったひと言、〝急いでくれ〟というだけで、彼の命令はすみやかに、なんの文句もなしに実行されてきた。確かに軍服の金モールと彼が海軍提督であることを表す星が、そうした従順さを促したことは否めない。チャールズにとって、従順さは日常の一部であり、遅刻はその正反対に位置していた。

だが、鼠嬢にとってはそうではないらしい。彼女がなぜ姿を現さないのか、チャールズにはどう考えてもわからなかった。彼が訪ねたときには、適齢期をとうに過ぎた未婚の女性でなくなり、円熟した海の男の妻になれるという見通しに、心からほっとしているように見えたのだが。先月、初めて顔を合わせたときは、鼠嬢――ミス・プルネラ・バッチソープ――は、実際のところ、とても熱心にこの結婚を望んでいるようだった。

チャールズは急速に冷えていく目の前の紅茶を見つめ、自分の短所を数えはじめた。四十五歳はそれほど年寄りだとは思えない。短く切っているものの、髪はまだ豊かで、北ア《バー》フリカの地中海沿岸《バリー・コースト》で失った一本を別にすれば、歯もすべて揃《そろ》っている。それに体の大部分も健在だ。左腕は手首の先からすっぱり切れているが、鉤《かぎ》型の義手が充分それを補ってくれる。先月、ミス・バッチソープと顔合わせをするためにケントに出かけたときは、スターキーがぴかぴかに磨いてくれた銀の鉤をつけていったが、過度にそれを振りたてた記憶はなかった。

　彼はとりたてておしゃべりでもなければ、のべつまくなし〝ふん〟とか〝はん〟と言うわけでもない。太鼓腹でもなく、人並み以上に息が臭いとも思えない。鼠嬢の兄で、チャールズの旗艦を指揮していた艦長は、三十七歳のミス・バッチソープは結婚して自分の家庭を持ちたがっている、と請け合ったのではなかったか？　チャールズの申し出に感謝している、と？　だが、最後の瞬間に怖《お》じ気《け》づいたのかもしれない。さもなければひどく時間にルーズな女かのどちらかだ。

　ミス・バッチソープが器量よしでないことは、おそらく大目に見られるだろう。この結婚は便宜的なもの。鼠嬢にも、毎朝、隣の枕できみが目を開けるのを見るつもりはない、と言ったのだった。ひそかに鼠というあだ名をつけた小心そうな内気さも、まあ、大目に見よう。だが、時間を守れないのは？

　いつものように、現実が頭にしみこんできた。三十年以上も戦いを生き抜き、提督の地位にまでたどり着いたのは、らちもないことをくよくよ考えてきたからではない。結局のところ、鼠嬢は、たとえ一生独身で過ごすことになっても、彼との結婚はいやだと思ったのかもしれない。平和が訪れてすでに一年になるが、威嚇するような鋭いまなざしと口の両脇の深いしわはこの先もチャールズの顔から消えることはないだろう。

鼠嬢が姿を現さない理由がなんであれ、彼にはいますぐ妻が必要だった。あの姉たちときたら、まるで恐ろしいドラゴンのようだ。これで千回目になるが、彼はそう思った。

ファニーとドーラ。チャールズよりだいぶ年上のふたりは、これまで彼の人生に特別口出しをしたことはない。せいぜい定期的にくれる手紙で、自分の家族や親戚の結婚、誕生、死、些細《ささい》なけんかを知らせてくる程度だった。おかげでチャールズは、いまのところ彼の相続人であるファニーの長男が行儀の悪い無骨な男であることや、ドーラの娘に資産家の愚か者とのすばらしい縁組みが決まったことを知っていた。

彼の現在の苦境は、もとはといえば姉たちの善意から出たお節介がもたらしたものだった。ファニーもドーラも夫を亡くし、自分たちの資産を持っている。裕福な未亡人の典型で、暇を持て余しているのだ。

ファニーが最初に警告を発したのは、ウォータールーの戦いのあとでロンドンの姉を訪ねたときだった。〝ドーラもわたしも、あなたにはぜひとも結婚して幸せになってほしいの。これまで祖国のためにすべてを捧《ささ》げてきたんですもの。せめてこれからは人生を楽しまなくてはね〟

そういう姉の目に〝結婚〟の二文字が躍っているのを、チャールズは見てとった。つい先日会ったときのウェリントン公のように。いまのままで幸せだと言ってもなんの役にも立たないことはわかっていた。おかしなものだ。法廷弁護士だった夫がありがたいことに早死にする前に、彼がごくたまに見た姉の結婚生活からするかぎり、結婚が姉を幸せにしたとはとても思えないのに。

ファニーには一度として逆らったことのないドーラも、チャールズには〝陸《おか》の生活を導いてくれる妻が必要だ〟と自分なりの理由を並べたてた。ドーラはとても重々しい言い方をする。次姉の理屈はふだんの会話と同じように、ごちゃごちゃで何が何やらわからなかったが、ファニーの最初の宣言があまりにショックで、チャールズはただ茫然《ぼうぜん》として、返す言葉も出てこなかった。

かわいい弟に、ふさわしい妻を。チャールズの驚愕《きょうがく》をよそに、ふたりはこの決意のもと、さっそくその休暇のあいだに自分たちが厳選したレディたちを次々に紹介しはじめた。チャールズの娘と言ってもおかしくないほど若い娘や、必死に夫を探している年配の女性たちのなかには美しい女性もいたが、ほとんどが彼の望む資質に欠けていた。妻にするなら、機知に富んだ楽しい会話のできる相手がいい。この条件だけは譲れなかった。ロンドンのレディたちは、提督という肩書きと颯爽《さっそう》とした軍服姿に圧倒されているのか？　鉤型の義手に怖気《おぞけ》をふるったのか？　とにかく、彼が興味のある話題にまったく関心がなさそうなのは確かだった。レディたちの話題といえば、天気と〈オールマックス〉に行くことばかりだ。

しかし、姉たちの決意は固く、彼の抗議はまったく受け入れられなかった。ファニーとドーラは、どうやらロンドンにいる適齢期の女性の大半を知っているらしかった。海軍を退役したあとプリマスに部屋を借り、近くの住まいを探して見て歩いているあいだは、それを口実にどうにかふたりの意図を跳ね返すことができた。ところが、手ごろな家が見つかったとたん、ふたりの姉に率いられた美しいレディたちの行進が再びはじまった。

兎《うさぎ》が子兎を作るよりも早く、困惑は絶望に取って代わった。ふたりとも自分の弟のことがよくわかっていないんだ。数週間後、チャールズはそう結論を出さざるをえなかった。長姉のファニーが配偶者を見つけるだけでなく、新しい家の内装も自分が采配をふるうと宣言するのを聞いて、チャールズの我慢はついに限界を超えた。せっかくの新居を、世情にうとい彼すらとうにすたれたことを知っている、嫌悪すべきエジプト風にされるなどもってのほかだ。間もなくジャッカルをかたどった椅子が届くと、チャールズはすぐさま行動に移らねばならないと悟ったのだった。

そんなわけで、彼は足枷《あしかせ》と鎖を甘んじて受け入れ、名ばかりの妻を迎える決意を固めた。そして便宜上の結婚でかまわないという約束を取りつけた、ミス・プルネラ・バッチソープの到着を待っているところなのだ。チャールズの旗艦の艦長だったディック・バッチソープは、ともに海の上で過ごしていたころ、よくこの妹の話をしたものだった。誰よりも軽率なレディふたりが薦める相手と結婚することには、どうしても抵抗があったし、それに、この結婚なら、常日ごろ嫁に行きそびれた妹のことを嘆いていたディックはもちろん、兄の厄介者として生涯を送らねばならない当の妹にも善行を施すことになる。ミス・バッチソープは、きちんと家事をこなし、できるだけ目立たぬようにすると請け合ったのだ。

だが、〈ドレイク〉亭の食堂で通りを見晴らす大きな窓に目をやり、チャールズはまだ鼠嬢の姿が見えないことに苛立《いらだ》つ半面、かすかな安堵《あんど》もおぼえていた。こんなふうに考えるのは不謹慎だと思うが、ミス・バッチソープは人並み外れて不器量なのだ。

時間にルーズな鼠嬢は、自分の妻には合わない。そう自分を納得させたチャールズは、店の前に馬車が停《と》まる音にぎょっとして腰を浮かせ、さりげなく通りに目をやった。ありがたい、ビールを積んだ荷車だ。彼は再び腰をおろした。

彼は上着のポケットを軽く叩《たた》き、そこに入れた特別許可証がまだあることを確かめた。これの有効期限はどれくらいだろうか？　許可証を発行してくれた裁判所に、姉たちの知り合いがいないといいが。あのふたりがこの件を嗅ぎつけたら、花嫁探しにますます拍車がかかるのは目に見えている。海の上で陰惨な死を免れたのは、お節介焼きの姉たちに翻弄されるためではない。

チャールズは懐中時計を取りだした。ここに座ってからすでに一時間以上たつ。正直なところ自分の望みとはまるで違う、まるで知らない女性を、しぶしぶとはいえ妻にするつもりの男は、何時間待たねばならないものか？　それに関する慣例法のようなものでもあるのだろうか？　まあ、すでに昼になった。昼食の時間だ。自宅のコックはストライキを宣言していたから、わが家に戻ってもろくなものにありつける望みはない。

まあ、あそこはまだわが家と呼べるような代物ではないが。

現在の荒れようからすると、寝泊まりする場所、としか呼べないだろう。チャールズはため息をついた。彼のわが家はまだ海だ。

給仕を捜して店を見まわし、気がつくと彼は美しいうなじを見つめていた。先ほどからあれこれ悩んでいるあいだ、あの女性はひとりであそこにいたのか？　彼女は斜め前の席に座っていたので、自分以外の誰の興味もかきたてずに、心ゆくまで眺めることができた。

テーブルには紅茶のポットと、この店の主人であるミセス・フィリオンが何年も買い続けてきた、艦隊の将校用食堂で使われる食器類そっくりの実用的なカップと受け皿がのっている。女性はときどきそのカップを口に運んでいた。どうやら、紅茶をできるだけもたせたがっているようだ。誰かを待っているのか？　この店に女性がひとりで座っているのを見たことのないチャールズはそう思った。いや、食堂のドアが開いても振り向きもしないところを見ると、違うようだ。

ここの客であるからにはレディに違いないが、着ているものは流行遅れの実用的なグレーの外出着で、帽子もみすぼらしい。

その女性が椅子の上でわずかに姿勢を変え、かなり痩せているのが見てとれた。それに、あの服は背中のリボンのところでつめてある。大きすぎるのだ。病気でやつれたせいだろうか？

顔は帽子に隠れているが、後ろでまとめた髪は平凡な褐色のようだ。チャールズはほんの少ししか見えない顔にじっと目を凝らし、彼女の視線を追った。すると新聞をたたみ、ナプキンで口元を拭いている近くのテーブルの紳士にたどり着いた。まもなくその紳士が立ちあがり、食堂を出ていく。チャールズはその後ろ姿を目で追う彼女のすっきりした鼻筋と、かすかに下向きの口、自分と同じ暗褐色の瞳を目に留めた。

紳士が食堂を出ていくのを待って、彼女は席を立ち、紳士が残した新聞を自分のテーブルに持ち帰った。レディが新聞を読むのか？　この珍しい光景に、チャールズは興味を引かれた。彼女は第一面にざっと目を通し、最後のページを開けた。広告欄と求人欄、法的通知が載っているページだ。ひょっとして、〝女性の不満を解消する〟強壮剤でも探しているのだろうか？　それとも係争中の訴訟や人の借財について読むのが好きなのか？　まったく珍しい女性だ。

彼女はさっとそのページを見て首を振りながら新聞を閉じ、きちんとたたんでテーブルに戻してもうひと口紅茶を飲んだ。それからレティキュールのなかをのぞいた。まるでお金を呼びだそうとするかのように。

あんなにがっかりしている原因はなんなのだろう？　チャールズはすっかり興味をかきたてられ、自分の手元にある新聞の最後のページを開いた。そして自分が彼女と同じように、そこに何かが現れるのを願っていることに気づいた。これはまったくの誤解かもしれない。が、ほとんどの場合、彼の判断は正しかった。あのレディはお金に困り、仕事を探している。彼はそうにらんだ。

とそのとき、給仕が彼女に何か尋ねた。彼女が魅力的な笑みを浮かべて、首を振る。給仕が何かしたわけではないが、彼が小声で口にした言葉に彼女は青ざめた。あの女性を追いだそうとしているのか？　怒りがこみあげ、チャールズは体をこわばらせた。なんという男だ！　空いている席がまだいくつもあるのに。

チャールズは歯ぎしりしたものの、すぐに怒りを脇に押しやり、いまや自分の問題だとみなしはじめた件を解決することに集中した。指揮官としての長い経験から、人を監督することに慣れっこになっているからかもしれない。だが、考えてみれば、もう祖国を守るのは彼の仕事ではない。この件にはかかわるな。彼は自分を諌《いさ》めた。

だが、長年この国とそこに住む人々のために戦ってきたチャールズには、目の前にいる気の毒な女性を放っておくことはできなかった。自分のところに給仕が来るころには、彼の気持ちは決まっていた。ちょっとした芝居を打つためには、慣れない嘘《うそ》をつくことになるが、ほかの方法は頭に浮かばなかった。優柔不断の小鬼が肩に飛び乗り、とがった爪でぎゅっとつかんだが、チャールズは無視した。

給仕は微笑を浮かべて頭を下げ、今日の料理を薦めてから、チャールズの注文を書き取った。チャールズは給仕にもっと近づけと合図した。「実は、きみに頼みがある」

「よろしゅうございますとも、提督」

「あそこにいるレディだが、あれはわたしのいとこなんだ。ちょっとけんかをしてね」

「なるほど」女ときたら、と言うように給仕は頭を振った。

チャールズはほんの少し悔いがにじむ声で言った。「しばらく前から臍《へそ》を曲げているんだ。今日こそは機嫌を直してもらおうと思ったんだが、見てのとおり、別のテーブルに座ってしまった。彼女の母親とは、仲直りをすると約束したのに……」彼は悔いを深めて口ごもった。

「どうすればよろしいのですか?」

「わたしと同じ昼食を、向こうのテーブルにも頼む。それが来たら話しに行って、どうなるかみてみよう。驚くか、さっさと帰ってしまうかもしれんが、ま、できるだけの努力はするさ。わかるな」

給仕はうなずき、伝票に走り書きしてこくんと頭を下げ、立ち去った。

やれやれ、案外うまくいったぞ。チャールズは機嫌よく思った。こういう才能があることがもっと早くわかっていれば、海軍省の閣僚になってもよかったな。

　あまり間を置かずに食事が出てくるといいが。彼ははらはらしながら待った。あの女性がわずかに残った紅茶を飲み終えて、食堂を出ていってはせっかくの計画も水の泡だ。彼女を追いかけていくことはできない。そんなことは礼儀に欠ける。いまでさえ、〝風下《リ》にある岸《シヨア》〟に危険なほど近いのだ。

　左前のテーブルにいるレディは、またしてもレティキュールのなかを見て、ごくりと唾をのんだ。どうやらきみのほうが岸にぶつかりそうだな、彼は心のなかで語りかけた。わたしには住む家がある。おそらくきみにはないのだろう。

　海軍に入ったばかりで、〝蟹《かに》よりも低い〟伍長《ごちよう》だったころ、彼はバーバリー・コーストで着陸部隊を率いたことがあった。結果的には目的を達し、ほとんどの部下と生還したが、二、三不測の事態が生じた。内海用小型帆船が岸にぶつかる直前の恐怖は、いまでも忘れられない。みぞおちがぎゅっと縮み、口のなかはからからで、左目が痙攣《けいれん》していた。立ちあがって左前のテーブルに近づいていくときの心境は、そのときによく似ていた。違うのは、今回は間違いなく成功するとわかっていることだ。あのときバーバリー・コーストで必死に戦い、手に入れた成功は、その後のすべての戦闘に勝利をもたらしてくれた。自分が勝てることがわかっていたからだ。

　彼は小声で呼びかけた。「マダム？」

彼女は怯《おび》えた目を向けた。ただの褐色の目が、どうしてこんなに深く見えるのだろう？彼の目も褐色だが、この女性の目とはまるで違う。

「な、なんでしょう？」

この返事は彼に様々な事実を教えてくれた。見知らぬ男にいきなり声をかけられるのに慣れていないところを見ると、やはりこの女性はレディに違いない。まずはこちらの身分を知らせたほうがいいだろう。いたずらにまごつかせることはない。上陸許可を得て好色な冒険に出かける前に、艦隊の大佐たちがよくそう言ったものだ。

「わたしは最近青色艦隊を退役した海軍提督チャールズ・ブライト卿だが、実は……」美しい顔がさっと青ざめるのを見て、彼は言葉を切った。身分を明らかにすれば相手は安心すると思ったのだが。「マダム……同席してもかまわないかな？」

彼女は最悪の事態を覚悟するような顔でうなずいた。

少しでも安心させようと、チャールズはほほえんだ。「実は、あなたを助けることができたら、と思ってね」その先をどう言えばいいかわからず、とっさに頭に浮かんだ言葉を口走っていた。「どうやら、だいぶリーショアに近づいているようだ」

褐色の目は警戒するように彼を見ていたが、そっけなく追い払うほど非礼ではなかった。

「提督。あなたが助けてくださる方法があるとは思えませんわ」

彼は顔を近づけ、さりげなく身を引いた相手に言った。「あの給仕は紅茶を飲み終えたら、ここを立ち去れと言ったんだね？」

彼女はうつむいて真っ赤になりながらうなずき、この会話を続けることが適切かどうかを考えているように、しばらく黙っていた。「〝リーショア〟とおっしゃいましたね、チャールズ卿」ようやくそう言うと、あとを続けられずに首を振った。

海の男たちが使う用語を知っているのか？　彼は軽い驚きを感じながらそう思った。

「何度もレティキュールをのぞいているのに気づいて、若いころを思いだした。硬貨が増えていることを願って、わたしもよく同じことをしたものだ」

まだ赤い顔で、彼女はほほえんだ。「でも、増えるわけがありませんわね」

「錬金術を使うか、不思議な力を使える特別な聖人なら別だが」

彼女は顔をほころばせ、少し肩の力を抜いた。

「マダム、わたしは先ほど名乗ったとおりの者だ。あなたの名前は？」

「ミセス・ポールですわ」

チャールズは失望を感じ、そんな自分に驚いた。「間もなくご主人が来るのかな？」

「いいえ、提督。主人は五年前に亡くなりました」

「なるほど」顔を上げると、ちょうど給仕が蓋つきの深皿に入れたスープを運んでくるところだった。すぐ後ろに彼より若い給仕が料理をのせたトレーを手に従ってくる。「そろそろおなかがすくころだと思ってね」

ミセス・ポールは立ちあがろうとしたが、給仕に止められ、目の前にスープを置かれて、困ったように再び腰をおろした。「あなたにごちそうになるわけには……」

この言葉を予期していた給仕が、チャールズを見て片目をつぶる。「そう言わずに、ぜひ」チャールズは言った。

給仕はすばやく料理を並べながら、ミセス・ポールに好意的なまなざしを投げ、いとこ同士を首尾よく仲直りさせたことに気をよくして立ち去った。

彼女は両手を膝にのせたまま、自分の前の料理を見つめた。長年海で過ごしてきたとはいえ、これがひどく不適切な行為であることはチャールズにもよくわかっていた。少なくともこの人はまだ天気の話をしていないぞ。彼はちらりと思った。威嚇して食べさせることもできるだろうが、打ちひしがれた女性をさらに怖がらせるのは本意ではない。

彼は自分でも驚くほどやさしい声で言った。「ミセス・ポール、たいへん申し訳ないが、腹がへったのでわたしは食べさせてもらう。どうか信じてくれたまえ。わたしが望んでいるのは、あなたもこれを食べることだけだ」

彼女は黙っている。彼はスプーンを手に取り、スープを食べはじめた。ちょうどいい具合に肉の香りがする。好みのスープだ。さっと視線を向けると、彼女は泣いていた。大粒の涙がスープのなかに落ちる。チャールズは息を止め、ミセス・ポールがスプーンを手に取るのを見守った。彼女は低い喜びの声をもらしながら、食べはじめた。おそらく最後の食事からだいぶ時間がたっているに違いない。戦いに勝利したこの国で、誇り高い女性がこんな情けない思いをしなければならないとは！　つかの間、彼は激しい怒りを感じた。だが、なぜ驚くことがある？　戦争の終結と同時に除隊した兵士たちが町にあふれ、仕事もなく、通りで物乞いをしているのだ。

「ミセス・フィリオンは、スープだけは必ず自分で作るんだ。戦争のさなかに、何度かここで食事をしたことがあってね」

ミセス・ポールは顔を上げ、思わずどきっとするほど美しい目で鋭く彼を見た。「ええ、このスープにちょうどよいだけのバジルが加えてありますわね」

ぎりぎりまで追いつめられながらも負けん気をのぞかせ、言い返すところが、チャールズは気に入った。次の食事はいつとれるかわからないかのように、ひと口ずつ味わって食べる様子を見ていると、胸が熱くなった。彼は食事をしながら艦隊での暮らしを少し語り、退役してからの日々を語って、できるだけ気づまりな沈黙が落ちないように気を配った。

ローストビーフに添えられた新じゃがは、ミセス・ポールの皿の分まで食べたいと思うほど軟らかくておいしかった。彼女にも何か話してほしいと思っていると、次の料理のあと、この願いはかなえられた。当座の空腹が満たされたのか、フォークの動きが緩慢になり、やがて彼女はフォークを置いた。

「チャールズ卿、あの――」

彼はついこう言っていた。「ブライト提督と呼んでくれないか」彼もフォークを置き、皿を下げるようにと給仕に合図した。「戦争中、王は騎士の称号を大盤振る舞いしたようだが、〝提督〟はわたしがこの手で勝ちとった称号だ」

彼女はにっこり笑ってナプキンで唇を押さえた。「ええ、提督。ごちそうさまでした。事情を説明すべきかもしれませんわね」

「そうしたければ、だが」

「ええ。いつもいまのように無為に過ごしていると思われたくありませんの。ふだんは雇われているんです」

チャールズが知っている女性といえば、家事をこなし、家族の世話をして、海に出ている夫のことを心配する部下の将校やほかの提督の妻たち。それと夜ごと波止場にやってきて、海の男たちの求めに応じる女たちだ。誰かに雇われている女性に会うのは、これが初めてだった。「なるほど」

「夫が……亡くなってから、わたしはレディの話し相手《コンパニオン》として雇われてきました」彼女は皿を下げに来た給仕が遠ざかってから言葉を続けた。「おわかりだと思いますが、わたしはスコットランドの出身ですの」

「いや、全然！」チャールズは彼女の目が乾いているのを見てほっとしながらからかった。そしてミセス・ポールに軽くにらまれ、笑いだした。

「でも、年配の女性は……亡くなることが多くて」美しい目が自分の冗談にいたずらっぽくきらめく。「断っておきますが、わたしの責任ではありませんのよ」

チャールズは喉の奥で笑った。「確かに、きみは愛すべきお年寄りを殺して歩く人には見えない」

「もちろんですわ」彼女は笑いを含んだ声で答えた。「でも、最後の仕事のあとは、六週間も仕事がなくて……ようやくこのプリマスで見つかって、先ほど馬車で着きましたの」

「ここに来るまでは、どこに？」

「バースです。あなたが言った〝愛すべきお年寄り〟は、パンプ・ルームで源泉のお湯を飲むのが好きですの」彼女は有名な社交場の名前を口にして、雄弁に顔をしかめたが、すぐにまた真面目な表情に戻った。「とにかく、ようやく仕事を得たときには、手元には郵便馬車に乗るだけのお金しかありませんでした」

彼女は言葉を切った。チャールズは彼女の目に不安が戻るのを見て、手を取ってぎゅっと握りしめたくなった。だが、彼にできるのは一緒に冗談を言うことぐらいだ。「その一家は、きみの魅力的なスコットランド訛《なま》りを愉快だとは思わない堅物だった？」

ミセス・ポールは首を振った。「ミセス・コールは昨日亡くなっていたんです」

「それで？」彼は静かに尋ねた。

「バースへ戻る馬車代を払ってくださいとお願いしたんですが」ミセス・ポールは顔をこ

わばらせた。「執事に追い払われました」

世の中にはこんなひどい目に遭っている人間がいるというのに、ふたりの愚かな姉がなんだ？　チャールズはそう思った。「バースには何かが待っているのかい？」

ミセス・ポールは長いこと黙っていた。「いいえ、ブライト提督。それでさっきから、この店のご主人にキッチンの下働きが必要かどうか尋ねる勇気を奮いおこそうとしていたんですの」

ふたりは黙りこんだ。

チャールズは何事も熟慮するタイプだ。これまで一度として衝動的に行動したことはない。だが、彼はいま考えていた。ミセス・ポールはわたしをどう思うだろうか？　彼にわかっていることといえば、彼女がスコットランド出身――訛りからするとスコットランドの低地だろう――の未亡人で、瀬戸際に追いつめられていることぐらいだ。いや、もうひとつ。彼女は天気のことも〈オールマックス〉のことも口にしなかった。それに、不幸な境遇を悲劇に仕立てもしなかった。

彼は懐中時計を取りだした。鼠嬢はかれこれ三時間近くも遅れている。彼はナイルの戦いでエジプトの海岸を背にフランス艦隊と相対する直前にしたよりも、さらに深く息を吸いこんだ。

「ミセス・ポール、ひとつ提案があるんだ。どう思うか教えてくれないか？」

2

「結婚ですって?」

ミセス・ポールはぱっと立ちあがってチャールズの顔を叩《たた》きもしなければ、その場で気を失いもしなかった。それだけでも立派なものだ。

おそらく、頭がおかしいと思っているのだろう。チャールズは彼女の考えていることを見抜こうとしながら、言葉を続けた。いまの彼は嘘《うそ》を重ねれば重ねるほど早口になる大嫌いなタイプの部下にそっくりだ。いや、これは嘘ではない! 彼は訂正した。

「きみの前にいるのは、藁《わら》にもすがりたい男だ」チャールズはそう言いながら、内心たじろいだ。なんと説得力に欠ける説明だ。「わたしは明日にも妻が必要なんだ」くそ、こっちのほうがもっとひどい。

感心なことに、ミセス・ポールはすぐにショックから立ち直った。どうやら、彼の言葉を真に受けた様子はこれっぽっちもない。おそらく、昼食をおごったくらいで厚かましくも言い寄ろうとしている男に、自分があさましい企《たくら》みについてどう考えているかはっきり知らせるつもりなのだろう。どうすれば説得できるのだろう？　チャールズは絶望にかられながら自問した。いや、そんな方法はなさそうだ。

「ミセス・ポール、この国が危機に瀕《ひん》しているときに、わが国の海軍を率いていたのがとんでもない愚か者だったとは思わないだろう？」

「もちろん思いませんわ、提督」彼女の声は消え入りそうだったが、困っているからではなく、笑いをこらえているためだ。「でも……いったいなぜそんなに急いで結婚する必要があるんですの？　退役なさったいま、じっくり吟味して決める時間はいくらでもあるでしょうに」

「わたしには姉がいる。それもふたりも。去年の秋に退役してからというもの、そのふたりが適齢期の女性を連れて、頻繁にやってくるんだ。結婚などする気は毛頭ないのに」

一人前の男が、それも何年もフランスと戦ってきた男が、姉ごときをこんなに恐れるなんて。彼女の驚いた顔にはそう言いたげな表情が浮かんでいた。「きっとあなたのためを思ってのことですわ。あなたは……少しばかり優柔不断なのかしら？」

「とんでもない」だが、彼女が疑問に思うのも、ある意味ではもっともだ。「よく知っている人間が、いくらいらないと断っても、こちらの都合におかまいなしにお節介を焼くのを煩わしいと思ったことはないか？」

彼女は少し考えてから言った。「率直に申しあげてもかまいません？」

「もちろんだとも」

「誰かがわたしにお節介を焼いてくれたら、とときどき思うことがありますわ」

彼女のような境遇では確かにそうだろう。「愚にもつかぬことで愚痴を言う、つまらん男と思うだろうな」

「いいえ。ただ時間がありすぎるんだと思います」

「そうなんだ！」この的を射た返事に、彼は思わず鉤《かぎ》型の義手でテーブルを叩き、お茶のカップがにぎやかな音をたてた。「だが、時間がありすぎるのはわたしではなく、姉たちのほうだ！　まったくあのふたりは悩みの種だよ」彼は先ほどより声を落として、そう結んだ。

「それで、わたしと結婚すればお姉様たちが手を引く、と？」彼女は好奇心をそそられたようだった。

「実を言うと、きみは代わりなんだ」ついそう口走り、彼は心のなかで自分を蹴りあげた。くそ、なんという間抜けだ！　ミセス・ポールはいまにも笑いだしそうな目で彼を見ている。だが、感心なことに食堂を逃げだそうとはしなかった。食事をおごってもらった手前、むげに断れないと思っているのだろうか？　頭のおかしな気の毒な男を笑っては気の毒だと思っているのか？

「というと、約束を果たさなかった方がいるの？」彼女は唇をひくつかせながら尋ねた。

「あらまあ、焼きもちを焼くべきかしら？　その方と競うべきかしら？」

チャールズは思わず笑っていた。「やれやれ。ミセス・ポール、いまの話だけでは、何がなんだかわからないだろうな。最初から説明させてくれないか？」

退役後ふたりの姉があまりにもうるさいのですっかり閉口し、まだ独身の妹のことをよく嘆いていた旗艦の元艦長に連絡したのだ、とチャールズは語った。「そして彼女に結婚を申しこんだ。形だけでよいから、と。彼女には夫が必要だ。レディというものは、その……たいていは生涯独り身で暮らすのをいやがるものだからね。わたしは注意深く事情を説明し、彼女は同意した」

ミセス・ポールがまだそこに座っていることに半分驚きを感じながら、彼はテーブルの向かいに目をやった。

「愚かなことだ」この一件を彼女の目から見ると、嘆かわしいほど愚かだ。「わたしはこの食堂で何時間も前から気をもんでいるんだが、どういうわけか艦長の妹はいっこうに姿を現さない。無理もないな」彼は自分の義手を見た。「たぶんこれがいやなのだろう」

ミセス・ポールはこみあげてきた笑いを抑えるように、唇に手をやった。「提督。その女性があなたに好意を持てば、義手などなんの問題にもなりませんわ。歯は全部揃《そろ》っているんでしょう？　それに髪も自前ですわね？　それにプリマスのような大きな町なら、腕のいい仕立屋がいるはずだから……」彼女はあわてて言葉を切った。「ごめんなさい、失礼なことを申しあげました」

「いや、正直に言ってもらったほうがいい……そうとも、髪はあるし、歯もバーバリー・コーストで失った一本を除けば――」

「まあ、歯を失くすなんて不注意な」彼女はぼそりと言って、とうとう噴きだした。

この笑い声には感染力があった。食堂の客のほとんどがすでに引きあげていたのはありがたいことだ。チャールズは一緒に笑った。「わたしの服に文句がありそうだな」しばらくして笑いがおさまると、彼は尋ねた。

彼女はにじんだ涙を拭きながら答えた。「別に。ただ、お召しになっておられるのは、気の毒なジョージ三世時代のもので、その息子の摂政時代のものではありませんわ！　おそらく何年も軍服ばかりで、私服などお召しにならなかったのでしょうね。殿方の多くは、あちこち無理に押しこまずに、今世紀初めの衣装がこんなにもぴったり合うのを見て羨ましがるに違いありませんわ。とはいえ、いま人気の洒落者ブランメルほど流行を追わなくても、古い服に別れを告げる時期にきているのではないかしら」

「昔から体重が増えるたちではないんだ」彼は不機嫌な声にならぬように気をつけながらそう言った。「仕立屋が助けになる、と?」

「たぶん。でもお姉様たちの問題は残りますね。かりに、わたしがその……型破りの申し込みに同意したとして、その後、ほかの女性と恋に落ちたら?」

「あるいは、きみがほかの男を見初めたら?」彼はミセス・ポールがまだ自分の問題を考慮している様子にほっとしながら言い返した。

「たとえそんなことが起きても、相手に望まれる可能性はまずないでしょう。わたしには財産もなし、役立ちそうな縁故もなし、おまけに失業中ですもの。死んだ夫は善良な人でした。わたしには彼だけで充分ですわ」

チャールズは死んだ男のことをもう少し知りたかったが、ミセス・ポールのきっぱりした口調にその勇気をなくした。「きみは先ほどわたしをからかったように、ご主人のことも容赦なくからかったのかい? 〝歯を失くすなんて不注意な〟とは、ひどいな」

「あら主人にはもっと容赦しませんでしたわ」彼女はにこやかに答えた。「主人のことはもっとよく知っていましたもの。気やすさが甘えを生むことは誰でも知っていますわ」

なんと機知に富んだ女性だ、チャールズはますますミセス・ポールが気に入った。「妻探しは、わたしの手に余る。実際、それほど長生きするとは思っていなかったんだ。ナポレオンを責めたくなるな」

「ええ。そういえば、ナポレオンも妻たちに悩まされましたわね」彼女はにこやかに言って身を乗りだした。「提督、あなたの経済状態はまったくわかりませんし、知りたいとも思いません。でも、社交シーズンの最中に〈オールマックス〉に顔を出せば、お姉様たちでさえ満足なさる候補者が見つかるはずですわ」

ミセス・ポールは彼の顔に浮かんだ嫌悪を読み取ったに違いないが、そのまま言葉を続けた。

「〈オールマックス〉に行くのがいやなら、教会はどうかしら？　教会では、よくすばらしい女性が見つかります」

「きみはわたしに、退屈な説教を聞きながら、近くに座っている女性に色目を使えというのか？」

ミセス・ポールは足の指がちくちくするような目でにらんだ。「提督！　適切な奥様が見つかる場所を思いつこうとしているだけですわ！　あなたは艦隊にいらしたときも、この調子で部下をてこずらせていらしたんですの？」

「いや、これよりはるかにひどかった」チャールズはこのやりとりをすっかり楽しんでいた。いやまったく、この女性と話していると厄介な姉たちのことを忘れそうになる。「ミセス・ポール、きみは天気の話をしたことがあるのかい？」

「お天気がこの話にどんな関係がありますの？」

「本はどうかな？」

「読めるときには。バースではお相手をしていたレディのお宅で、いつも蔵書を読ませてもらいました。初期の聖人のことなら、なんでも訊《き》いてくださいな。さあ、どうぞ」

チャールズはまたしても笑わずにはいられなかった。「ご主人を亡くして喪に服しているのだろうが、それにしても、五年もたつのになぜきみに求婚する紳士が現れなかったのかな？　きみと話すのはこんなに楽しいのに」

とたんに彼女の目から輝きが失われ、チャールズはうかつな言葉を悔やんだ。

「女性の場合は殿方とは違いますわ。ほとんどの殿方がある程度の持参金を望んでいるようですもの」たぶん、この屈辱的な状況をなんとか冗談にまぎらそうとして、彼女はまたしてもレティキュールのなかをのぞきこんだ。「でも、ここに入っているのは手帳と短くなった鉛筆と糸屑《いとくず》だけ」

哀れまれるのはごめん、そう言いたいのだ。「ふたりとも万策尽きた状態だな」

「ええ、そうですわね」ミセス・ポールの目にかすかなきらめきが戻った。

「わたしはまだ独身で、妻にする女性のあてもなく、コックがストライキ中の屋敷に戻らなくてはならない」

「まあ、コックに何をなさったの？」

「二日後に姉たちが来ると言っただけだ。ファニーとドーラは滞在中コックをあごで使うんだ。わたしのコックはフランス人だが、砲弾が降ろうと艦が沈もうと、十一年のあいだわたしの料理を作ってきた。その彼ですら、あの姉たちにはかなわない！」

「奥様ができれば事情が変わると考える根拠は？　お姉様たちはあなたが結婚されたあとも、訪問されるに違いありませんわ」

彼は肩をすくめた。「ふたりとも自分たちがこうと決めた任務を遂行するか、善行を施してまわるのがいちばんの楽しみでね。わたしに妻ができて家事全般を取り仕切り、コックに指示を出し、家の修理や改装に采配をふるうことになれば、脇役にまわらざるをえない。そしてすぐに飽きるだろう」

「修理や改装？」

「そうなんだ。実はプリマス海峡を見おろす完璧《かんぺき》な家を見つけたんだが……少々、いやそうとうな修理と全面的な改装が必要でね。家具は揃っているが、元の持ち主はよからぬ習慣があったらしく……」

ミセス・ポールは笑った。「するとあなたは約束をたがえたその哀れな女性が、もしも姿を見せていたら、その荒れ果てた屋敷に連れ去るつもりでしたの？」

チャールズはとくに理由もなく、左手の鉤をミセス・ポールの帽子の紐《ひも》に引っかけた。そしてほつれたリボンをそっと引っぱり、リボンを解いて帽子を背中に落とした。「考え直さなくてもいいのかな？　わたしの家では退屈しないぞ。好きなように飾りつけ、コックをおだて、それにわたしの仕立屋を見つけなくてはならない。仕事は山ほどある」

「見も知らぬ女と結婚なさるおつもりなの？」彼女はうっすら頬を染めながら低い声で尋ねた。「わたしの年さえご存じないのに」

「三十歳ぐらいかな？」

「もうすぐ三十二ですわ」

「わたしは四十五歳だ」チャールズは人差し指で上唇をめくった。「歯が欠けているのはここだよ。長年の習慣を変えるのがいやで、髪は短くしている」彼は自分の顔も赤くなるのを感じた。「夜はこの義手を外す。悪い夢にうなされているときに、自分の喉をかっ切るのはごめんだからね」

ミセス・ポールは魅せられたように彼を見つめた。「あなたのような方は初めて」

「悪い意味でないといいが」

「ええ。よい意味で。たぶんね」

彼女が考えこんでいるのを見てとり、チャールズは息を止めて待ちながら、頼む、承知してくれ、と心のなかで祈った。

だがなんとも残念なことに、彼女は首を横に振って、帽子の紐を結び直し、目をそらして立ちあがった。「お昼をごちそうさま、ブライト提督。とても楽しい午後を過ごすことができましたわ。そろそろここの斡旋所《あっせんじょ》に、わたしにできる仕事があるかどうか見に行かなくては」

「もしもなかったら?」この問いは冷ややかで客観的に聞こえたが、ミセス・ポールは同情を求めているようには見えない。

「それはわたしの問題ですわ」彼女はそう答えた。

鼠嬢《ねずみ》を待っていたときよりも落胆しながら、チャールズは立ちあがり、彼女がテーブルを離れるのを見守った。ミセス・ポールは興味深い食事を思いだしているように、笑みを浮かべてドア口で振り向き、彼を驚かせた。

〈ドレイク〉亭を一歩離れるごとに、サリーの勇気はしぼんでいくようだった。彼女はチャットウォーター川のほとりに石のベンチを見つけ、腰をおろして、ブライト提督の姿が見えなくなったとたんに再び頭をもたげた不安を押し戻そうとした。六月の暖かい太陽を顔に受けながら、深々と息を吸いこむ。元気なころにひどい仕打ちをしたせいで家族に捨てられた、不満だらけで怒りっぽい老人の相手をして過ごした陰鬱《いんうつ》な冬のあとでは、夏の日差しがいっそうありがたい。

わたしは決してああいう年寄りにはならない。サリーは冬のあいだ何度も思った。だが、実際は親切どころか邪険にする相手すら、もう残っていないのだ。いま親切にすれば、あとでお返しがくるような家族はひとりもいない。夫は五年前に海軍省に有罪を宣告されて、戦う気力をなくし、自殺したのだった。海軍省は執念深く一家を罰し、サリーには幼い息子のピーターしか残らなかった。そしてそのピーターも下宿の寒さに耐えられずに間もなく死んだ。

思わずすすり泣きがもれ、サリーは人目をはばかって周囲を見まわした。夫が自分の手で命を絶ったときよりも、息子を失ったときのほうがつらかった。情け深くも夫は外の建物で首を吊ったため、サリーは彼を発見せずにすんだ。だが、寒さとひもじさで息子が先立ったときは、ひとりで悲しむしかなかった。でも、貧困者の無標の墓へ行ったのはわたしひとりだったけれど、大勢の親戚の悲しみを合わせたよりも、もっと深い、激しい悲しみで、わたしは息子を天国へ送ったわ。サリーはそう思って自分を慰めた。

死んだ父がいい加減に事務弁護士の仕事をしていたダンドレナンでは、誰ひとり頼れる者はいなかった。ポールという姓はスコットランドのあの地域では、あまり明るく輝いてはいないのだ。父の弟のジョン・ポールがジョーンズという名前をつけ加え、ジョン・ポール・ジョーンズとしてアメリカの独立革命家に加わったためだ。でも、かなり南に下ったイングランドのこのあたりでは、サリーが結婚したアンドリューの姓であるデイヴィーズよりもましだった。ポーツマスの海軍基地におさめる食糧を管理していたアンドリューは、腐った肉のせいで艦隊の兵士たちが何人も死んだあと、浮かせた金を着服したかどで起訴されたのだった。

サリーには、頼れるあてはまったくなかった。海に飛びこむこともできるが、たぶん誰かに助けられてしまうだろう。それに泳ぎは達者なのだ。だいいち、そんな終わり方はいやだ。貧民を収容する作業施設に行くか、プリマスにあるレストランに仕事はないか訊いてまわることもできる。さもなければ……ブライト提督と結婚することもできる。

でも、まず職業斡旋所に行って、ドアの前にできた長い列に並んだ。郵便馬車で一緒だった青白い顔の家庭教師が、仕事が見つからずに出てきた。わびしげな暗い顔を見て、サリーは自分を待ち受ける結果もおおよそ察しがついた。

だが、受付の役人は思ったほど不親切な男ではなく、サリーにストーンハウス海軍病院では、まだ洗濯女を探しているかもしれないと教えてくれた。そうはいっても、その仕事がまだあるかどうかは、デヴンポートまでの六キロ半の道のりを歩き、病院に行ってみなければわからない。

「とにかく仕事が少ないんだ。平和になって、この町の人間もだいぶん職を失っちまったものだから。北の製材所にでも行ってみるといいかもしれんな」だが、どうやってそこまで行けばいいのか尋ねると、彼は黙って肩をすくめた。

いまいましい平和のおかげで、プリマスのあらゆる商売が打撃をこうむっていた。そのせいで、キッチンの手伝いの仕事さえひとつもない。町のレストランをまわったサリーは、その事実を思い知らされた。ひとりだけ、鍋や釜を洗う仕事ならいまいる娘の代わりに雇ってもいい、という店主がいたが、恐怖を浮かべたその娘の顔をひと目見て、サリーは首を振った。「子どもの口からパンを取りあげるなんて、そんなひどいことができるものですか」

「好きにすればいいさ」店主はそう言って背を向けた。

夕べの祈りがとうに終わった教会は、がらんとしてほかに人影はない。サリーは後ろのベンチに沈むように腰をおろした。手持ちのお金が残りわずかになった二日前からは、バースの大聖堂で寝ていたのだ。物陰に身をひそめて横になれば、見つかる心配はほとんどなかった。このセント・アンドリュース教会は大聖堂よりも小さいが、物陰はある。そこに隠れることはできる。

でも、それからどうするの？　朝になったら、誰も来ないうちに残っている清潔なハンカチを聖水の器に浸し、顔を拭いて貧民の作業所がどこにあるか尋ねよう、サリーは自分にそう言い聞かせた。息子がそこで死なずにすんだのは、せめてもの幸いだった。

前にある祈りの本が目に入り、サリーは本を重ねて枕を作ると、ため息をついて頭をのせた。服を緩める必要はまったくなかった。もうすでに緩くなっているのだ。靴を脱ぐのは怖かった。おそらくひどくむくんでいるはずだ。はけなくなっては困る。サリーはできるだけ楽な姿勢でベンチに横になり、目を閉じた。

だが、一分もたたずに目を開けた。誰かが同じ列の通路側に座っていた。最初は恐怖にかられたが、薄闇を透かしてじっと見つめると、短く刈った髪に気づいた。サリーは笑みを浮かべて体を起こした。

提督はまっすぐ前を見たまま、鉤の先で手の甲をかいた。「鼠嬢はまだ姿を見せない」

「もう充分待ったのではないかしら？」靴を脱がなくてよかった、サリーはそう思いながらスカートを直した。「そういう件の慣例がどうなっているのか知らないけれど、もう約束は果たしたと言えるのではなくて？」

彼は前のベンチの背もたれに肘を置いて、まだ前を見たまま言った。「実はきみを捜していたんだ。きみが鞄《かばん》を忘れたと、給仕が言うものだから」

「忘れたかもしれないわ。でも、あのなかは空っぽなの」サリーはブライト提督をじっと見た。「どうして給仕は、あなたにそんなことを言ったのかしら？」

提督はちらりと彼女を見た。「おそらく、食事の前にわれわれはいとこ同士だと告げたからだろうな。仲たがいしているが、昼食をおごって機嫌を直してもらいたいのだ、とね」

「ずいぶん嘘が上手だこと」

「ほかにどうすればよかった？　ひとりでテーブルに座っている見ず知らずの女性に、どうやって近づけばよかったんだ？」ブライト提督の声には切羽つまった響きがあった。

「ミセス・ポール、きみは士官候補生よりも厄介な人だな！」

「あら、とんでもない」救いがたい状況に追いこまれているにもかかわらず、笑いがこみあげてくる。サリーはちらっと提督を見て、彼と同じように祭壇に目を戻した。

ふたりはしばらくそのまま座っていた。最初に沈黙を破ったのは提督だった。「きみがいつまで待ってもこの教会から出てこないので、少し話し相手をしてもらおうと思ってね」彼の声がやさしくなった。「これまでも教会で寝たことがあるんだね？」

「ここは……安全ですもの」

彼は同じ場所に座ったまま言った。「ミセス・ポール、ふたりの姉はまだお節介焼きだし、コックはまだストライキの最中だ。それにどの業者も約束を守ろうとはしない。実は、わたしの買った家は少しばかり……奇妙でね。おそらく屋根裏には蝙蝠《こうもり》がいるだろう。はげわしがいる可能性もある」

「まあ、恐ろしい」

「正直な話、いま言ったどれかと対処するより、いっそ船に乗って戦いに出たいな」

「ええ、とくにはげわしは困るわね」彼女は深く息を吸いこんだ。わたしはこんなことをするほど追いつめられているの？　それに提督も？　サリーはもう一度だけそう自問せずにはいられなかった。この人は海軍の提督なのよ。少なくとも、一年前までは提督だった。頭がおかしいか、さもなければ世界一親切な人だわ。

「どうかな、ミセス・ポール？」少しでも威嚇すれば、サリーが臆病な小鹿《こじか》のように逃げてしまうと思っているのだろう。彼は前を見つめたまま言った。「きみは家と、気難しいコック、ドラゴンのような義理の姉がふたりに、ときどきボタンをはめるとか、手紙に封をするのに手伝いが必要な、義手を持った夫ができる。きみがドラゴンを撃退し、陸《おか》に上がった提督のもめ事を引き受けてくれれば、あとは好きなようにしてかまわない。悪い申し出ではないと思うが」

「ええ、確かに」サリーは長いこと考えてからそう言った。提督が息を止めて返事を待っているのはわかっていたが、言葉が続かなかった。こんな情けをかけてくれる人間がいることが信じられなくて、サリーはただ彼を見つめることしかできなかった。

提督も見つめ返してきた。そして落ち着き払った声で、まるであたり前のように言った。

「ミセス・ポール、結局、鼠嬢は来なかった。わたしと結婚してもらえないだろうか」

「なぜかしら、その理由をおっしゃって?」ようやく尋ねることができた。これで彼も答えないわけにはいかない。

提督はしばらく黙っていた。「ミセス・ポール、鼠嬢がいまここに姿を見せたとしても、彼女との結婚は断る。夫がいないことは不幸かもしれないが、彼女には愚痴をこぼしながらでも世話をしてくれる兄がいる。きみには誰もいない」彼は片手を伸ばし、サリーの抗議をさえぎった。「わたしはほかの多くの兵士と同様に、この国を守るために生涯の大半を捧《ささ》げてきた。だが、もしかすると、ナポレオンをセント・ヘレナ島に追いやり、退役願を出せば、すべてが終わりというわけにはいかないのかもしれないな。きみの窮状を知ったあとで、背を向けることなどできるものか。風下《リーショア》にある岸へと押し流されていく、味方の船を無視することができないのと同じことだ。きみは助けを必要としている。わたしは妻を必要としている。これ以上はっきりとしたことはないと思うが」

「ええ、たぶん」サリーはため息をついて言ったものの、この親切な紳士に最後にもう一度理を説こうとした。「提督、あなたはわたしのことを何ひとつご存知ないわ」夫のことが舌の先まで出かかったが、結局言いだせなかった。臆病者、サリーは自分を叱った。

提督はやさしい顔でサリーを見た。「いや、ひとつだけはわかっている。きみは天気の話をしなかった。もっと奇妙な理由がきっかけになった結婚もあるはずだ。この二十年はほとんど海の上だったから、具体的な例は挙げられないが」

「たぶんあるでしょうね。わかりましたわ、提督」

3

提督が〈ドレイク〉亭に部屋を借りても、サリーは逆らわなかった。たとえ結婚の特別許可証を持っていても、司祭はこんな遅い時間に結婚式を挙げるのをいやがるだろう、と提督は言った。それにほかにも問題がある。

「提督。わたしは鼠嬢《ねずみ》とは違います。その人の名前を名乗ることもできないわ。でも、許可証には、彼女の名前があるのでしょう?」明らかな事実を指摘しなければならないのは気まずかったが、サリーは昔から実際的なたちだった。

ブライト提督は喉の奥で笑った。「大丈夫。鼠嬢の名前はプルネラ・バッチソープだ。バッチソープは書ける自信があったんだ。ほら、艦長と同じ名前だからね。しかし、ミス・バッチソープのほうは厄介なことになった。プルネラだかプルニラだか思いだせなくて……だが、金貨を一、二枚渡すと、書記の男は喜んで名前の欄が空白のままの許可証をくれた。あとで書きこめばいい、と」

「なるほど」サリーはつぶやいた。

夕食を抜いたサリーは空腹だったが、食事が運ばれてみると、食べ物をのみこむのに苦労した。やがて彼女はとうとうフォークを置いて言った。「提督、わたしのことを多少は知る必要がありますわ」

彼もフォークを置いた。「わたしももう少し自分のことを話しておくべきだろうな」

どこまで話せばいいのだろう？　サリーは迷いながら身の上を打ち明けはじめた。「五年前、夫は不幸な目に遭って自殺しましたの。わたしは当時五歳だった息子のピーターと、間借りをするはめになりました」

自殺と聞くと、ほとんどの人間はうんざりした顔になる。彼女はちらりと提督に視線を向けたが、日焼けした顔に浮かんでいるのは同情だけだった。サリーはそれに勇気を得て言葉を続けた。

「かわいそうに、ピーターのために部屋を暖める石炭さえ買えなくて……あの子は風邪をひき、肺を悪くして、それっきり……」

「医者を呼ぶ金もなかったかい？」提督はやさしく尋ねた。

「ええ、一ファージングも。知っているかぎりの湿布を作りましたが、ちっとも効かなくて」サリーはこらえきれずにすすり泣いた。「あの子はわたしが治してくれると信じきっていたのに！」

どうしてそんなことになったのか、気がつくと提督の手がやさしくうなじをなでていた。サリーはどうにか悲しみを抑えこんだ。

「ピーターは石灰に覆われて貧困者の墓に埋葬されました。その日の午後、あるレディの話し相手《コンパニオン》の仕事が見つかり、恐ろしい思い出しかない部屋にはそれっきり戻りませんでした」

「気の毒に。誰か頼れる者がいなかったのか？」

「ひとりも」サリーは提督がくれたハンカチで鼻をかんでから答えた。「夫が……ある罪で責められたあと……みんながそっぽを向いて」サリーは言葉を探しながら提督を見た。「でも、夫は無実でした。誰かが嘘《うそ》をつき、自分の不正を隠したんです。そしてそのつけがわたしたちにまわってきた……」

ブライト提督は椅子の背に背中を戻した。「ミセス・ポール、ときどき港に入る部下たちと違って、ほぼ常に艦隊にとどまっていたわたしは、そんなに長いあいだよく海にいられるものだと言われたよ。しかし、われわれの仕事はある意味では単純だった。敵はフランスだけだったからね。陸《おか》の生活では、罪もない人々すら、ときどき思いがけぬ敵に襲われる。姉たちはわたしが陸よりも海を好むことが理解できなかったが」

「海にもろくでなしはいるはずですわ。フランスのほかにも」

「もちろんだ。世界はろくでなしどもで満ちているからな。われわれが首根っこをつかまえ、縛り首にしてやったやつらもいた」

サリーはぶるっと身を震わせた。

「絞首刑になるだけのことをしたやつらだよ。それでうなされたことは一度もない。もちろん、処刑するのは、有罪だと確認したあとだ」彼はまっすぐサリーの目を見つめた。

「ミセス・ポール、艦隊の総司令官という立場が与えてくれる権力を楽しんだことは認めるが、わたしは一度として故意に間違った人間を罰したことはない」

夫が裁かれたとき、この人が海軍省の法廷にいてくれさえしたら。サリーは思った。それとも、差しだされた証拠を見て、証言を聞いて、この人も夫を有罪にしたかしら？ その問いの答えはもちろんわからない。サリーは法廷に入ることさえ許されなかったのだ。アンドリユーの件は、もう忘れたほうがいいんだわ。彼女はそう自分に言い聞かせた。

「あなたの家を切り盛りすることはできるわ」提督が再び食べはじめると、彼女は言った。

「節約は得意なの」

「ああ、そのチャーミングなスコットランド訛《なま》りでもわかる」

「あら、スコットランドの人間は誰でも倹約上手だと思ったら、大間違いよ」サリーは言い返した。「父の訛りはわたしたちよりきつかったけれど、父はお金のことにうとい人でしたわ」サリーはそう言ってほほえみかけ、彼が器用に鉤《かぎ》の先にナプキンを引っかけ、唇を拭くのを見てひそかに感心した。「でも、わたしはお金を増やすのが得意だった」

「わたしもだよ」提督はナプキンを置いた。「ナポレオンはわたしを金持ちにしてくれたんだ。だからシリングが音をあげるほど、きつく握る必要はないよ。きみがたっぷり小遣いを使えるようにするつもりだ」

「そんな必要はありませんわ」サリーは急いで言った。「長いあいだずいぶんわずかなお金で暮らしてきたんですもの。お小遣いをもらっても、どうしていいかわからないくらい」

提督は懐中時計を見た。「おっと、そろそろ寝る時間だな。では、賄賂と呼ぶことにしよう。わたしがきみに押しつけた屋敷を見たら驚くぞ」彼はすぐに真剣な顔に戻り、ピンから外れて落ちていたサリーの髪を、器用に鉤に引っかけた。「だが、石炭を買う金はたっぷりある。きみの運命は今日から変わるんだ」

奇妙なことに、鋭い鉤が顔のすぐそばにあっても、サリーは少しも怖いとは思わなかった。それどころか手を伸ばしてそっと触れ、さらに髪を巻きつけた。

「この鉤がいやではないのかい？」提督が驚いて尋ねた。

「とんでもない。どんなふうにこの手をなくしたのかしら？　安心してちょうだい。もう不注意だなんて、からかったりしないわ」

彼は鉤を髪から引き抜いてそっと頬に触れ、にっこり笑った。「きみは口が悪いな、ミセス・ポール。ほとんどの人間は提督という称号に恐れをなして、退屈なことしか口にしないが」

「どうやら、わたしはそのひとりではないようね。いとこだなんて嘘をつくなんて。どうやら提督も、庶民と同じように欠点も弱みもあるようね」サリーは率直な言葉に自分でも驚きながら、椅子の背にゆったりともたれた。考えてみると、アンドリューとこんな話をしたことは一度もなかった。でも、チャールズ・ブライトと話していると、自然に言葉が湧いてくるようだ。それに彼の話を聞くのも楽しかった。

「これはまいった！」彼は鉤を見おろした。「この手を失ったときは、まだ一等航海士だった。だから爪を切る指が十本あったのは、もうだいぶ昔のことだ」

サリーは笑った。「時間の節約になるわ！」

提督はあきれたようにくるりと目をまわした。「ほらまただ。スコットランド人は節約が好きだな」

「ええ、そのとおり」

「祖国の命運がかかった戦いで負傷したと言えればいいんだが、実は訓練中の事故だったんだ。ブラジルの海岸沖で砲弾を的に当てる訓練をしていたときのことだ。わたしの指揮下にある大砲のひとつが砲弾を発射した。で、そのあとの作業に手を貸そうとしたんだ」

彼は顔をしかめた。「おっと、いまのは軽口ではないよ！　弾を撃つと同時に砲身を戻す、滑車つきのロープがからんでいた。そしてわたしが解こうと片手を伸ばした瞬間、ロープが解けてあっというまに左手をもぎ取った。一瞬の出来事だった。何が起こったのか、自分でもわからなかったくらいだ。火薬運びをする子どもに血が噴きだしていると言われて初めて気がついた。青ざめることはない。その艦の外科医は名医だったからね。最初の鉤を作ってくれた鍛冶屋と同じくらい有能な男だったよ」

「除隊しようと思ったことはないの？」

「片手を失っただけで？　冗談はやめてくれないか」

「鉤はどうやって固定してあるのかしら？」

そのとき提督の目をよぎった表情を言葉にするのは難しかったが、この一歩踏みこんだ質問を喜んでいるとみえて、彼の目には感謝に近いものが浮かんでいた。

「八歳の少年たちを別にすれば、それを訊《き》いてくれたのはきみが初めてだ」

「好奇心が旺盛なの」

「あとで見せてあげるよ。胸の前で交差させ、うなじで留める革製のハーネスがあるんだ」サリーが見ていると、彼は頭を傾け、幅広のネクタイ《クラヴァット》を引っぱって細い紐《ひも》を示した。

「ほらね？　わたしの従者が留守か忙しいときは、これを外す手伝いをしてくれるとありがたい。きみはクラヴァットを結ぶのが上手かい？」

「何度か結んだことはあるわ」

「よかった。これからも結ぶことがあるかもしれないな。それ以外は、さほど不自由でもない」

「ええ。あなたには無能とか無力という言葉は当てはまらないわ」

「それはありがたい。何を話していたんだったかな？」

「あなたのこと」

「ああ。わたしは四十五年前にブリストルで生まれた。小さいときから海が好きでね。法廷弁護士として名声を得ていた父は、わたしがなぜ海へ行きたがるのか理解できなかったが、わたしが十歳になると、船に乗るのを許してくれた。ふだんはファニーと呼ぶ姉のフランシスと、なんでもファニーに従うドーラは、ふたりとも立派な相手と結婚し、いまでは未亡人となり、暇を持て余している。そのせいでわたしの世話を焼きたがる」彼はぶるっと体を震わせた。

「退役して、何かなさるつもり？」

「いまはまだ何も考えていないよ。ミセス・ポール、まぶたが落ちてきたぞ」彼は立ちあがった。「そろそろ部屋に引きあげるとしよう。明日の朝九時では、セント・アンドリュース教会の司祭を悩ませるのは早すぎるかな？」

「いいえ」サリーは提督を見あげ、眉をひそめた。「こんなことはしなくてもいいのよ」

「いや、する必要がある」彼はかがみこんだ。キスするつもりだ、とサリーは思ったが、頬をすり寄せただけだった。頬ひげが顔をなでる感触に、サリーはほほえんだ。これを感じるのはずいぶん久しぶりのことだ。「ミセス・ポール、きみは助けが必要だし、わたしは妻が必要だ。決して心配をかけないし、きみかわたしがこの結婚を、もう少し……その、本能的なものにしたいと思ったときにも、きみが喜んで同意しなければ、無理やり夫としての権利を行使するつもりはない。わかったかい？」

サリーはうなずいた。すると彼は、唇を軽く彼女の唇に押しつけた。

「ええ、提督。わたしは特別すばらしい妻になるつもりですわ」

「そうなりそうだ」彼がドアのところで軽く頭を下げ、鉤にキスして、その鉤を自分のほうに向かって振ると、サリーは思わず噴きだした。

「あなたはとてもユニークな人ね」提督が立ち去ったあと、サリーはつぶやいた。それからプラムをひとつ食べ、残っている料理を見つめた。実際には軽く空腹を満たすだけの、夕食と朝食のあいだのような食事だったが、これほどたくさんの食べ物の前に座ったのは、何年ぶりだろう。「ずいぶん奇妙な一日だったわ、提督」サリーはつぶやいた。

ベッドに横になったものの、サリーはまんじりともできなかった。だが、この奇妙な状況で眠れるほうがおかしい。明日の朝は夫になるブライト提督に、本当の姓はデイヴィーズであることを告げようか？　サリーは夜のほとんどを迷って過ごし、結局、黙っていることにした。提督は彼女をミセス・ポールだと思っているのだ。夫の姓を名乗ったところで、どんな違いがあるの？　サリーはそう自問した。何年か前に、もう過去は振り返らないと決めたのよ。

朝早く、中の階のメイドが格子のなかに火をおこし、湯を入れた真鍮《しんちゅう》のじょうろを持ってきてくれた。サリーは提督が余分な出費に反対しないことを祈りながら、風呂を頼み、浴槽と湯が運ばれてくると、深い喜びを感じながら浴槽に身を沈めた。

湯がさめるまでゆっくり浸《つ》かったあと、手早くタオルに身を包み、厚紙が入った書類入れを取りだした。そこにはアンドリュー・デイヴィーズと結婚したときの証明書と、彼の死亡証明書が入っていた。〝自殺〟という非情な言葉が目に飛びこんでくる。かわいそうな人。「アンドリュー、どうしてもう一度よく考えてくれなかったの？」サリーは証明書に向かって尋ねた。「カナダか、アメリカに逃げることもできたのよ」

ため息をつき、つかの間、赤々と燃える石炭の前に立った。タオルが床に落ちたのもほとんど気づかず、サリーは裸のまま少しのあいだ立ちつくしていた。が、やがてわれに返り、鏡の前に移って、妊娠線をつまみながら両手を上げて脇腹に目を走らせた。

「サリー、ブライト提督の屋敷では、しっかり食べたほうがいいわよ。あなたときたら、まるで空っぽの穀物袋だわ」

知らない男性と結婚生活をはじめる気にはとてもなれなかったが、ほかに方法はなさそうだ。せめてもう少しましな服があればよかったのに。急いで支度をしながらサリーは思った。鞄《かばん》から着古したモスリンの服を取りだしてよく振り、それと書類入れを持って階下におりる。それから客間のメイドに服をあずけてアイロンをかけてくれと頼み、〈ドレイク〉亭を出た。

まだ早い時間とあって、通りには魚屋と、一輪車に食料をつめた樽《たる》をのせて運んでいく男たちの姿しかいなかった。アンドリュー・デイヴィーズの妻としてポーツマスで暮らしていたとき、サリーは夫が自分の仕事を勤勉に、効率よくこなすのを見てきた。海軍省から肉が腐っているのを承知で船に乗せたとして、重罪と過失致死罪で責められたあの日の朝も、夫はいつものようにせっせと働いていた。それから何カ月ものあいだ、夫は上官のあきれるばかりの所業に首を振り続けた。夫は上官が問題の帳簿を改竄《かいざん》し、たっぷり懐を肥やしたうえで、罪を自分に着せたに違いないとにらんでいたのだ。だが、もちろんそれを証明することはできなかった。その上官があまりにもすばやく悪事の痕跡を隠してしまったからだ。

そしてついに耐えられなくなり、馬車置き場の梁《はり》で首を吊《つ》ったのだった。弁護士に払う費用がかさむため、もう馬を持つことができず、馬は一頭もいなかった。サリーにはひと言も書き残さなかった。夫が残したのは、海軍卿に自分の無実を訴えた手紙だけだったが、みずから命を絶ったことで有罪を自白したようにも見えた。

それから五年、あの件はすっかり終わり、とうに幕を閉じた。ブライト提督は自分が結婚する女性にそんな過去があることはまったく知らない。そして提督がこのまま知らずにすむことをサリーは願った。彼と結婚することで、アンドリュー・デイヴィーズとの人生は、完全に終わることになる。


セント・アンドリュース教会に着くと、ちょうど司祭が早朝のミサを終えるところだった。サリーは司祭が祭壇を離れるのを待って、一時間後に特別許可を持っている紳士と結婚式を挙げに戻ってくることを説明した。

「わたしは未亡人なんです」彼女はそう言って書類入れを差しだした。「これが前の結婚の証明書と夫の死亡証明書です。ほかに必要なものがありますか？」

老司祭は書類入れの中身に目を通した。「ソフィア・ポール・デイヴィーズ、一八〇六年結婚。スコットランド、カークブリーシャー州ダンドレナン出身の未婚婦人、二十二歳」アンドリューの死亡証明書を見て首を振る司祭を見て、すぐにどこを読んでいるかわかった。「自殺とは」司祭は証明書を返してよこした。「悲しいことだ」

「ええ」

「で、もう一度結婚するのだね？　今度はうまくいくといいが」

「ありがとうございます」サリーはためらった。「理由はおわかりだろうと思いますが、わたしは夫の姓ではなく、旧姓を使ってきました」

司祭はドアのところまで送ってきた。「想像はつくよ。自殺には不名誉がつきまとう」

どれほどひどい不名誉か、あなたには想像もつかないでしょうね。サリーはそう思ったが、ええ、とだけ答えた。

「だが、苦難の日々は終わったようだな。では、一時間後に会えるのを楽しみにしているよ」司祭は片手を差しだした。「よかったら、この情報を登録簿にいますぐ書きこんでおくとしよう。結婚式のときに、きみがもう一度言わずにすむように」

サリーが今朝ここに来たのはそのためだった。「ありがとうございます」


〈ドレイク〉亭に戻り、二階を見あげると、外を見ていた提督が手を振った。いつからあそこで見ていたのだろう？　サリーは振り返りながら思った。ひょっとすると、わたしが宿を出たときも見ていたのだろうか？

階段を上がると、ブライト提督が待っていたように自分の部屋のドアを開けた。「ぎょっとしたよ、ミセス・ポール。ノックすると、きみは部屋にいなかった。鼠嬢と同じように、土壇場で怖《お》じ気《け》づいたのかと不安になった。たて続けにふられては、そうでなくてももろい自尊心には、とても耐えられなかっただろうな」

「ご心配なく。わたしは一度お約束したら、破ったりしません」

「ああ。階下《した》のメイドが服をあずかった、と中の階のメイドから聞いて、胸をなでおろした」彼は鉤で胸を叩《たた》き、サリーをほほえませた。

「司祭が式の前に記録したいだろうと思って、結婚証明書とアンドリューの死亡証明書を教会へ持っていきましたの。思ったとおりでしたわ」

「実によく気がつくな」提督はつぶやいた。「どうやら、甘やかされることになりそうだ」

あの証明書をあなたに見せたくなかっただけ、サリーはそう思いながら、明るい声で応じた。「ええ、提督。これまでお世話した老婦人たちと同じように甘やかして差しあげてよ。プルーンを山ほど、それも噛《か》みやすいように砂糖漬けにしてあげるわ。一日少なくとも一章はためになる本を読み……」

「ああ。長い航海で自涜《じとく》をするのを防ぐためだな」彼は冗談を言い、サリーがぽかんと口を開けて目をみはっているのに気づくと、つけ加えた。「これは冗談ではないよ、ミセス・ポール！　艦隊の近くにいる独りよがりの善人たちが、兵士たちに何が必要だと思っているか知ったら、きみは目を丸くするだろうよ」

サリーは笑いだし、あわてて口に手を当てた。提督の言葉が何を意味するかわかっているだけでも恥ずかしいことだ。

「そのときは艦長だったが、その驚くべき書類の写しを取っておき、仲間に署名してもらった。パーサーはそこに猥褻《わいせつ》な挿絵までつけ加えた。だから少なくとも四十歳か五十歳になるまでは、きみには見せてあげられないな」

サリーは言葉もなく目をみはった。

「どうした？　気の利いた返事は？」彼は勝ち誇った表情でそう言った。

「とても思いつかないわ。あなたにはためになる本も、ほかのどんなものも読んでさしあげないほうがよさそうね」

メイドがアイロンのかかった服を手に入ってきて、サリーはこの気づまりな会話から救われた。提督はおずおずと服を手渡したその娘に、いくつか硬貨を与えた。

この服をすばらしい晴れ着に変える魔法があればよかったのに。サリーは自分の部屋に戻り、そう思いながら着替えはじめた。いいえ、何を着てもだめ。この貧弱な胸ではちっとも映えないわ。背中のボタンをはめようと手を伸ばしながら、そう自分をたしなめた。

そしてこの服を敬遠してきたわけを思いだした。体をひねれば下と上のボタンはなんとか留まるが、真ん中のふたつには手が届かないのだ。しばらく思案したものの、自分ではどうにもならない。提督の手を借りるほかはなさそうだ。赤い顔で彼の部屋をノックしながら自分をいましめる。若い娘ではあるまいし、それに一時間もしないうちに彼と結婚するのよ。

「提督。この腹立たしい服の真ん中のボタンを留めていただけます？　さもないと、先ほどのメイドを呼び戻さなくては……」サリーは鉤を見おろし、眉を寄せた。「あら、忘れていましたわ」

ブライト提督は明らかにこの程度の難問でへこたれる男ではなかった。一緒に彼女の部屋に戻ると、ドアを閉めて言った。「おいおい、わたしにはそんな簡単なこともできないと思っているのかい？　誰がズボンのボタンを毎朝留めると思う？　驚かせてあげるから、後ろを向いてごらん」

サリーは真っ赤になりながら提督の指示に従った。彼は平らなカーブを背中に押しつけて服を押さえると、ひとつずつボタンを押して穴にくぐらせた。指の関節がむきだしの肌を軽くなでる。

「拍手はいらないから、そんなに恥ずかしがらないで、こっちをごらん」

サリーは振り向いた。「鼠嬢が来てくれたほうがよかったと思われそう……」

「とんでもない。きみにあげたいものがある。ただし、これをつけるのは手伝えないぞ」

彼は上着のポケットから小さな袋を取りだし、サリーに手渡した。「これはインドで求めたものだ。その空色の服には特別映えると思うが」

サリーは息を止め、細い金の鎖を取りだした。小さなルビーがひとつ下がっている。

「息を止める必要はないさ、ミセス・ポール」彼はサリーの反応に気をよくしたように、笑いを含んだ声でからかった。

「わたしも何か差しあげるものがあればよかったのに」彼女は手のひらにのせた鎖とルビ

ーをまわしながらささやいた。

「昨日のいまごろは、けちん坊の家族と一緒に暮らしている年寄りのコンパニオンになるつもりだったのだからな。そんなものはないのがあたり前だ。さあ、それをつけてごらん」

サリーは言われるままに鎖をつけた。炎のような小さな宝石が胸骨のあたりに下がる。古い服が急にそれほど粗末には見えなくなった。彼女は靴の底のすり切れてできた穴さえ感じなかった。

「大きなルビーではないが、まるで炎のように見えるのが気に入ってね」彼は半分謝るように、半分は誇らしげに言った。

提督の視線を感じてサリーはわずかにあごを上げた。宮廷のお目見え以外なら、どんな検閲にも合格する自信が生まれていた。それもみんな、この小さなルビーのおかげだ。サリーはそっと宝石に触れ、ブライト提督を見た。「あなたはわたしよりはるかに立派なレディにふさわしい方なのに」

驚いたことに、彼は気の利いた言葉を返してこなかった。「きみで充分だよ、サリー・ポール」彼はしゃがれた声で言い、腕を差しだした。「では行こうか。きみがこの先ふたりの姉からわたしを守ってくれることを考えたら、ルビーのひとつやふたつ、安いものだ！」

4

サリーとブライト提督はセント・アンドリュース教会で九時半に結婚した。そこは三世紀ほど前には、異なる宗派の管理下に置かれていたところだ。ヘンリー八世の最初の王妃であるアラゴンのキャサリンは、長い航海のあと、この教会でひざまずいて無事に海の旅を終えたことを感謝した。サリーも同じように感謝したい気持ちだった。司祭がふたりに夫と妻になったことを申し渡すと、何年も肩にのしかかっていた鉛のような重荷がすっと消え、代わりに自分を守ってくれる温かいマントが肩を覆ったような気がした。この気持ちは言葉では説明できない。それに思いきって話したところで、提督が理解してくれるかどうかわからない。だからサリーは自分だけでその思いを噛《か》みしめた。

そしてひそかに、アラゴンのキャサリンよりも幸せな結婚生活を送れることを願った。短い式のあと、昨日とは打って変わって口数の少ないふたりの代わりにぺらぺら話す若い司祭の声を聞きながら、サリーはイングランドのこのカトリックの王妃のことを思った。王太子と結婚するためにこの国に嫁いだものの、わずか数カ月後に夫に先立たれ、その男の弟であるヘンリー八世と結婚し、男子が生まれないために離縁されたキャサリンのことを。

数時間後、〈ドレイク〉亭で朝食をとりながら、その話を提督にしてみた。「とてもよく似ていると思わない？　あなたは鼠《ねずみ》嬢と結婚するためにここに来た。それがお年寄りの話し相手《コンパニオン》を職業にしているわたしと結婚するはめになった。もしかすると、アラゴンのキャサリンがそのはしりかもしれないわ」

提督は笑った。「そんな流行《はやり》があるとしても、あまり普及してはいないようだな」彼は身を乗りだし、バターを塗ったトーストを取った。「きみをなんと呼べばいいかな？　ミセス・ポールという呼び方も悪くないが、いまのきみはレディ・ブライトだ。実際の名前がソフィアだとは知らなかったな。しかし、ソフィアという名前は気に入ったよ。ソフィア・ブライトではどうかな？」

サリーは急に気後れがした。食堂にいる人々がひとり残らず薬指にした指輪を見つめているような気がして、指がどんどん重くなり、ついには持ちあげるのに吊《つ》り紐《ひも》が必要になりかけた。「これまでは、ソフィアと呼んだ人は誰もいないけど、確かにいい響きね」

「では、ソフィアにしよう。わたしのことは？　いつまでも〝提督〟はおかしいかもしれないな。少々堅苦しい。船の士官たちなら別だが、きみはとても士官には見えない。チャールズか、チャーリーかな？」

サリーは少し考えてからこう言った。「〝チャールズ〟と呼ぶほど、まだあなたのことをよく知らないわ。とりあえずは、ミスター・ブライトと呼びながら、おいおい考えるとしましょう」

「いいとも」彼は教会で自分がサリーの指にはめた指輪を注意深く見た。「ずいぶんあっさりした指輪だ」彼は指輪を上に滑らせた。「それにサイズが大きすぎる。鼠嬢には充分に思えたが、きみはあまり似合わないようだ。きみが呼び方を考えているあいだに、わたしは指輪のことを考えるよ、ソフィア」

昨日まではサリー・ポールだったのに、いまのわたしはソフィア・ブライト。朝食の残りを食べ終えながら、彼女は思った。これでもう、わたしがアンドリュー・デイヴィーズの妻だったことは、誰にもわからないわ。給仕と話している夫になったばかりの男性を、サリーはこれまでとは違う目で見守った。おかしがたい権威が自然とにじみでている。ブライト提督のすべてが、羨ましくなるほど自信に満ちていた。

確かにアドニスのような美青年とは言えない。それには年をとりすぎているが、細い鼻はまっすぐで高いし、唇は柔らかい。それにあの笑顔。ブライトを見ていると、とうに亡くなった叔父のことが思いだされた。その叔父は部屋に入ってきただけで、そこにいるみんなの注目を集めたものだった。サリーが思いがけなく結婚したこの男性にも同じことが言える。この五年、屈辱を噛みしめながら人目をはばかるようにして生きてきたサリーは、胸にこみあげてきた誇らしさに戸惑った。

ブライトはなんの抵抗もなく、鉤《かぎ》型の義手を使っていた。大尉のときからつけていたとしたら、いまではほとんど自分の手となり、隠す必要も感じないのだろう。サリーは食堂を見まわした。じろじろ見ている客はひとりもいない。それもそのはず、このプリマスでは手足の一部をなくした海軍兵士はバースやオックスフォードよりもはるかに多い。この人はわたしの夫よ。何も知らないにひとしいが、サリーはみんなにそう言いたかった。彼はわたしのものよ。その思いが酔いのような恍惚《こうこつ》感《かん》をもたらし、サリーは赤くなった。

彼は家に帰るために馬車を雇った。「わたしの、いや、わたしたちの家は……プリマスの中心からわずか五キロしか離れていない。いずれは馬車を買うことになるだろうが、そうなると馬も必要だからな。馬にはほとんど乗ったことがないんだよ。颯爽《さっそう》と馬にまたがるのは、少々無理がある」彼はそう言って肩をすくめた。「だから、たとえ噛まれても、それがよい馬かどうかわからないだろうな」サリーは口に手を当て笑いをこらえた。提督はいたずらっぽく目を輝かせ、その手を外した。「ああ、おかしな光景だ。笑ってもかまわないよ、ソフィア。わたしが馬に乗ったら、艦隊の士官たちが見たがるだろうな。おそらく艦長たちも」

そのあと彼は口をつぐみ、一キロ半ほど内陸へ向かう馬車に黙って揺られていた。そこは、つい昨日サリーが歩いた道だった。人生とはなんと不思議なものだろう。サリー・ポールだったのはもう何年も前のような気がする。

彼は窓の外をじっと見ている。サリーがその理由を考えていると、再び海が見えてきた。海が目に入ったとたん、ブライトがゆったりと座り直すのを見て、彼女は思った。ほんの数キロでも海が見えないと寂しいのだ。

「海が恋しいのね」

彼はうなずいた。「何十年も過ごしたあとだ。これほど恋しくなるとは思わなかったよ。退役したあと、ずっと内陸にある昔の仲間を訪ね、何週間かヨークシャーで過ごしたことがあった。正直に言うと、ファニーとドーラから隠れていたんだ。だが、なんとみじめな数週間だったことか！　ああ、わたしは海が見えないとなんだか忘れ物をしたような気がする」彼はサリーの目をまっすぐに見た。「こんな愚か者に会ったことがあるかい？」

「たぶんないわ」サリーがやさしい声で答えると、ブライトは赤くなった。赤くなることなど、めったにないだろうに。「指輪をはめたとたんに、驚くべき事実が明らかになってくるわね」

「きみにも心の奥に隠している暗い秘密があるに違いない」ブライトが笑いを含んだ声でからかう。

まさしくそのとおりだ。サリーは内心どきっとしながら、最初から本当の姓を名乗っていればよかった、とまたしても後悔した。だが、いまからでは遅すぎる。デイヴィーズの件は決して明るみに出ないことを願うしかない。サリーは言ったとたんに忘れてしまうたぐいの曖昧な答えを返した。だが、ブライトはそれで満足したらしく、馬車の窓に目を戻した。

「きみはともかく、わたしには告白しなくてはならないことがある」馬車が速度を落とし、私道へ入ると彼は言った。その道は、昔はさぞ美しかったに違いないが、いまは草が生い茂り、轍《わだち》の跡が深い溝になっている。

サリーの秘密ほど、ひどいものではないはずだ。「まあ、恐ろしい」サリーは明るく言い返したが、世界一の偽善者になったような気分だった。

ブライトは喉の奥で笑いながら、鉤でサリーの膝に触れた。「ソフィア、バグダッドにハーレムがあるわけではないよ。あの町は海から遠すぎる。それに邪悪な双子の片割れを屋根裏に閉じこめているわけでもない」だが、ブライトはサリーと目を合わせようとしなかった。「もうすぐきみも見ることになる。どう言えばいいかな？　わたしがここを買ったのは、家が気に入ったからではないんだ」

提督の告白は完璧《かんぺき》なタイミングだった。御者が馬の速度をさらに落とすと、屋敷が視界に入ってきた。崖に向かって緩やかに下る芝生は、昔は美しかったに違いないが、いまは雑草と伸びすぎた灌木《かんぼく》がもつれ合っている。だがその先には、目の覚めるようなプリマス海峡が広がっていた。

提督が自分の反応をじっと見ているのに気づいて、サリーは表情を変えないように努めた。「どうやら、羊を一個師団ばかり飼えそうね」彼女はつぶやいた。「それに草刈りがまを持った兵隊さんも一個師団欲しいわね」

正面扉のほうをじっと見たサリーは、思わず目をみはり、片手で口を覆った。下ばえの茂みのなかから、ほとんどアマゾネスに匹敵するほどの裸体像が姿を現していた。「まあ。あれはビーナス？」

「どうかな。ここからはよく見えないが、貝殻らしきものの、あるいは牛肉のパティのようなものの上に立っている」ブライトはそう言って咳払《せきばら》いをした。

体に比べていやに小さな片手を、慎み深く脚のあいだの上に置き、その像はそびえたっていた。サリーは目を凝らし、手が脚のあいだを隠しているというより、そのなかに消えていることに気づいて顔を赤らめた。口を開いた彫像の表情は、みだらな思いにふけっているように見える。

「あれは、長いこと夫の不在に耐えたペネロペかしら」サリーはようやく口を開いた。提督の顔を見る勇気はなかった。かといってとても私的な行為に夢中になっている彫像をまじまじと見つめる気にもなれない。「とても長いこと」

「ああ、そうらしいな」ブライトが誰かに喉を絞められているような声で相槌《あいづち》を打つ。

彼を見ないで。さもないと笑いの発作で床に転げ落ちるわ。そんなことになったら、彼にどう思われる？　サリーは自分にそう言い聞かせたが、ついブライトを見ていた。笑いがこみあげ、彼女は脇腹をつかんで笑い続けた。ようやくおさまり、ブライトに目を向けたときには、彼も涙を拭いていた。

「ミセス・ブライト、ドアの反対側に対の彫像があったと知ったら、もっとショックを受けるだろうな。そっちは男だった、とだけ言っておこうか」

「賢い判断だこと」サリーはつぶやき、またしても笑いの発作に身をゆだねた。どうにか論理的に考えられるようになると、こんな大笑いどころか、声をあげて笑ったことなど何年もなかったことに気づいた。

「その……ロミオはどうなったの？」

「わたしの従者が、ま、執事のようなものだが、くるぶしを叩《たた》き壊して倒した。まだあのレディのところにたどり着いてはいないと思うが」

サリーは先に降りたブライトの手を借りて馬車を降りた。「家のなかには何が待っているのか、想像もつかないわ」

「いや、つくはずだ」彼はそれしか言わず、サリーの肘をつかんで正面の階段を上がりはじめた。「足もとに気をつけてくれ。本来なら、きみを抱きあげてなかに入るべきだろうが、この階段は見てのとおりかなり傷んでいるんだ」

「修理が終わったら、あらためてそうしてもらうわ」

「楽しみに待つとしよう」彼は頬にキスした。「玄関ホールを見たあとでも、きみが逃げださなければ、だが」その言葉とともに、勢いよくドアを開けて片手を振った。「目の保養をしてくれたまえ、ミセス・ブライト」

ホール自体はみすぼらしかった。長年手入れを怠ってきたらしく、壁は色褪《いろあ》せている。だが、入るとすぐに天井がサリーの目を引いた。彼女があんぐり口を開け、思わずあとずさると、ブライトがごく自然に腰に手をまわした。

「永遠にきみの信用を失う危険をおかして告白すれば、一度ナポリの娼館で同じような天井を見たことがある」

「ええ、そうでしょうとも！」サリーはきっぱりそう言って、外にある彫像ですら夢にも思わなかったような行為に励んでいる、天井いっぱいのキューピッドたちを見まわした。「あそこのあれは……いったい何を……あらまあ」サリーはほてる頬に手を当て、振り向いて夫のコートの襟をつかんだ。「ミスター・ブライト、この家の持ち主はいったいどんな人物だったの？」

「不動産屋が言うには、伯爵だったそうだ。おそらく長く続いた家柄の、情けない末裔《まつえい》だったのだろう。その男の頭にあるのは、たったひとつのことだったようだな。毎年、初夏が来ると、その道楽者はこの家で想像を絶する肉欲三昧を繰り広げたらしい。そしてその宴が終わるとここを閉めて、ロンドンの住まいへ戻った」

サリーは夫の胸にもたれた。ブライトが両腕をまわし、鉤が触れるのを感じた。「正気の男性が——これはあなたのことよ——こんな家を買うからには、もっともな理由があるんでしょうね、ブライト提督」

「やれやれ」ブライトは髪のなかにつぶやいた。「新居に入って二分とたたぬうちに、〝提督〟に逆戻りか」彼はサリーの手を取った。「もちろん、立派な理由がある。もう一分だけ猶予をくれないか」

彼女は手を引かれてあとに従い、みだらどころではない絵が天井を覆っている廊下を進み、フランスドアから庭に出た。そこは正面の芝生と同じくらい雑草や灌木が生い茂っていたが、そのジャングルのような庭の先には青い海原が広がり、はるか彼方《かなた》で初夏の青い空に溶けていた。海鳥が頭上で鳴きながら輪を描き、波が下の岩に当たって砕ける音が聞こえてくる。遠くにはまるで水の上を滑るように、プリマスの港へと向かう帆船が見えた。

提督はサリーの手を放した。「これ以上美しい場所は、決して見つからない。そう思ったんだ。どう思う、ソフィア？　家のほうは、壊して建て直したほうがいいかな？」

サリーはわが家となった家を振り返った。石造りのがっしりした建物だ。昔は淡い色に塗られていたのかもしれない。すてきなテラスに、エレガントな両開きのガラスのドア。

天井まで届く大きな窓からの眺めは、今日のような晴天の日はもちろん、嵐のときですら、絶景に違いない。

「いいえ。よい家だわ。ただ少し、いえ、たくさん、ペンキを塗る必要があるだけ」

「わたしも同じ考えだ。毎日それを歌うように唱えているよ」

サリーはほほえんだ。「その不動産屋は、この物件を手放すことができたんですもの。あなたに引き受け料を払ってもよかったくらいね！　お姉様たちはここにいらしたの？」

「一度来た。ファニーはドーラに気つけ薬をのませなくてはならなかったよ。翌日はまだすっかり明るくならないうちに帰った。正直に言うと、そのあとこの家のことは何もしていないんだ。ここを改装するまで、戻ってこないと言われたからね。しかし」彼はため息をつきながらサリーの手を引いてテラスの石の手すりへと向かい、そこに座った。サリーも隣に腰をおろした。「あのいたずらな小鬼でさえ、暇のありすぎるふたりの未亡人の呪いを退けるほど強くなかったらしい。ふたりがおとなしかったのは、ほんの二、三カ月だった。ファニーはここをエジプト風に改装するつもりなんだ。ドーラもそれに従う」

「いついらっしゃるの？」

「もういつ来てもおかしくないな。だからコックがストライキをしているんだよ。それに……」彼が鉤を耳に当てるのを見て、サリーはほほえんだ。「来たぞ！　わたしの従者の足音だ。多くの戦いをともに生き延びてきたわたしの従者。ジョン・スターキー、妻のレディ・ブライトだ」

　昨日のサリーならどきっとしたかもしれない。ジョン・スターキーは、木の義足から片目の眼帯まで、およそ執事のイメージとは正反対の男だった。これで肩におうむが留まっていれば、完璧に海賊の船長だ。彼が口を開け、たった一本しかない歯を見せたとしても、サリーは驚かなかっただろう。だが、実際にはきれいな歯並びと穏やかな、内気と言ってもいいくらいの笑顔の男だった。サリーは提督とその従者を見比べ、どちらも女性と一緒にいることにあまり慣れていないことにあらためて気づいた。

　だが、ジョン・スターキーの笑顔は本物だった。彼女はうなずいた。「スターキー。お会いできて嬉《うれ》しいわ。ここはとんでもなく奇妙な家ね？」

「アイ、マダム」

「でも、提督が行くところなら、どこへでもついていくのね」

　スターキーは少し驚いたように見えた。「ずっとそうしてきましたよ、レディ・ブライト」サリーは彼の答えを聞いて、自分には決してうかがい知ることのできない戦争の世界を垣間《かいま》見たような気がした。

「スターキーは訪問者の応対をする。わたしのいちばんよい鉤と、ほかにも銀製のものを磨く。ワインを静かに注《つ》ぐ。それにどんな命令も決して奇妙だとは思わない」提督は言った。「スターキー、前庭の裸体の女性がまだ残っているぞ。急いで片づけてくれ」

「アイアイ、サー。一日の時間が短すぎます」彼は拳を額に当てて嘆き、ふたりにお辞儀をして、テラスを立ち去った。少しのあいだこつこつという義足の音が聞こえてきた。

「使用人が足りなくてね」提督がドアへと向かうのを見て、サリーも従った。

「それはあなたの仕事よ。プリマスに戻って必要だと思うだけ雇えばいいわ」

彼女はブライトと一緒にゆっくり廊下を戻っていった。どちらも天井を見なかった。ブライトは途中、閉まっているドアの前で足を止めた。「これがわたしの、いや、わたしたちの図書室だ」

「まあ、すてき！　図書室があればいいと思っていたの」だが、サリーがドアを開けようとすると、ブライトは器用に服の後ろで結んだ紐に鉤を引っかけ、彼女を引き戻した。

「いや、絶対にだめだ。あの天使たちが……興味深いとしたら、この部屋の壁は……もっとひどい。胸像も、ここにある本も」彼はそう言いながら首を縮めた。「これほど下品ながらくたが、ひとつ屋根の下に集まっているのは初めて見たよ。元の持ち主だった老伯爵は言葉よりも挿絵のほうが好きだったようだ」

「あらまあ」

「まさしくそのとおり。わたしはとくに堅物ではないが」彼は低い声で笑った。「老伯爵にはかなわない。一冊目を通してみたが、そのあいだもしょっちゅう肩越しに確かめずにはいられなかった。死んでからもう四十年近くになる母が、こっそりしのび寄ってのぞき、耳を引っぱりながら夕食は抜きだと言い渡すんじゃないか、とね」彼は服の紐から鉤を外した。「本を焼くのは基本的に反対だが、ここにある本は例外だ。そのうち、夜の花火代わりにそっくり燃やすつもりだ」

彼が再び歩きだし、サリーは首を振りながら従った。彼は別のドアの前で足を止めた。「ここが階下《した》のキッチンへおりるドアだ」彼は古いコートの襟を正した。「何をしているか説明すると、気を引きしめているんだ。階下にコックがいるんだ。ストライキ中の」

サリーはそのドアを見て、夫に目を戻した。「そんなに恐ろしい人なの?」

「フランス人だ、と言うだけにしておこう」ブライトは顔を近づけた。「おそらくきみはこう思っているのだろうな? なんだってうかうかと口車に乗って、とんでもなくいかれた男と結婚し、娼館のような悪趣味きわまりない家で暮らすはめになったのか、と」彼が言葉を続けようとすると、玄関の外で大きな音がして灌木が揺れた。「これでペネロペには、あの小さな頭でオデュッセウスの長い留守のこと以外に考えることができたな」ブライトがつぶやく。「今回は勇気よりも慎み深さを選び、きみがこの件をどう思うか尋ねるのはやめておこう」

わたしがどう思っているかわかったら、きっと驚くわね、提督。サリーは思った。これほど晴れ晴れとした気分は初めてよ。彼女はブライトの腕を取ってキッチンにおりるドアを開けた。「あなたのコックに会うときがきたようね」

5

「彼の名前はエティエンヌ・デュピュイ。トラファルガーの戦いのあと、高位札《ハイカード》で勝って手に入れたんだ」ブライトは静かに階段をおりながらささやいた。「エティエンヌはときどき機嫌をそこねるが、腕は確かだ。何しろ、元艦隊一のコックだからね」

「で、いまはその〝ときどき〟のひとつなのね」サリーはささやき返した。「どうしてふたりともささやいているの?」

「もう一度姉たちをここに入れたら、祖国フランスへ帰る、料理はスターキーにしてもらえ、とわたしを脅している」

「本気かしら」

「さあ。だが、それを突きとめる気はない」唇を寄せて耳元でささやかれると、背筋に震えが走った。「きみがどれほどチャーミングになれるか、見せてくれたまえ、ミセス・ブライト」

ふたりは心地よい広さの使用人たちのホールに入った。ありがたいことに、そこの壁にはキューピッドは一体も描かれていない。だが、ホールは明かりが消え、かまどには何日も火を入れていないように見えた。

「どうやら、遅すぎたようね」サリーはささやき、ブライトが引き寄せるままに身を寄せた。「あらまあ、あなたはわたしよりも怖がっているの？」

「そうとも。きみは青色艦隊一の臆病者と結婚したんだ。知らなかったのかい？　わたしのそばにいたほうがいい。エティエンヌは一度わたしに向かって包丁を投げたことがある」

「なんてこと！　だったら、できるだけあなたから離れなくては！」

ブライトはサリーの手を取って、キッチンに入っていった。「エティエンヌ？　妻を紹介させてくれないか。世界一親切な女性だよ」

サリーはほほえみ、ブライトの肩に向かってささやいた。「わたしを知りもしないくせに」

「いや、わかっているつもりだ」ブライトはそう言って片手を口元に持っていき、キスした。「少なくとも、もう二十分もここにとどまっているからね。それにわたしが買ったこの罪な館から、悲鳴をあげて逃げだしもしない。これを親切と呼ばずになんと呼ぶ、エティエンヌ？　わたしの花嫁は姉たちとはまるで違う。休戦しないか？」

ブライトは暖炉とその前に置かれた背もたれの高い椅子にあごをしゃくった。そこからひと筋の煙が流れてくる。椅子に座っている男は、サリーには足しか見えなかったが、立ちあがろうとも答えようともせず、咳払《せきばら》いをしただけで煙草《たばこ》を吸い続けていた。

「いつもより機嫌が悪そうだ」ブライトがささやく。

「これまでお世話をしてきた老婦人たちとそっくり」サリーはささやき返し、ブライトの手を放した。「さてと、わたしの魔法が効くといいけど」それからついこうからかっていた。「成功したら、何をくださる？」

ブライトはみぞおちが熱くなるような目でサリーを見た。「きみにぴったりの結婚指輪ではどうかな？」ブライトは笑いを含んだ目でそう言った。

「ダイヤをちりばめた純金の指輪にして。それにエメラルドもひとつふたつ加えてね」

サリーは使用人たちが使うテーブルから椅子をひとつ引いていき、コックが座っている椅子のすぐ横に置いた。そしてそこに腰をおろし、まっすぐ前を見たまま言った。「ソフィア・ブライトよ。よろしく」

エティエンヌの椅子から、うなるような声がした。

「正直な話、主人はどうかしているわ。洗い物をするメイドも、助手もいないなんて。いったい何を考えているのかしら。それに、主人のお姉様たちに我慢できるのは聖人ぐらいよ。あなたがもう荷造りを終わらせていたとしても驚かないわね」

またしても煙がひと筋。「荷造りのことは、しばらく前から考えてます」

「無理もないわ」サリーはそう言ってぶるっと身を震わせた。「ここには充分な上掛けがあるのかしら？　その椅子に適切な足置きを見つけるのは、それほど難しくないはずよ。さっそく探すとしましょう」

小柄な男はさっと立ちあがり、サリーに向かってお辞儀をした。「エティエンヌ・デュピュイです、奥様。よしてください！　足置きなんかなんのために使うんです？」

「楽に座るためかしら？」サリーは無邪気にそう尋ねた。「それに、この暗がりであなたが震えていると思うと心配だわ」

エティエンヌはすぐさまテーブルのランプを引きおろし、火をつけて、テーブルに戻した。格子のなかに石炭を入れ、それに火をつけてかまどに向き合う。「紅茶をいかがですか、マダム？」

「ありがたいけれど、あなたが忙しいことはわかっているし、まだお茶の時間でもないわ。それより……荷造りをするつもりではなかったの？」

「時間は作りますとも」彼は再び優雅にお辞儀をして、サリーの質問を無視した。「スターキーに言って、テラスにお茶の用意をさせましょう」

「ご親切にありがとう」サリーは夫と目を合わせずに言った。ブライトは先ほど彼女が置いて来た場所から一歩も動いていない。「提督にも紅茶を淹《い》れてくれる？」サリーは内緒話でもするように身を乗りだした。「かわいそうに。あんなお姉様たちを持ったのは、彼のせいではないもの」

「まあね」コックは貯蔵庫で忙しくあれこれ見つくろいながら言った。「あのふたりはわたしにあれこれ命じて、わたしのキッチンでああしろこうしろと指図するんですよ！　このエティエンヌに！」

サリーは続けざまに舌打ちし、眉を寄せた。「わたしが来たからには、もうそんなことはさせないわ、エティエンヌ」

「あのふたりを止められると思いますか?」コックは両手を振りながら尋ねた。

「もちろんですとも」サリーは不安を抑えつけて厳かに請け合った。「あなたの神聖なキッチンを守るためなら、なんでもするつもりよ」

コックは立ち止まり、サリーのほうに投げキッスをして、提督を見た。「閣下！　いったいどこでこのすばらしい女性に出会ったんです?」

「宿の食堂だよ、エティエンヌ。ほかにどこがある?」

コックはこの答えに笑い声をあげた。「面白い人でしょう?」サリーにささやいてから、体を起こし、ふたりを追い払うように両手を振った。「ほらほら、階上《うえ》に戻って！　仕事《ジュット・ジュット》の邪魔ですよ！」

サリーはぱんと手を叩《たた》いた。「あなたは主人が言ったとおりの人だわ。いえ、それ以上よ！　よかったら、これからは週の初めに一週間の献立を見せてもらえるかしら?　ざっとでかまわないのよ」

コックは深々とお辞儀をした。「毎週月曜日に奥様の居間にメニューをお持ちします。お好きなものを考えておいてください」

最近はなんでもいただくわ。サリーは思った。食べられるだけで幸せだもの。「すばらしいわ。では、ここはあなたに任せるわね」サリーはコックに向かってうなずき、踵《きびす》を返して、ものも言えないほど驚いているブライトのところに戻った。「さあ、テラスへ戻りましょう、あなた。たしか鋳鉄製の椅子がいくつかあったはずよ」

ブライトは満面の笑みを浮かべて腕を差しだした。「信じられん」彼はつぶやいた。

「〝あなた〟だって？」

「彼はフランス人よ。それにわたしたちは結婚したばかり。もっとよい呼び方がある？」

ブライトはふたりを見ているコックのほうをちらりと振り返り、妻の腰に腕をまわした。

「いや、その呼び方は気に入ったよ、ソフィア。なんだか急に平和を楽しめそうな気がしてきたぞ。戦争のほうがましだと思いはじめていたところだったが」

この言葉に胸をつかれ、サリーは衝動的に夫の肩に手を置いた。「少しあなたのことがわかったような気がするわ」彼女はエティエンヌには聞こえないように低い声で言った。

「ずっと途方に暮れていたのね」

ブライトは身を引こうとしたが、サリーは肩をつかんだ。彼は目を細めた。「なんだか、少し姉たちと似てきたようだぞ、ソフィア」

「そうかもしれないわね。わたしも女性ですもの。お姉様たちは、あなたに妻が必要だと思った。わたしはあなたに必要なのは目的だと思うわ。戦争は終わったんですもの」それはとても明白だったので、ばかなことを、と笑い飛ばされるかと思った。だが、彼は目を潤ませ、サリーをあわてさせた。「まあ」ややあって驚きがおさまると、彼女は低い声でつぶやいた。「あなたが気づいているかどうか、確信はなかったのよ」

ブライトは何も言わなかった。たぶん言えないのだろう。サリーは袖からハンカチを取りだし、急いで彼の涙を拭った。「さあ、テラスの枯れ葉やら鳥の糞《ふん》やらを片づけて、座れるようにしなくては」

ブライトは黙って歩きだしたが、エティエンヌの視界から出ても、サリーの手を放そうとはしなかった。テラスに出ると、彼は周囲を見まわし、厚紙を見つけてふたつの椅子から落ち葉を払い、さっとひとつを示してみせた。サリーはそこに腰をおろした。

ええ、そういうことなんだわ。テーブルのごみを払いはじめたブライトを見ながら、サリーは思った。この人は生きる目標を必要としている。急いで結婚したことを、もう後悔していないといいけれど。わたしには住む場所が必要だもの。

ブライトはすぐ横に座った。「あれは新記録だな。エティエンヌとは長いつき合いだが、あんなに早く機嫌を直したのは初めて見たよ。どうすればいいかよくわかったね」

「これは気難しい老人の世話をしているうちに自然と身についたこつね。老いたレディたちが必要としているのは、自分の話を聞いてくれる相手なの。だからわたしは耳を傾けた」サリーは彼の腕に手を置いた。「エティエンヌは長いこと、戦争と喪失と、それにあなたがカードゲームで彼を手に入れたところを見ると、おそらくは屈辱をのみこんで生きてきたに違いないわ。キッチンは彼の避難所だった。だから何かがそれを脅かすと、彼は途方に暮れるのよ」

提督は腕を引こうとはせずにサリーを見た。「つまり、わたしは彼の機嫌をとるべきだったのかい？」

「それで失うものがあって？　彼はそれほど無理な要求はしないと思うわ」

ブライトは少しのあいだ考えていた。「確かに、これまで過分な要求をしたことは一度もない」彼は身を乗りだした。「だが、どうやってドラゴンをキッチンから遠ざけておくつもりだい？」

サリーは挑戦されたような気がして、自分でも身を乗りだし、鼻が触れ合わんばかりに顔を近づけた。「必要なら、キッチンにおりるドアに桟をするまでよ。もうあなたの気が変わったのなら別だけど、ここはわたしの家でもあるんですもの」

それから、急に気後れがして体を起こした。ブライトもかすかな笑みを浮かべて同じように体を起こす。「気が変わる？　きみがコックの盾に、もしかしたらわたしの盾にもなってくれると宣言したのに？　どんな愚か者でも気が変わったりするものか」彼は目を閉じ、太陽に顔を向けた。「平和か」しばらくしてぽつりとつぶやいた。「ソフィア、わたしはナポレオンとの戦いで、人生のあらゆるものを逃した。妻、家族、子どもたち、家庭、揺れないベッド、きれいな水、新鮮な肉、真水で洗った下着。ああ、そうとも、隣人に、新刊書に、日曜日の雑用……そのすべてを。戦いに明け暮れて、まともに女性に求愛する術《すべ》も学ばなかった。だから、こんな非常識な手段に訴えることになった」彼は目を開け、急いでつけ加えた。「きみと結婚したことは、後悔するどころか、非常な幸運だと思っているよ。実際、かなりの運に恵まれなければ、艦隊の提督にはなれないものだ」

サリーは長いこと黙って海を見ながら考えた。人生をがらりと変えたこの二日間の出来事を、どう考えるべきなのだろう？「わたしの運も変わるのかもしれないわ」

「ああ、きっと変わる」

サリーには、ブライトの言葉を事実として受け取るほどの自信はなかった。物事はあっという間に変わる、それはこの五年でいやというほど思い知らされている。でも、提督の言うとおり、よいほうに変わることもあるはずだ。

エティエンヌの淹れた香り高い紅茶を飲み、少しあとにエティエンヌ自身が持ってきたおいしいスコーンをかじりながら、ふたりはテラスで気持ちのよい午後を過ごした。ふたりが立ち去ったすぐあとで、かまどに火を入れたとみえて、スコーンは温かく、きつね色に焼けていた。

落ち葉を寄せただけのテラスは、見るからにわびしげに見えたが、美しいプリマス海峡を眺めているだけで幸せな気持ちになる。それに、家のなかには入りたくなかった。やがて彼女は目の前の荒れ放題の庭に目を留めた。

「ハーブは役に立つわね」

「ハーブがなんだって？」

サリーはくるりと目をまわした。「子どものころも、こんなにうわの空でお姉様たちを困らせたの？」

「たぶん」彼はサリーの視線を追った。「おかしなものだ。わたしには海しか見えないのに、きみは庭を見ている」

「あそこのいちばん草が多いところにハーブがあるの。ラベンダーに、タイムに、ローズマリーね。エティエンヌが喜ぶわ。薔薇《ばら》も植えたいわね。これだけ広ければ、なんでもできそう」

いつの間にか頭上に雲が集まっていた。雨が降りはじめ、ブライトが片手を差し伸べた。

「なかに入るしかなさそうだな。読書室に行こうか？　あそこは老伯爵がめったに入らなかったとみえて、〝内装〟されていないんだ」

彼の言うとおりだった。読書室には、みだらな行為にふける彫像もキューピッドの絵もなかった。サリーに椅子のひとつを示すと、ブライトは机に向かい、紙を一枚取りだした。サリーはインク壺《つぼ》の蓋を取った。ブライトが感謝の代わりにうなずき、ペンを取って紙が動かぬように鉤《かぎ》で押さえた。

「まず必要なのは何かな？　挙げてみてくれ」

「もっと使用人が必要ね。キッチンにはどういう使用人が何人欲しいか、あとでエティエンヌに確認しましょう。それと下の階のメイド、上階のメイド、中の階のメイド。庭師。スターキーも何人か欲しいかしら？」

「たぶん。ペンキ職人と大量のペンキもいるな」ブライトは手を止め、机に肘をついた。「ソフィア、この使用人たちはどこで見つけるんだい？　艦隊にいるときは、ひと言命じれば、みんながたちまち遂行してくれたが」

「まず、このあたりの事情に詳しい人間を見つけるの。そうすれば、その人が探してくれるはずよ」

提督は眉間にしわを寄せながらこれを書き留めた。「スターキーは自分の縄張りをおかされたと感じるかもしれないな。それはともかく、そういう人間をどこで見つける？」

サリーは少し考えた。「ご近所を訪問してはどうかしら」

「なんだって？　そして彼らにあれこれ口出しされるのか？」

「あなたときたら」サリーはため息をついた。「厄介な人だと、昨日のうちにわかっていればよかったわ」

ブライトは唇をひくつかせた。「わざときみを苛立《いらだ》たせているわけではないよ。陸《おか》のことがさっぱりわからないだけさ」

「とにかく、明日にでもいちばん近いお宅を訪ねることにしましょう。名刺を置いて、状況を説明するの。この家の状態は、おそらく承知しているはずよ。きっと同情してくれるわ。好感を持ってもらえれば、貴重な助言を与えてくれる」

「好感を持たれなければ？」

「大丈夫。あなたは魅力的な人ですもの」ブライトに見つめられて赤くなりながら、サリーはからかった。「ひょっとして、ご近所のことも知らないの？」

「すぐ隣にいるのは年配の侯爵だそうだ。めったに家を離れないと聞いた。不動産屋の話では、少しばかり人間嫌いのようだ」

「ほかの方たちは？」

ブライトは反対の方向に手を振った。「道の向こう側に住んでいるのは、ヤコブ・ブルースタインと奥さんのリヴカだ。彼はプリマスの銀行家で、ウィリアム・カーターの共同経営者だ。カーターはかなり前に死んだはずだから、いまはどうなっているのかわからないが。だが、この名前は昔からブルースタインに多少の影響力を与えてきたようだな。姉たちはショックを受けていたよ」

サリーは少し考えたあと、結論を下した。「明日の朝、そのふたりを訪ねることにしましょう」

彼はリストに目を落とした。「着替えを手伝うメイドはいらないのかい？」

サリーは首を振った。「〈ドレイク〉亭の食堂で着ていた服とこの服と、外套《がいとう》、ショール、寝間着が一枚ずつ、手持ちの衣装はそれだけですもの」

彼はペンの先をインク壺につけた。「では、きみとわたしにふさわしい衣装を整えるとしよう。そうすればメイドが必要になる。洗濯をするメイドは？」

サリーはうなずいた。心地よい部屋に座りながらも、貧しさの痛みを感じた。「負担をかけて申し訳ないわ」

インクを乾かすためにリストを振りながら、ブライトは首を振った。「負担？　きみがわたしのためにしてくれたことを見てみたまえ」彼はテーブル越しに手をにぎった。「ソフィア、金の話は気づまりなようだから、これっきりにするが、憎んでも憎みきれないナポレオンのおかげで、わたしは金持ちになった。これくらいの出費はなんでもない。これに馬車と馬と御者、それに馬屋の、ほら、なんと言ったかな……」

「馬糞？」

ブライトは椅子に反り返って笑いだした。「そう、馬糞の掃除をする者を雇っても、懐はちっとも痛まない。どうやらきみの仕事は、わたしの足りない部分を補うことらしい」

「せいぜい努めるわ、提督」

スターキーがノックし、ドアを開けた。「夕食は朝食の間に用意する、とデュピュイが言ってます。あそこのふしだらな絵は覆っておきました」彼はいったんドアを閉め、再び開けた。「ペネロペとオデュッセウスは立ち去りましたよ。それともあれは女神で、男のほうは典型的な水兵だったのかもしれません」

サリーはスターキーが閉めたドアを見つめた。「ここは変人ばかり」

「まだきみの最大の仕事が残っているぞ。このリストには書かなかったが、きみには、わたしの仕事を見つけてほしい」


それがいちばんの難問ね。サリーはその夜寝支度をしながら思った。夜のあいだにスターキーはベッドを整え、暖炉に火をおこして、まだ降り続けている雨がもたらした肌寒さを追い払ってくれた。

夕食は純然たる喜びだった。短い時間でエティエンヌはほっぺたが落ちるようなオニオンスープと、堅焼きビスケットを作ってくれた。どちらもアンドリューが仕事から持ち帰り、こぢんまりした自宅の読書室で検討していた食糧リストにあったものだ。そんなとき、サリーは編み物をしながらときどき自分もちらっとのぞいたものだった。

ほとんど知らない、しかもとても魅力的な男と長い時間一緒に過ごすのは、サリーにとっては初めての経験だった。だが、奇妙な気恥ずかしさを感じていると、ブライトは彼女がくつろげるようにと、海の暮らしを話しはじめた。まだ十歳の〝若い紳士〟で、水兵たちにこき使われていたころの思い出を、彼は面白おかしく、とても生き生きと語った。怖い話ではなく、船で訪れたはるか彼方《かなた》の国や町のこと、サリーが子どものころ聞いて、本当にそういうところがあるのだろうか、とよく思った場所のことを。

十歳の少年が送った海の暮らしには、ショックを受けるような荒っぽいことも多かった。ブライトはそれに気づいて途中で言葉を切り、彼女の手に触れた。「心配はいらないよ。わたしたちの子どもにはそんな思いをさせない」

ブライトは自分の生活にすでにサリーを含めていることに、自分ではおそらく気づきもせずに話を続けた。サリーは口を挟まず、熱心に耳を傾けた。ただ一緒にいて、会話をしているだけ。それがこんなに大きな喜びをもたらしてくれるとは。何年も老人の愚痴に耳を傾けてきたあとで、ふつうの会話に飢えていたに違いない。老人の話し相手《コンパニオン》という仕事は、普通の使用人とは微妙に違う。そのため、どこの家でも使用人たちにまじっておしゃべりを楽しむことはできなかった。かといって、主人の居間で会話に加わることもできない。長い夜をひとりで過ごし、息子のことを思い、夫のみじめな最期を嘆く時間があまりにも多かった。でも、いまは違う。チャールズ・ブライトと一緒に過ごすのはなんと楽しいことか。

「必要なときは、いつでも呼ぶといい。わたしは廊下の向かいにいる」彼はサリーの部屋の前でそう言うと、くるりとまわれ右をして自分の部屋に向かった。そんな彼はどこから見ても艦隊の総司令官だが、おそらく自分ではまるで気づいていないのだろう。

あなたはほかに何になればいいかわからないのね、とサリーはドアを閉めながら思った。わたしが必要なものは、それほど多くない。どん底まで落ちれば、本当に必要なものはそれほど多くないことが身にしみてわかる。さもなければ、生きていかれないもの。

サリーはベッドの上で脚を折り曲げ、少し体を弾ませて、包帯よりも厚みのあるマットレスの心地よさを実感した。それから裏側が鏡になったヘアブラシで、ピンを外した髪をとかしはじめた。それはアンドリューからクリスマスにもらった形見で、どんなに困っても手放さなかった数少ない品物のひとつだった。

鏡のほうを上に向け、じっと自分の顔を見つめる。心配そうな目とこけた頬の女が見返してくる。この顔のどこが、〈ドレイク〉亭の食堂でブライト提督の目を引いたのだろう？　またしてもそう思わずにはいられなかった。おそらく彼はなんとしても妻が必要だと思い決め、鼠《ねずみ》嬢が現れないと……。

理由はともかく、せめてもの恩返しに、彼が陸の生活を楽しめるようにできるだけの手を尽くすとしよう。

ベッドに横になり、蝋燭《ろうそく》を消そうと思っていると、ブライトがノックした。

「ソフィア、ひとつ忘れたことがあった。ドアの隙間から左手を出してくれないか」

いったい何かしら？　彼女は立ちあがって少しだけドアを開けた。「なんの……」

彼は上着を脱いで、クラヴァットを外し、シャツのボタンを外していた。首元に鉤を手首に固定している革製のハーネスが見える。彼は一本の紐《ひも》を差しだした。

「きみが夕食のあいだつけたり、取ったりしていた指輪をなんとかしようと思っていたんだ。あれはスープに入ってしまったのかい？」

なんてやさしい人なの。「まさか！　まわりに布を巻けば滑り落ちないと思うわ。新しい……」

「ミセス・ブライト、布を巻きつけた結婚指輪など、妻につけさせられるものか。まだ顔を合わせていない隣人がどう思う？　そもそも、それは鼠嬢に選んだもので、きみにはふさわしくない」

サリーは抗議しようと口を開けたが、彼はそっと唇に指を置いた。

「ミセス・ブライト、わたしは言い返されるのに慣れていないんだ。海軍を退役しても、あまり逆らわれるのは好まない。いい娘《こ》だから薬指を出しなさい。さあ、早く」

彼の言葉には説得力がある。サリーは黙って言われたとおりにした。提督はちびた鉛筆を手渡し、薬指に紐をかけた。

「片手では無理だな」彼はつぶやいた。「これを巻いて、ちょうどいいところにしるしを入れてくれないか」

やさしい行為に胸を打たれ、サリーはおとなしく従った。ふたりの頭が近づき、またしてもベーラム香油のよい香りが鼻をくすぐった。「はい、ここよ」彼女はしるしをつけた細紐と鉛筆をブライトに返した。

彼は一歩下がった。サリーはその場に立ったまま、鉤の留め具に目をやった。「留め具を外してあげましょうか？」

「それはありがたい」彼は少しかがみこんだ。「革に穴が空いているのが見えるかい？そこにある金属製のつまみをひねって外してくれないか。ああ、それでいい。あとは自分でやれるんだが、このつまみをつかむのが難しくてね」

「これだけでいいの？」

「二本の手があれば簡単な作業だな。そうだ、カフスボタンも外してくれるかな。このカフスはとくに厄介でね」

サリーはカフスボタンを外し、彼に手渡した。「おやすみなさい。朝になって助けが必要なら、そう言ってね」

ブライトは感謝の笑みを浮かべ、自室に戻って静かにドアを閉めた。

そのあと、サリーは久しぶりに夫を失ってからの苦しみと屈辱を思いださずにすんなり眠ることができた。「家じゅうのみだらなキューピッドと卑猥《ひわい》な彫像に気を散らされたせいね。わたしときたら、なんて軽薄な女かしら」そうつぶやいて、口元をほころばせ、目を閉じた。「ここをわが家だと思えるようになるのに、そんなに時間はかかりそうもないわ」

誰かが部屋にいるような気がして、彼女は夜中に目を覚ました。少しのあいだ身じろぎもせずに横たわり、それから寝返りを打った。

すると、すぐ横の枕から、しわだらけの顔が自分を見つめているではないか。思わずあんぐり口を開けたサリーを見て、その男は歯が一本もなさそうに見える口を開け、にやっと笑った。起きあがろうとしたが、手首をつかまれ、気持ちの悪いキスをされた。

「長い一年だったよ、嬢ちゃん」

サリーは悲鳴をあげた。

6

退役したとはいえ、チャールズは決してぐっすり眠ることはなかった。頭のどこかが常に覚め、警戒している。旗艦で寝起きし、艦を動かす実際の仕事を遂行するのは艦長の役目で、彼の出る幕はほとんどなかったときですら、ひと晩でもぐっすり眠るということはなかった。いや、青色艦隊の総司令官として多くの兵士の命をあずかっていたそのころのほうが、むしろ、眠りは浅かったといえよう。

妻の悲鳴がまだ終わらぬうちに、彼はベッドを飛びだし、これがどんな脅威か見当もつかないまま、妻を守るのに必要なものを探して周囲を見まわした。そして現役のときと同じ反射神経ですばやく化粧室にそり身の重い短剣《カトラス》を見つけると、次の悲鳴があがるころには、手がひとつしかないことに苛立《いらだ》ちながらも剣を小脇に抱え、ドアを開けていた。

同時にソフィアの部屋のドアが開き、ブライトは彼女の無事な姿を見て、安堵《あんど》のため息をついた。ソフィアは美しい瞳を恐怖で見開き、彼の腕に飛びこんできた。彼はカトラスを落とし、ソフィアをつかんで抱きとめた。

「いったい全体……」彼はカトラスを拾おうとしたが、ソフィアはぎゅっと抱きついたまま手を緩めようとしない。チャールズは落ち着かせようとやさしくなで、健康な女性の体がもたらす快感を味わった。カトラスは床に忘れ去られ、彼は妻を強く抱きしめた。

ソフィアは何かを訴えるような声をもらしながら、さらにすり寄ってくる。だが、ふだんよりきつい訛《なま》りのせいもあって、よく聞き取れない。彼はあごに手をかけ、かすかに揺すぶった。ソフィアはびくっと身を震わせた。

「ほらほら、もう大丈夫だ。心配はいらないよ」

ありがたいことに、司令官として培った権威は、まったくの無駄ではなかったようだ。ソフィアはうわごとをやめ、深く息を吸いこんで彼の胸に顔をうずめた。

「あの男を殺したと思うの。いやらしい男、あんなに年老いているのに！」

意表をつかれ、チャールズは目をしばたたいた。いまのは聞き間違いか？「ソフィア？　いまなんと言った？」

ソフィアは苛立たしげな声をもらして彼から離れると、手を取って自分の部屋へと戻った。「あの男が……ほら、あそこ！　隣の枕に頭をのせていたのよ！　蝋燭《ろうそく》立てで殴ったの。でも、よく見ると……老人を殺してしまったんだわ！」

「なんてことだ」チャールズにはそれしか言えなかった。

ソフィアがベッドに上がり、美しい脚をちらりと見せてうつぶせになった。ベッドの端から壁際の小戸棚の上に目をやり、振り向いて、苛立たしげに手招きする。チャールズは並んでベッドにうつぶせになり、両脚を横から垂らして妻が指さす場所に目をやった。まさしく妻の言うとおり、しなび、ひからびた年寄りが、もつれたシーツをまとって床に倒れている。目を閉じて、気を失っているようだ。額にはあざができはじめていた。

「死んでいるのかしら？」ソフィアがささやく。

その声が聞こえたのか、床の老人はうめき声をもらして目を開けた。「わしは怒らせるようなことを言ったか？」老人はしゃがれ声でつぶやいた。「これまでは、喜んで相手をしてくれたのに」

チャールズはちらっとソフィアを見た。彼の妻は老人を食い入るように見つめている。

「いったい……あなたは誰なの？　わたしのベッドで何をしていたの？」

老人が片腕を差し伸べるのを見て、チャールズは起きあがるのに手を貸した。「ここはわたしの妻の寝室だ。何が起こっているか知る権利があると思うが」

老人はそっと額のこぶに触れ、痛みにたじろぎながらベッドから自分を見ているふたりに目を向けた。「しかし、この家はハドリー邸だろうが。それに今日は六月十日だ。あんたたちこそ、ここで何をしている？」

チャールズは枕に頭をのせ、体を丸めているソフィアをちらっと見た。「やれやれ、きみが言ったとおり、ここは頭のいかれた男の館かもしれないな」

老人は両手を振りはじめた。「おい、わしを椅子に座らせてくれんか。今夜は六月十日だ。それを思いださせる必要があるかな？」

ソフィアが片方の腕を取り、チャールズがもう一方を取って、彼らは暖炉のそばの椅子へと老人を導き、座らせた。「水が欲しいね」

妻がベッド脇のテーブルからカラフェをつかみ、老人の頭に水をかけはじめるのを見て、つい頬が緩んだ。

「違う！　違う！　このばか者！　わしは水を飲みたいんじゃ！」彼はまだ弱々しい声ながら憤慨して叫んだ。「今夜は六月十日だぞ！」

「六月十日？」チャールズは訊《き》き返した。「六月十日は、デヴォン州の頭のおかしな連中が、よだれをたらして荒野から出てくる日か？　ここは個人の邸宅だぞ。きみが襲ったのはわたしの妻だ」

老人はチャールズをじっと見つめた。それからフランスの宮廷で催されるテニスの試合でも見ているように、せわしなく彼とソフィアを交互に見た。「しかし……ここは老ハドリーの家だ。そうだろう？」

「いいや、違う。二カ月前にわたしが彼の相続人から買ったのだ」

老人はふたりの目の前でさらにしぼんだように見えた。「相続人？　するとハドリー卿《きょう》は亡くなったのか？」まるで芝居のせりふを口にするように、老人は最後の言葉を喉につまらせた。

「ああ、もう半年ばかり前に」チャールズはそう答えて別の椅子を引いてくると、妻に座るように合図した。彼女は老人をじっと見てからようやく腰をおろした。「赤ワインを飲みすぎたあと、ベニスで死んだと聞いた。周囲にゴンドラが一艘《そう》もないところで、酔って大運河に落ちたらしい」

「やっこさんらしいな」老人はうなずいた。「しかし、なぜ知らせてもらえんかったのか」

「ハドリー卿の親戚なの？」ソフィアが尋ねた。

彼女の手は薄暗い明かりのなかでも見えるほど震えている。チャールズが手を重ねると、すぐさましがみついてきた。

ソフィアの声が聞こえなかったのか、老人はぐったりと座り、目を閉じた。「ハドリーは死んだか」

「ええ、残念ながら」チャールズはやさしく言った。「よかったら、その六月十日がどういう日か、話してもらえないかな？」

小柄な老人はぼろぼろになった品位をかき集めるように、少しのあいだ黙っていた。

「わしが六月十日をどれほど待ちわびていたか、あんたには想像もつかんよ」

「それがどんな日かわかれば、つくかもしれない」

「ハドリーはここで前代未聞のどんちゃん騒ぎを催していた」老人は白昼夢に浸るような

声で言い、ちらっとソフィアを見た。「ここはわしの寝室と決まっとったのさ、嬢ちゃん！　ハドリーはいつもわしの気に入っているビーナスをここに寝かせておいてくれたものだ」

ソフィアが息をのむのを聞いて、チャールズはちらっと妻を見た。思いがけない老人の言葉に声も出ないとみえて、魚のように口をぱくぱくさせている。チャールズは笑みを噛《か》み殺しながら、老人に目を戻した。この年で女を抱けるとはたいしたものだ。

「失礼なことを訊くが、あなたは何歳なんです？」

「八十になる」老人はかすかに胸を張り、誇らしげに言った。「この四十年というもの、毎年六月十日はハドリーのらんちきパーティに参加してきた」そのときのことを思いだしているとみえて、彼は目尻を下げ、とろけるような顔になった。「知っとるかね、ビーナスは図書室のシャンデリアから振り子のようにぶらさがれるんじゃ」そう言って警告するように指を振る。「だが、一度にふたりは無理だ。その離れ技をやってのけられるのはひとりだけ。全裸で、足の小さい娘がひとりだけだ」

「ああ、そうだろうな」

小鬼のような老人のくせに、驚くべき好色ぶりだ。チャールズは彼に相槌《あいづち》を打ちながら、妻が寝間着に穴が空くほどじっと自分の背中を見つめているのを感じた。こういう質問を続けていたら、あとで厄介なことになりそうだ。「われわれには、シャンデリアの鎖の強度を試す必要が生じることはないと思うね」言うにことかいて、なんと愚かな言葉だ。チャールズは自分でもあきれながらつけ加えた。「このへんでおたがいに名乗らないか。わたしはチャールズ・ブライト卿。国王陛下の青色艦隊の元提督。これは妻のレディ・ブライトだ」

老人は小作人に対するように、鷹揚《おうよう》に頭を下げた。「わしはエドモンズ卿だ。ノーサンバーランドに住んでおる」

一年の大半を北端の州で過ごすとあれば、この老人がデヴォンシャーを訪れる日を一日千秋の思いで待っていたのも無理はない。「それでハドリー卿が亡くなったことが耳に入らなかったのか」

エドモンズ卿は昔話がしたい気分らしかった。「ときにはひとり。ふたりのことも、三人で——」

「その話は、もう結構」チャールズは真っ赤になり、ソフィアと目を合わせないように気をつけた。

だが、エドモンズはかまわず言葉を続けた。「きみも海軍の男なら、乱行の経験がないとは言わせんぞ」

チャールズは答えに窮したが、思いがけずソフィアが助け舟を出してくれた。「エドモンズ卿、昔話より、どうやってこの家に入りこんだのか教えてくださいな」髪をおろし、しとやかに膝の上で手を組んだ寝間着姿のソフィアは、まさしく男には目の毒、ためにならないほど魅力的だ。

ありがたいことに、老人は気を散らされた。もしかすると、チャールズ同様、ソフィアの魅力に気づいたのかもしれない。「簡単なことじゃよ。ハドリーはテラスのあちこちに鍵を隠しておいた。わしの鍵はいつも彫像の下にある。すぐに見つかったよ。両脚を……その、薔薇《ばら》のそばにあるアフロディーテの小像じゃよ」

「まあ」ソフィアは消え入りそうな声で言った。「すると、鍵はあちこちにあるのね？」

「あらゆる場所にある」エドモンズ卿は嬉《うれ》しそうに答えた。「なかに入るのに苦労したことは、一度もない」

チャールズは、妊娠した妻とつらいときを過ごして戻った艦長のひとりが言った、〝結婚生活の駆け引き〟を思いだした。いまはそれを使う場合だろう。そう思ったとき、彼の心臓はおかしな具合に反応した。艦の外科医は不可能だと否定するだろうが、心臓がぴくんと飛び跳ねたのだ。大きなショックを感じたわけではない。だが、彼はその瞬間を意識した。そして思った。噴きだしてこれを笑い話にしてしまうこともできる。だが、ソフィアの気持ちを考え、彼女が突然息を吸いこんだ意味を考えることもできる。賢く選ぶべきだぞ、提督。

彼は深く息を吸いこんだ。ここで笑いだせば、もう二、三日鼠《ねずみ》嬢を待ったほうがましだったことになる。「それは憂うべき事態だ。エドモンズ卿、今夜はここに泊まって、明日の朝、わたしと一緒に庭を歩いてもらえないかな？　もちろん、別の部屋に泊まっていただく」彼はソフィアの頬に触れ、濡《ぬ》れているのに気づいて謙虚な気持ちになった。「二度と妻をこんな目に遭わせたくない」

チャールズはごくりと唾をのみこみ、老人の隣で身を縮めている妻を見おろした。

「ソフィア、安心しなさい。こんなことは二度と起こらない」

彼女は黙ってうなずいた。何か言いたくても声にならないのだろう。その目に浮かんだ恐怖を見て、チャールズは自分が妻のことをほとんど知らないのをあらためて思い知らされた。二、三日前であれば笑い飛ばしていたかもしれないこの老人に、ささやかな協力を感謝するくらいはなんでもない。おまえはたったいま、貴重な教訓を学んだぞ。それを忘れるな。彼はそう思いながら、安心させるように妻にほほえみかけた。

「いくつかは覚えとる」エドモンズが言った。

「それはありがたい。よかったら、一緒に階下《した》におりてお茶を淹《い》れてくれるかどうか、コックに聞いてみないか？　きみはベッドに戻ってはどうかな、ソフィア。この……お客には別の部屋を用意させる」

「いや」ソフィアはそう言ってぱっと立ちあがった。「ここにひとりでいるのはごめんよ！」

エティエンヌは夜明け前の客にも驚いた様子はなかった。それは意外でもなんでもない。艦隊では様々なシフトでどんな時間に寝起きするのも慣れていたからだ。チャールズのコックは目をこすりながらエドモンズを上から下まで見まわし、額のこぶを冷やす氷のかけらまで用意してくれた。

ソフィアは急いで部屋に戻り、寝間着と同じくらいみすぼらしい化粧着に袖を通して、まとめてひねった髪を木製の串のようなもので留めて出てきた。チャールズも自分のガウンを取ってきた。ソフィアは彼が頼む前に紐《ひも》を結んでくれた。

そして彼の横にぴたりと寄り添って階段をおりた。チャールズがいやがられるのを半分恐れながらも、勇気をふるって手首から先のない腕を妻の肩にまわすと、ソフィアはずっと息を止めていたように深いため息をつき、感謝に満ちた目でちらりと彼を見あげた。

彼らは一時間以上も使用人たちのホールに座り、どんどん饒舌《じょうぜつ》になり、とりわけ心に残る乱交パーティの思い出を細部にわたって描写するエドモンズの話に耳を傾けた。やがて時計が三時を打つと、老人は大きなあくびをして、そろそろ寝るとするかとつぶやき、悲しそうな顔でつけ加えた。「四十年だぞ、きみたち。冬には膝が凍り、すえたオートミールしかない土地に住んでいる身になってくれ。ハドリー卿のパーティがどれほど楽しみだったことか」彼は、ようやくほほえむゆとりが生まれたソフィアにウインクし、チャールズに目を戻した。「見るからにうまそうな女性だな。どこで見つけたのかね？」

「街の宿屋の食堂で」チャールズが答えると、ソフィアが笑った。

内輪の冗談だろうか、とエドモンズ卿は訝しみながらふたりを見て、肩をすくめた。

「毛布と枕があれば、わしはそれで結構だ」それから、よほど楽天的な性格らしく、ぱっと目を輝かせた。「図書室で眠ってもかまわんぞ」

「とんでもない」チャールズはきっぱり断った。「執事がもうわたしの隣の部屋を用意した。朝食のあとで、家のまわりを一緒に歩いてもらいますよ」彼は片手を差しだし、指をくねらせた。「とりあえず、あなたの鍵をいただこうか」

エドモンズはため息をつきながらもチャールズの手に鍵をのせ、ふたりに従って階段を上がった。「今日びの若者ときたら、遊び心というもんがまったくわかっておらん」

このつぶやきに、ソフィアが笑いをこらえて肩を震わせた。「わたしたちのことを〝若者〟ですって」彼女はチャールズにささやいた。「喜ぶべきかしら？」

「わたしは嬉しいな」チャールズはささやき返した。「考えてもごらん。エドモンズは驚くべき男だぞ。この年でビーナスを歓《よろこ》ばせるつもりだったとは！　わたしも八十歳になっても、同じ気持ちでいたいものだ」

「そんなこと、考えたくないわ」彼女は言い返した。「それより、朝になったら、ふたりでたくさん鍵を見つけてもらいたいわ！」

彼はソフィアを部屋の前に残し、エドモンズを部屋へ案内した。そして廊下の真ん中に立って迷った。この夜はすでに、海軍の大尉だった時代とよく似た展開になっていた。あのころは戦争の神々の気まぐれに翻弄され、四時間ごとに眠っては起きながら警戒し続けたものだった。ソフィアはこのままで眠れるだろうか？　彼はちらっと振り向き、そう思った。

チャールズは廊下に置いてある背もたれの高い袖椅子をソフィアのドアの横へと移動させ、それに腰をおろしてカトラスを膝にのせた。あの好きものの老人は何をするかわからない。彼はそう自分に言い聞かせた。ハドリー卿のようなろくでなしと親密な間柄だったことを考えると、とくに危ない。

彼はらくな姿勢になり、目を閉じた。

「あなたなの、チャールズ？」

ソフィアの声は、鍵穴のあたりから聞こえた。

チャールズだって？　彼は上機嫌でそう思った。「アイ、ソフィア、わたしの美しいビーナス」

彼女はかすかにドアを開けた。「もう安全だと思うわ」だが、褐色の目にはまだ不安が残っている。「わたしはあなたの美しいビーナスでもないわ」しばらくしてからつけ加える。

彼はウインクして目を閉じた。そして妻がまだそこに立っていると、片方だけ目を開けた。「ソフィア。わたしの行動に疑問を差し挟んだ者はもう何年もいなかったぞ」

「でも、わたしはあなたの部下じゃないわ！」

おやおや、癇癪《かんしゃく》を起こすと、きみの目はすばらしく明るくなる。「うむ。きみのほうがはるかに美しい。おやすみ、ソフィ。そこに裸足《はだし》で立っていつまでも逆らっていると、戦争のほうがよほど平和だという結論に達することになるだけだぞ」

彼女はため息をついた。「まったくここは奇妙な家だわ」

「ああ、明日は何が起こるか楽しみだ」

するとソフィアは薄い毛布を持ってきて、黙ってそれでカトラスごと彼をくるみ、チャールズを驚かせた。それから静かにドアを閉めた。


ソフィアが目を覚ますと、雨はやんでいた。彼女は頭の下で手を組み、長いこと横になったまま、朝の静けさを味わっていた。おなかはすいているが、いつものような心配はない。小鼻をひくつかせると、エティエンヌはどうやら純然たる英国の朝食を作ったようだ。ええ、当然ね、トラファルガーの戦い以来、ずっと大英艦隊のために料理をしてきたのだもの。

今日からは、好きなだけ支度に時間をかけ、それから階下に行ってサイドボードの上に用意された朝食をとれるのだ。老人の要求に応じる必要も、雇い主の意向を恐れる必要もない。首になる心配もなければ、彼らが出し惜しむ安い給金を催促する必要もないのだ。

でも、時間を巻き戻し、海軍卿たちが寄ってたかってアンドリューを追いつめ、ついに死に追いやる前に、ほんのひとときでも彼と過ごせるなら、このすべてを喜んで投げだすわ。ピーターと三人で手をつなぎ、もう一度だけ一緒に歩くことができるなら。水たまりの上で、ふたりしてあの子をさっと持ちあげて喜ばせてやれるなら。ソフィアは惜しみなく愛を注いだふたりのことを思った。そして初めて彼らの思い出を心のなかにたたみこんだ。胸の痛みはなかった。わたしは心からふたりを愛し、精いっぱい努力した。その思いが安らぎをもたらしてくれた。

ソフィアはシーツで涙を拭い、体を起こした。外の芝生から話し声が聞こえてくる。窓を開けると、そこには美しい海が広がっていた。彼女は窓の下枠に肘をつき、笑いを含んだ目でエドモンズを見守った。朝の光のなかでは、とても小柄で弱々しく見える。昨夜はあれほどの恐怖を与えた男が、今朝はほほえみをもたらした。

伸びすぎた灌木《かんぼく》のあいだを歩きながら、ときどき足を止めては鍵を回収するチャールズの姿もあった。「ドアの外で眠る必要はなかったのよ、チャールズ」彼に聞こえないことはわかっていたが、彼女は語りかけた。「でも、ありがとう」

またしても涙がこみあげるのを感じながら、窓に背を向け、化粧室に向かおうとして立ち止まった。昨夜はあのあと、よほどぐっすり眠ったに違いない。ゆうべ夫にかけてあげた毛布が、ベッドの裾にたたんで置いてある。カトラスはドアのすぐ内側に置いてあった。まるで彼女の眠りを妨げるなという警告のように。ソフィアは毛布を肩にかけ、ベーラムのほのかな香りを吸いこんだ。必要に迫られたとはいえ、自分よりはるかにすばらしい相手を選ぶことができた善良な紳士の情けに甘え、結婚を承諾するなんて、なんと愚かで弱い女だったことか。昨夜はそう自分を責めたものだった。

でも、今朝は違う。この広い世界で、自分を助けたいと思ってくれる相手と出会った喜びに胸がはち切れそうだった。

ソフィアはもう一度窓辺に歩み寄り、目を閉じて、再び開けた。するとチャールズはまだそこにいて、老人の言葉に耳を傾けながら庭を歩いていた。想像の産物ではなかった。

7

エドモンズ卿《きょう》はとくに引き留めなくても居座りそうだったが、彼らはスターキーがプリマスまで出かけていって雇った馬車で、その日の昼前に老人を送りだした。

チャールズが馬車まで見送り、老人が乗りこむのに手を貸して、正面の階段に立っているソフィアの横に戻った。そしてほかの人々の手前、新婚の妻の腰に腕をまわして、老人に手を振りながら、口の端でつぶやいた。「そう、その調子。そのまままっすぐ帰ってもらいたいな、エドモンズ卿」

「たいした演技力ね。いかにも名残惜しそうに見えるわ」ソフィアが横から言う。

「艦隊の管理に関してわたしよりよく知っているつもりの議員や貴族連中で、充分な訓練を積んでいるからね」彼はすまして答えた。「最近は、姉たちにも、同じ経験を積まされた」

ソフィアはなかに入ろうと向きを変えたものの、そこで足を止めた。「玄関ホールは通りたくないわ」

「わたしもだ。砂浜へ行こうか」

彼女は喜んでこの申し出に従い、夫の手を借りて、潮が引いた砂浜まで木の階段をおりていった。適所にある岩のひとつに座り、見守っていると、チャールズは水際まで歩いていき、十本の鍵を水のなかに捨てた。

「これで砂のなかに沈むか、沖に運ばれる」彼はズボンで手を拭きながら報告すると、同じ岩のすぐ横に座り、言葉を選ぶように少し間を置いた。「庭を歩いているときに、あの老人にわたしたちは新婚ほやほやだと言ったんだ。すると別の部屋に寝ているのはなぜかと訊《き》かれた」

「まあ」

「あなたには関係のない問題だ、と礼儀正しく言ってやったが……ふたりの姉が来たら、どうする？　これ以上嘘《うそ》をつくのは気が重い。いい考えがあるかい？」

〝嘘〟という言葉に、自分の本当の姓を隠していることを思いだし、告白の言葉が舌の先まで出かかった。旧姓を使わざるをえなかった理由を二、三言説明すれば、それですむ話だ。ただ……どうせ打ち明けるなら、結婚式の前にすべきだった。いまからでは、どう説明しても最悪の日和見主義者にしか見えない。それに非難されるのはこの五年で充分、夫にはやさしいままでいてほしかった。「とくにないわ」偽善者の恥が胸を焼き、頬を染める。でも、彼はデリケートな問題のせいだと思ってくれるに違いない。

「ファニーとドーラには、なぜ鼠嬢《ねずみ》と結婚するか正直に話すつもりでいたんだ。だが、それでは鼠嬢にとっては屈辱だったろうな。わかっているよ。ばかげた計画を思いつく前に、その点を考えるべきだった。それもこれも追いつめられていたせいだ」チャールズはまっすぐソフィアを見つめた。「われわれはどういう仲だということにしようか？　ずっと昔、思いを寄せていた相手だった？　これは名ばかりの結婚にすぎない？　嘘をつくのか、それとも真実を話すのか？」

わたしの思いを読んだのかしら？　夫の顔が険しくなるのを見て、ソフィアはぶるっと震え、目をそらした。

彼はため息をつき、海に目を戻した。「わたしは提督の表情をしたんだね？　すまない。どうも習慣はなかなか直らないな。姉たちに正直に話せば、きみにとっては屈辱でしかない。そうだろう？」

ソフィアはうなずいた。この五年の様々な場面が頭をよぎった。亡き夫が海軍省のお偉方から公然と非難を浴びせられたことからはじまって、友人たちにはあわてて目をそらされ、安い下宿に移らねばならず……。

彼が待っていた。「本当のことを話すべきだと思うわ」ソフィアは低い声で言った。「さっさとすませてしまえば、すっかり終わるかもしれないもの。それがこの計画の要だったのでしょう？」

どういうわけか、彼はこの言葉にショックを受けたようだった。「ああ、そうだな。きみの言うとおりだろう」ようやくそう言った声は、失望しているように聞こえた。わたしが気づかないうちに、何かが変わったの？　彼女はちらっと思った。

長い沈黙のあとで、彼はソフィアの肩を小突いた。「もうひとつぐらい、なんとか嘘をついてみよう」それから立ちあがり、ソフィアに手を差し伸べた。「これ以上きみが恥をかく必要はない」

「わたしならかまわないのよ」

「いや。かまうべきだぞ。なんといっても、退役したとはいえ、いまは提督の妻なんだ」

「いいえ、財産のない、年寄りの話し相手《コンパニオン》よ！」なぜか怒りがこみあげ、ソフィアは叫んでいた。「ふたりきりなのに、何をごまかす必要があるの？」

チャールズは足を止め、自分の腕からソフィアの手を外すと、少しのあいだ肩を抱いていた。まるで彼女をなかから温めようとするように。「いや、きみはレディ・ブライトだ。お手柔らかに頼むよ、ミセス・ブライト。ずいぶん威勢がいいな」それから真面目な顔に戻り、こうつけ加えた。「何か考えるとしよう」

家のなかへ戻る彼に従い、天井とそこでせっせとみだらな行為にいそしむキューピッドたちを見あげながら、ソフィアは思った。この人は親切心からわたしと結婚してくれた。

その価値があったことを証明しはじめなくては。彼女はすぐ横にいる男に目を戻した。「チャールズ、そろそろ真っ向から問題に取り組むべきよ。この家はペンキを塗る必要があるわ」

「そのとおりだ。隣人だね?」

「ええ。訪問して助言を求めましょう。彼らの慈悲に訴えれば、管理のできる人を譲ってもらえるかもしれないわ」

「その手があるな。なぜこれまで思いつかなかったのかな?」

「簡単よ。あなたは命令するのに慣れているから。でも、いまは額をこすりつけて、助けを請うときよ。わたしがもう一枚の服に着替えて、見苦しいけれど頑丈な靴にはき替えたら、出かけましょう」

「いちばん近い二軒だけだよ」三十分後、連れだって正面の階段をおりながらチャールズが言った。

ソフィアはドアの横の茂みをのぞきこんだ。ペネロペはそのなかに横たわり、スタ ーキ ーがせっせと大ハンマーをふるって、運びやすい大きさにしている。「幸先《さいさき》のいいスタートね。わたしたちは着実に尊敬できる隣人に近づいているわ」

「このあたりはレモンの木が育つのかな?」チャールズは草ぼうぼうの私道を歩きながら

そう言った。「玄関のドアの両側にレモンの木を植えたい」

「これから訪ねるお宅で訊いてみましょうよ」ソフィアは私道の外れを指さした。「銀行家、だったかしら？」

「ああ。この土地を見せてくれた男が、何度も謝っていたよ。ユダヤ人の近くに住むのを、わたしがいやがると思ったらしい。それくらいのストレスには耐えられる、と嫌味を言ってやった。偽善者が！」

彼らは私道の外れに達した。

「ここで立ち止まり、左右を見る」彼は笑いを含んだ声で言った。「なんと静かな地域だ！　さてと、隣人を訪ねるとしよう」

そこの私道は、彼らが歩いてきた道よりもはるかに手入れが行き届いている。チャールズは少しばかり嬉《うれ》しそうにそれを指摘した。「ここの住人は、うちの轍《わだち》の跡だらけの道を、なんとかしてもらいたいと思っているに違いないな。不動産屋の男は間違っていた。このあたりの重荷になっているのはわれわれのほうだ」

「あら、わたしを巻きこまないでほしいわ、チャールズ」ソフィアは軽くにらんで言い返した。明るい気分のチャールズと話すのはとても楽しい。「とにかく、精いっぱいよい印象を与えるようにしましょう。ヤコブ・ブルースタインは、ブルースタイン・アンド・カーターの創設者だと言ったかしら？　そこは艦隊の半分が使っている銀行なのね。なんだかもう好きになってきたわ」

チャールズが小さなドアをノックし、それからすぐ横の小箱を示した。「これはメズーザだよ、ソフィア。ユダヤ人は人差し指を唇に置いて、その指でこの箱に触れるんだ」

ソフィアは好奇心と羨望をにじませて見まわした。この家は通りの向かいの荒れ果てた家ほど大きくないが、提督の家にないものをすべて備えていた。はちみつ色の石から、黄色い薔薇《ばら》の蔓《つる》、果ては正面にある部屋の繊細なレースのカーテンまで、すべてが申し分ない。わたしは気短すぎるんだわ、窓辺で伸びをして、また丸くなる猫を見ながらソフィアは思った。この完璧《かんぺき》さは何年もかけて達成されたものよ。

ドアを開けたのは、人のよさそうな家政婦だった。チャールズは帽子を取った。「ブライト提督と妻のソフィアです。よかったらミスター・ブルースタインにお会いしたいのだが」

「どうぞお入りくださいな」家政婦はかすかな訛《なま》りのある英語でそう言いながらドアを広く開けた。「尋ねてまいります」

家政婦は淡い色の水彩画が並んでいるホールにふたりを残して奥に消えた。「エレガントだこと」ソフィアはささやいた。

「ここに比べると、うちはひどい。まるで奨学生が住む下宿だな。少なくとも、娼館のように見えない部屋は、だが」

間もなく軽い、ゆっくりした足音が聞こえた。そちらに顔を向けると、黄金の隠し場所を教えるという老人姿の小妖精、レプラコーンのような男が杖《つえ》に頼りながら近づいてくる。チャールズよりもまだ古めかしい服を着て、ショールを肩にかけたその男の顔には、明らかな好奇心が浮かんでいる。ぴったりした帽子をかぶった頭からは、たんぽぽの綿毛のような白い髪がはみだしていた。近づいてくると、その老人はソフィアの肩にようやく届く上背しかなかった。彼女が片脚を引いて優雅にお辞儀をすると、彼も頭を下げた。

「これはこれは。わが海軍の提督にお会いできるとは、たいへんな名誉だ」彼の訛りは先ほどの家政婦よりもほんの少しだけきつい。「それも美しい奥方とお揃《そろ》いとは」

チャールズは頭を下げ、片手を差しだした。「最近、退役して陸《おか》に住みはじめたばかりでしてね。お宅にいちばん近いのはわが家だと存じます。ブライト提督です。この……美しいレディは妻のソフィアです」

「チャーミングですな。提督、たしかあなたとは取り引きがある」

「艦隊の大部分もね」チャールズはうなずいた。「二カ月前、あのひどい屋敷を買いましてね。おそらく、あそこには何十年も不愉快な思いをされておられたでしょうな」

老人はうなずいて、客間へ入るようにと示した。表からレースのカーテンが見えた部屋だ。窓辺の猫が片目を開け、それからもうひとつの目を開けると、飛びおりて、主人の足もとにからみついた。ヤコブが杖でやさしく猫を押しやる。「だめだよ、ビールズバブ。

おまえにつまずいて倒れたら、誰の役にも立たなくなるどころか、厄介をかけるはめになる」

ソフィアが抱きあげると、猫はおとなしく抱かれて喉を鳴らしはじめた。

「こいつはデヴォン一の日和見主義者でね」ブルースタインはそう言いながらソファを示した。「わたしには捕まえられないだろうと、毎日鼠を持ってきてくれるかわいいやつでもある。どんな形にしろ、慈悲は貴重ですからな」

三人とも腰をおろすと、ヤコブはドアのそばに立っている家政婦にうなずいた。「挨拶に見えたとか?」

「ええ。それが陸の人々がすることだ、という妻の勧めで。この三十年、ほとんど海で過ごしてきたので、何が適切で正しいことか、さっぱりわかりません。妻だけが頼りです」

ブルースタインはやさしい目でソフィアを見た。「この奥方なら、心配する必要はまったくなさそうだ」

「ええ、同感です」

幸い、家政婦が紅茶と小さなケーキを持って戻ってきて、ソフィアはそれ以上おもはゆい思いをせずにすんだ。家政婦がソフィアの前にトレーを置く。彼女が見あげると、驚いたことにその目には涙が光っていた。どうしたのかしら? ソフィアはけげんに思ってブルースタインに目をやった。彼も必死に落ち着きを保とうとしているようだ。「あの、わたしがお注《つ》ぎしましょうか、ミスター・ブルースタイン？」

　彼はうなずいて涙を拭った。

「お取りこみのときに来合わせたのではないといいが。出直してきましょうか？」

　ブルースタインは大きなハンカチを取りだして勢いよく鼻をかみ、ショールをずりあげた。「いや、今日はすばらしい日だ。わが家を訪れてくれたのは、あなた方が初めてだとお話ししたら、わたしが少し感情的になった気持ちもわかっていただけると思うが」

　ソフィアは驚いて息をのんだ。「まあ、ここに住んでどれくらいになりますの？」

「もう三十年以上になる」ブルースタインはトレーを示した。「注いでもらえますかな？ケーキは……」彼は肩をすくめた。「まだ少し時間が早いかもしれないが」

　そのとおりだが、この老人に恥をかかせる気にはなれない。「とてもありがたいですわ、ミスター・ブルースタイン」もう一秒でもこの老人の自尊心を傷つけまいと決め、彼女はティーポットを手に取った。「お砂糖はひとつ？　それともふたつですか？」

　ブルースタインは芝居がかった身ぶりで周囲を見まわした。「家政婦にはひとつしかだめだと言われているんだが、幸いどこにもいないようだ。三つ入れてもらおうか」

　ソフィアは言われたとおりにして、ブルースタインを驚くほどやさしい目で見ている夫に尋ねた。「あなたは、チャールズ？」

　彼は首を振った。「砂糖は結構。紅茶だけでいい。それとケーキをひとつ」

ブルースタインはこの会話に気づいた。「あなたの紅茶の飲み方を知らないところを見ると、結婚したばかりのようだね、提督」

「ご明察です」チャールズはカップを受け取りながら答えた。「平和が訪れたおかげで、それまでは享受できなかった特権を手にすることができるようになった。それを学んでいるところですよ。そうだね、ソフィ？　誰も訪れたことがないんですか？　まあ、向かいに住んでいた老人とは、知り合わないほうが幸いだった。だから、少しも損失とは言えないが」

「みなうちの銀行は喜んで使ってくれるのだが……」ブルースタインは肩をすくめ、紅茶をひと口飲んだ。「ここを訪問する気はない」

「なんという連中だ。恥を知るべきです」

ブルースタインは肩をすくめ、言葉よりも雄弁に両手を差しだした。「だが、あなた方は訪ねてくれた」

「ええ、またまいりますわ」ソフィアは口を挟んだ。「とてもすばらしいお宅ですもの」

彼女は笑った。「天井にみだらなキューピッドのいない家なら、どこでもそう見えるのかもしれませんけど！」

ブルースタインは目をみはった。「噂《うわさ》には聞いていたが」

「すべて真実です。だが、わたしがあそこを買ったのは、眺めがすばらしいからですよ！」ソフィアとチャールズは、それから数分にわたって声をひそめて家のなかの様子を説明した。ポットのなかのお茶がしだいに減り、ケーキもひとつずつなくなった。ふたりの話が終わると、今度はブルースタインがいとこにあたるネイサン・ロスチャイルドの要請で一八〇五年にフランクフルト・アム・マインからこの国に着いたときのことを話してくれた。ロスチャイルドはマンチェスターで織物商として出発した男だ。

「ネイサンがロンドンの取引所に入ると、そちらに助けが必要になったんだが、わたしはデヴォンシャーの生活のほうが性に合っていたものだから」ブルースタインが椅子に背をあずけるのを見て、ソフィアは急いで短い脚の下に足置きを運んだ。「ありがとう。提督、この人は宝物だね！」

「わかってます」チャールズの低い声にソフィアは赤くなった。「それにすぐに赤くなる」彼はそう言ってほほえみ、親切にも話題を変えてくれた。「いまでも銀行のほうへ顔を出されるんですか？」

「ときどきだが。実務のほうは息子のデイヴィッドとサミュエルに譲ったのでね。ウィリアム・カーターが何年か前に亡くなったので、われわれは彼の持ち分を家族から買い取った。だが、カーターに敬意を表して、彼の名前は残すつもりだ」

ブルースタインはポケットから時計を取りだし、すまなそうにチャールズを見た。「おかげでとても楽しく過ごすことができたが、妻のリヴカの具合が悪いものでね。午前中は、ほとんど一緒に過ごすことにしているのだよ。そろそろ行ってやらないと、わたしがどこへ行ったのかと心配しはじめる」

「ええ、わたしたちはもうおいとましますわ」ソフィアは急いでそう言った。

ふたりとも立ちあがった。ブルースタインも、チャールズが肘の下に添えた手をつかんで立ちあがる。

「きみはよい男だ。艦隊はきみなしでも大丈夫なのかな?」

「そうでなければ困ります」チャールズは細い肩から滑り落ちたショールを引きあげてやりながら答えた。「スムーズに引き継ぎができないようであれば、それは後継者を育てられなかったわたしの落ち度ですから」

ブルースタインは客間のドアのところでためらった。「よかったら……頼みがあるのだが」

「ええ、なんでしょう?」ソフィアが言い、チャールズはうなずいた。

「わたしのリヴカは、寝たきりの状態でね。きみたちが妻を見舞ってくれたら、どんなに喜ぶことか」彼はソフィアの手を軽く叩《たた》いた。「妻は決して訪れない客に備え、何年も紅茶とケーキの用意をしてきたのだよ」

ソフィアは涙ぐんだ。わたしほどつらい思いをした人間などいないと思っていたけれど、まだ流す涙があったなんて。「喜んで奥様にお目にかかりますわ」ソフィアは声が出るようになるとそう答えた。

　ふたりに両側から助けられ、ブルースタインは階段を上がって、カーテンを半分引いた広い部屋へふたりを案内した。窓を開け放ったその部屋には、彼と同じように小柄な女性が枕を背にしてベッドに座っていた。ブルースタインは急いでそばに行き、ベッドに腰をおろして妻の手を両手で包んだ。そしてドイツ語らしい言葉で語りかけた。その女性は目を開けてほほえんだ。

「まあ、お客様がいらしたの」彼女は英語でそう言うと、心配そうに夫を見た。「紅茶とケーキをお出ししてくれた？」

「とてもおいしくいただきました」チャールズが言った。

　ソフィアは、いまにも涙で喉をつまらせそうな夫の手を取った。「ご主人にすばらしいおもてなしをしていただきましたわ」

　リヴカ・ブルースタインは椅子を示した。「どうぞ、ここに座って」彼女はソフィアを見てささやくような声で言った。「あなた方の新居のことを話してちょうだいな」彼女の声は弱かったが、夫に向かって手を振り、こう言った。「ヤコブ、このハンサムな紳士に、地球儀のコレクションを見せてさしあげたら？　わたしは奥様とふたりで話したいの」低い声ににじむ満ち足りた喜びに、ソフィアは胸を打たれた。

二十分もすると、リヴカ・ブルースタインは疲れて目を閉じた。ソフィアはそっと彼女の手を放し、白い上掛けの上に置いた。

リヴカが目を開けた。「また来てくださるわね？」

「もちろん」

「本を読んでくれる？」

わたしがこれまで世話をした老婦人たちが、みんなあなたのようにやさしかったら！ソフィアはそう思いながらドア口からリヴカにキスを送った。「喜んでもらえそうな本を持ってきますわ」チャールズに入ることを禁じられた図書室で、果たして適当な本が見つかるだろうか？　ちらっとそう思いながらつけ加える。「何か探します」

リヴカは眠っていた。ソフィアは静かにドアを閉めた。

8

「三十年も近所の人々が誰ひとり訪れなかったとは」ブルースタイン邸をあとにしながら、チャールズはつぶやいた。振り向くと、ヤコブ・ブルースタインはまだ戸口に立っている。「もう一軒のいちばん近い隣人のところには、どんな驚くべき事情があるのか考えさせられるな」彼はソフィアの手をやさしく叩《たた》いた。「きみはすばらしい人だよ、ソフィ」

「ほんとにショックね。あんなによい老夫婦なのに」ソフィアは前方の木立のなかにかろうじて見える、ブルースタイン家よりもはるかに大きな館に目をやった。「あそこに住んでいるのは誰ですって?」

「ブリムリー卿《きょう》だ。彼はわれわれよりも位が上だから、失礼のないように振る舞う必要があるぞ」チャールズはからかった。「不動産屋の話では、侯爵がここに滞在するのは夏のあいだだけだそうだ」チャールズは足を止めた。「どこかで聞いた名前だが、思いだせない。ブリムリー。ブリムリー。会えばわかるかもしれないな。もう一軒訪ねる元気が残っているかい?」

ソフィアはうなずいた。「わたしたちの……あなたの家の壁を見ないようにして過ごすよりも、間違いなくこのほうが楽しいわ」

チャールズは歩きだし、ちらっと横目で彼女を見た。「最初の言い方が正しいよ、ソフィ。欠点はあるにしろ、あれはわたしたちの家だ」

ご親切に。本当にそう思えるといいんだけれど。ソフィアは顔が赤くなるのを感じ、悟られないことを祈った。「そう思えるようになるには、少し時間がかかりそう」

「確かに」チャールズはため息をついた。「それに改装に必要な職人を見つけるあてもまだつかない」

「ペンキもね。何十缶というペンキも必要よ」

チャールズは低い声で笑いながら、彼女の腕を引き寄せた。「ああ、ペンキもだな。艦隊にいれば、艦長に二、三言命じるだけで、その命令が次々に下へ伝わり、あっという間にペンキ塗りが終わるんだが」

ブリムリーの館はそれよりも慎《つつ》ましいブルースタイン邸に比べると、青い空を背景にそびえたっていた。イタリアのルネッサンス以来、ずっとそこにあったように見える人造の遺跡をほれぼれと眺めながら、ふたりは私道をゆっくりと歩いていった。「あの東屋《あずまや》の天井はミケランジェロが描いたものだろうか？」

ソフィアは彼を小突いた。「まさか！」

「ではラファエルかな？　それともティツィアーノか？」

「もう！　よしてちょうだい！」

チャールズは笑ってまた少し腕を引き寄せた。「行儀よくしろよ、ソフィア」壮麗な扉へと低い段を上がりながら、彼は耳元に口を寄せてささやいた。「ほう、これはすばらしい邸宅だ。こういう館では、わたしたちがノッカーに手を伸ばす前に、執事がドアを開け……おっと」

黒いスーツを着た執事は、まるで王のような威厳を放っていた。足がすくみ、ソフィアは最後の段で立ち止まった。チャールズが彼女を無理やり引きあげた。

「最近退役した海軍提督、チャールズ・ブライト卿だ」チャールズはいかめしい黒い服の男にも少しもひるまず、堂々と名乗った。「こちらはレディ・ブライト。わたしの妻だ。ブリムリー卿にお会いしたいのだが。つい最近、ここに隣接したハドリー邸を買った隣人として挨拶にうかがったのだよ」

執事はふたりをなかに入れたものの、ドアを閉めなかった。侯爵が門前払いをくわせる疑いがあるとでもいうように。チャールズはちらっと横を見て片目をつぶり、ソフィアを苛立《いらだ》たせた。

「ブリムリー卿がお受けするかどうか聞いてまいります」執事はそう言ったあと、少なくとも控えの間に通す必要があるかどうか迷うように、かすかにためらった。だが、結局おざなりに頭を下げ、踵《きびす》を返して奥に向かった。

「われわれは客間には値しないようだな」チャールズはささやいた。「ハドリー邸、と言ったのが間違いだった。ペネロペとオデュッセウスはもう玄関のところでみだらな真似《まね》はしていない、とつけ加えるべきだったかな?」

ソフィアはつい笑っていた。「ブライト提督、あなたときたら! これではどこへも連れていけないわ!」

彼はにやっと笑った。「奥方。実を言うと、わたしは盛りのついた豚のような男でね。結婚するまでは、知らせないほうがいいと思ったのさ。人生とはなんと驚きに満ちたものか」

ソフィアが言い返そうとすると、執事が戻ってきた。彼は尊大な調子で、客間でしばらくお待ちくださいと告げた。

「どうやら、ほんの少し運が向いてきたようだぞ」執事が客間を出ていくと、チャールズはつぶやいた。「ブリムリー。思いだせるといいんだが」

ふたりはソフィアが不安を克服し、飾ってある絵に見とれながら、客間を歩きまわれるようになるほど長く待たされた。チャールズがこっそり懐中時計を取りだし、時間を確かめはじめたとき、ようやくドアが開き、ブリムリー侯爵その人が入ってきた。ソフィアはちらっと夫を見たが、何も思いだした様子はなかった。

「わたしがブリムリーだ」侯爵はそう言って軽くうなずいた。「ブライト提督。あのみじめな屋敷を買ったお悔やみを言わせてくれたまえ」彼は冷ややかな微笑を浮かべた。「奥方がいるところを見ると、それも美しい奥方だが、あそこの壁や天井を塗り替えるつもりなのだろうね」

「そのつもりです。妻に去られては困りますから。しかし、陸《おか》で長く過ごしたことがないせいで、職人たちをどうやって探せばいいか、少しばかり途方に暮れているところです」

「適切な管理人が必要だろうな」

「妻はわたしの正気を疑っています」チャールズは率直に言った。「だが、あそこの眺めは……あの眺めときたら。ここからは海が見えますか？」

侯爵の顔を様々な表情がよぎるのを、ソフィアは驚いて見守った。彼はしばらくしてぼそりと言った。「海が見えないことを、わたしは喜んでいるよ、提督」

ソフィアはちらっと夫を見た。彼はけげんそうに眉をひそめ、口を開いたが、言葉は出てこなかった。

「誰もが海を好むわけではないのでしょうね」ソフィアは気まずい沈黙を埋めるためにそう言った。

「ああ、わたしは嫌いだ」

執事がメイドをともなって戻った。メイドが彼らのあいだの小さなテーブルにトレーを置くあいだ、気まずい沈黙が部屋を満たした。侯爵は片手を振ってソフィアに紅茶を注《つ》ぐよう促した。

彼らは黙って紅茶を飲んだ。沈黙がほとんど耐えがたいほど続いたあと、侯爵はわずかにチャールズのほうに顔を向けた。「わたしが誰だか知っているのだろうな？」彼は氷のように冷ややかな声で尋ねた。

「いいえ、存じません」

「では、この名前は知っているかな。トーマス・プレイスは」

チャールズは音をたててカップを置いた。「その名前は自分の名前と同じくらいよく知っています。ご子息でしたか？」

「ひとり息子だった」

「トーマス・プレイス大尉、モールデン子爵」チャールズはつぶやいて、窓辺へ歩いていき、再び戻ってきた。侯爵は彼の姿を目で追った。「彼は称号を使われるのをいやがったので、わたしにとっては常にミスター・プレイスでした。一度か二度は大声を出さねばならないこともあったが、よい兵士でしたよ。わたしは彼の艦長でした」

「ああ、知っている」侯爵も立ちあがり、窓のそばに戻ったチャールズに加わった。「きみのキャリアは、多少の関心を持って追っていたのでね」そう言ってちらっとソフィアを見た目には、もう悲しみしか浮かんでいなかった。「レディ・ブライト。わたしは二十年近くあなたのご主人を憎んできた。実を言うと三年前だったら、決してこんなふうに訪問を受けることはなかったろう」

ソフィアは目をみはり、ふたりの男を見た。夫の表情を読もうとしたが、彼の顔からはまったく表情が消えていた。そこにあるのは不意をつかれ、必死に形勢を立て直そうとしている男の険しい表情だけだ。ソフィアも立ちあがろうとしたが、夫がそばに戻り、そっと肩を押した。

「心配はいらない」チャールズはそう言ってかがみこむと、つかの間頬を寄せた。ソフィアは言葉に尽くせぬほどの安堵《あんど》をおぼえて体の力を抜いた。夫は力こそ緩めたものの、そのまま手を置き続けた。

「どうぞ、続けてください」チャールズの声はしっかりしていた。

ソフィアが見ていると、恐ろしいことに侯爵は目の前でしぼんでいくようだった。チャールズもそれを見てとったに違いない。窓辺に戻り、黙って腕を取り、椅子へと導いた。ソフィアは立ちあがり、ブリムリー卿のすぐそばに座った。この人がわたしの世話した老婦人たちのひとりだとしたら、わたしはこうするわ。彼女はすばやくボンネットを取り、それを横に置いて、トレーのナプキンをつかんでお茶に浸し、やさしく侯爵の額に押しあてた。「もう大丈夫ですわ、閣下。執事を呼びましょうか？」

ぼんやりした目で彼女の動作を見ていた侯爵は、この言葉にわれに返ったらしく、首を振った。

「いや、ベッダースはわたしの叔母と同じように動転するだけだ。そして死ぬほど心配する」

「では、奥様は？　奥様をお呼びしましょうか？」

「妻は三年前に死んだよ。そのことをきみのご主人に話す必要があるのだ」彼はソフィアとは反対側の、自分の隣にある椅子を叩いた。「座りたまえ、提督」まるでふたりの年齢が実際よりもはるかに離れているようにそう言った。

「なんと……申しあげればいいか」チャールズは途方に暮れた顔で言った。

「もちろん、きみにはわからないとも。わたしたちのことは知らなかったのだからな」

ふたりは口をつぐんだ。ソフィアは口を挟み、夫を弁護したかった。出会ってからまだ数日しかたっていないことを考えると、その思いは驚くほど激しかった。彼女は目をふせ、いつの間にかきつく握りしめていた両手を見つめた。チャールズは先ほどと同じように何を考えているかわからない目で、彼女の拳を見つめている。

侯爵は彼女に言った。「レディ・ブライト、わたしの息子はきみのご主人の下で戦った。カプリス号……だったかな？　この名前を忘れることはありえないと思ったが、長い年月がたったことを思えば、うろ覚えになってしまったのも不思議ではないのかもしれん」

「カプリス号です。彼はわたしの右腕でした。われわれがオーストラリアに向かったときは、フランスともスペインとも戦争状態ではなかったのです。ジョセフ・バンクス卿門下の博物学者が、フェアリー・ターンと呼ばれる鳥を捕獲するのを補佐するのが任務でした」

「それは首尾よくやり遂げたようだな。少なくとも息子がくれた最後の手紙にはそう書いてあった」侯爵の声が涙でかすれるのを聞いて、ソフィアは思わず手を取っていた。侯爵は逆らわなかった。

「ええ。われわれは命令を達成し、プリマスへと帰途につきました」チャールズは言った。「途中、食糧と水を積む必要があり、ヴァルパライソの港に入りました。スペインとわが国が再び戦争状態になったことを知らなかったのです」彼は言葉を切り、じっと窓の外を見つめた。

「きみがその港をじりじり出るあいだに、わたしの息子はそこで起こった戦いで死んだ」ブリムリー卿はそう言い、ソフィアを見た。「きみたちには息子がいるかね？」

「生きている息子はいません」ソフィアがささやくように答えると、チャールズは侯爵の向こうから手を伸ばし、彼女の手に触れた。

「それは気の毒に。息子を失う痛みはわたしも知っている。取り乱さずにできるなら、ベッダースを呼んで二十三年前にきみの夫が書いた悔やみの手紙を持ってこさせるのだが。そこに書いてあることは、そらで覚えているよ。〝こう申しあげられることができて、ほっとしています〟」

彼はその先を続けることができなかったが、チャールズがあとを引き継いだ。「〝ご子息は即座に、苦しまず亡くなりました〟」

チャールズの言葉がひどい悪臭のように部屋を満たし、老侯爵が顔を上げた。「あれは嘘《うそ》だったのかね？　きみはあんなときに、わたしに嘘をついたのか？」

ソフィアはいつの間にか止めていた息を吐きだし、極限まで引っぱられた線のように、部屋のなかの張りつめた空気が震えるのを感じながら夫を見た。

「つきました、侯爵」

侯爵も息を止めていたに違いない。勢いよくそれを吐きだした音にソフィアはびくっと飛びあがった。「だと思った。だからきみを憎んでいたのだ。この地上の何よりも大切だった息子の最期の瞬間について、真実を告げる勇気のない臆病者だと思ったからだ」

チャールズは黙って床を見つめている。今度はソフィアが侯爵の向こうに手を伸ばし、夫の手に触れた。

「詳しいことをお聞きになりますか？」彼はしばらくしてから尋ねた。

「聞きたいと思っていた」侯爵は認めた。「きみが退役したと聞いたとき……ああ、そうとも、わたしはきみのキャリアを追っていたのだよ。わたしは尋ねたかった」彼は首を振った。「問いただすのでも、つめ寄るのでもない、ただ知りたい、そう思っていた」

「三年前、何があって気が変わったのですか？」

「妻が死んだのだ」侯爵はぽつりと言った。「当然ながら、妻が苦しみ続けるあいだ、わたしはそのかたわらで見守った」彼は涙に潤む目でソフィアを見た。「愛する妻が息を引き取る間際に、なんと言ったと思う？」

ソフィアが首を振ると、侯爵はチャールズに目を戻した。

「わたしを見たまえ、ブライト！　妻はこう言ったのだ。〝あの子が苦しまずにすんで、本当によかった。どんなに嬉《うれ》しいかしれない！〟と。そしてにっこり笑い、わたしを残して逝ってしまった」

侯爵はこらえきれずに両手で顔を覆った。

「それが嘘だとわたしにはわかっていた。だが、その嘘が、地獄の苦しみから愛する妻を救い、ずっと支え続けてきたのだ。いまわの際で、わたしにもようやくそれがわかった。だからもうきみを憎むまいと決めたのだよ、チャールズ卿」

客間は静まり返った。心配になったとみえて、執事がそっとドアを開け、再び閉じた。

侯爵は体を起こして、ソフィアたちふたりの手に触れた。

「きみにそのことを告げる日がくるとは思ったこともなかったが、このあたりの土地を管理している男が、ハドリー邸をきみが買ったと教えてくれた。立派な隣人を得て、わたしが喜ぶと思ったのだろうな。実際、喜んでいるよ」

チャールズは落ち着いた顔で立っている。ソフィアはそれを見て驚きながらまたしてもこう思わずにはいられなかった。自分が何も知らずに結婚した相手は、日を追うごとに深みを増していく、と。

「なんと申しあげればよいか」チャールズはそう言った。「ご子息がどのように死んだか、お話ししましょうか？　いまでもよく覚えています」

侯爵は彼を見た。「部下の死に様は、ひとりとして忘れてはいないだろうな」

「そのとおりです」一瞬だけ声をつまらせたものの、チャールズは静かにそう言った。

「何年も知りたいと思っていた。だが、いまとなってはどんなふうに死んだかはどうでもいいことだ。息子は安らかに眠っているのだからな」

チャールズはうなずいた。「これだけは言えます。彼は勇敢でした。外科医とわたしは彼が息を引き取るまでつき添いました。これは嘘ではありません。ご子息は苦しみました。だが、ひとりで苦しんだわけではない。そして幸いなことに、昏睡《こんすい》状態に陥り、意識を失いました。誓って、艦隊の誰もがうらやんだに違いない最期でした」

侯爵はうなずいて、紅茶をひと口飲んだ。再び口を開いたときには、先ほどよりもやさしい口調になっていた。「いいかね、きみには必要な手配をしてくれる管理人が必要だ」

彼は顔をしかめた。「一度だけだが、あそこに招かれたことがある。妻は一度も連れていかなかった。きみはどうやら寛容な女性と結婚したようだな」

「ええ、日がたつごとにますますそれがわかってきます」チャールズの言葉に、ソフィアは頬を染めた。「しかし、妻がわたしをどれほどチャーミングだと思っていても、我慢にも限度があることはわかっています。よい管理人ですか？」

「そうだ」侯爵は身を乗りだした。「お節介焼きの年寄りだと思われては困るが、そういう男がひとりここにおる。すでに何年か管理人代理をしてきたが、そろそろ昇格させてもよいころだ。彼をきみのところへ送ってやろう。もちろん、きみが同意すればだが」

「まことにありがたい申し出です、侯爵」チャールズは左手首についた鉤《かぎ》でソフィアのあごの下に触れた。「妻もほっとすることでしょう」

侯爵はまるで父親のような目でソフィアを見た。「なんと愛らしく頬を染めることか！近ごろはもう赤くなる者などおらんと思っておったよ」

チャールズは、ぜひとも昼食を一緒に、という侯爵の申し出を固辞し、彼らはそれからほどなく侯爵に別れを告げた。「すっかり長居をしてしまいました、ブリムリー卿。しかし、隣人としてお近づきになりたかったものですから」

「ぜひまた来てくれたまえ」侯爵は立ちあがってソフィアにほほえみ、両手を取った。「昼食をしていってくれるように、ご主人を説得できないかね？」

ソフィアはチャールズを見たが、彼は首を振った。「今回は無理なようですわ。どうか、また呼んでくださいな」

侯爵邸を出るとチャールズはまっすぐ前を向き、ずんずん歩いていった。そして私道を出て角を曲がり、屋敷からは見られる心配がなくなると、急にがっくり膝をついた。前かがみになった頭から、帽子が落ちる。ソフィアが驚いてかたわらにひざまずき、背中に手を置くと、恐ろしいことにチャールズはすすり泣きはじめた。

その道の少し先にベンチがあった。ソフィアは意味もない言葉をつぶやき、慰めながら、彼の腕を取って、ベンチに座らせた。「あそこには、もう一分もいられなかったのね？」

チャールズは青ざめた顔で天を仰ぎ、涙で頬を濡《ぬ》らしながらうなずいた。ソフィアの前で泣くことになんの抵抗もないようだった。どうすればいいの？　ソフィアは途方に暮れ、黙って彼を抱きしめた。彼の苦悩を和らげる言葉はない。この体のぬくもりで慰めを与えるしかないのだ。ソフィアはひしと抱きしめ、髪をなでながらつぶやいた。

「彼らのことはひとり残らず覚えているのね」

チャールズは再びうなずいた。ソフィアは息子にしたように提督を抱きながら、心地よい髪の香りを吸いこんだ。考えてみれば、無実の罪を着せられて苦しんでいるあいだ、アンドリューはこんなふうに慰めさせてはくれなかった。

だからあんなことになったのよ、アンディ。ソフィアは天国の夫に語りかけた。あなたがこの人のようにわたしに苦しみをさらけだしてくれたら、親子三人、いまでも一緒にいられたかもしれないのに。

9

「まったく愚かな男だと思うだろうね」チャールズは彼女の胸に顔を押しつけたまま、くぐもった声で言った。

「思うものですか」ソフィアはやさしくたしなめた。正直に言えば、むしろ心臓を締めつけていた力が少し緩んだような気がする。「戦争のあいだ、あなたは想像もつかないほど大きな重荷を背負っていたのね」

チャールズは立ちあがって上着のポケットからハンカチを取りだした。「まったく魅力的な男だ」彼はソフィアを見ずにつぶやいた。「目を拭くか、鼻をかむか？」それからうっかり毒づき、失礼と謝って、ハンカチを目に当て、次いで鼻をかんだ。「ブリムリー卿《きょう》には不意打ちをくわされた。彼が誰だかまったく知らなかったんだ」

それからようやく赤い顔で彼女を見た。ソフィアはためらわずに彼の顔に手をやった。すると、錯覚かと思うくらいすばやく、軽く、彼は手のひらに唇で触れた。

「わたしはきみの重荷を軽くするために結婚したはずなのに、ひどい皮肉じゃないか。こんなことになるとは、思いもしなかっただろうね」

「あなたもそうでしょう?」ええ、先のことがわかっている人間など、ひとりもいない。

ふたりはしばらく黙って座っていた。「何を考えているんだい?」やがてチャールズが尋ね、立ちあがってソフィアを立たせると、彼女に向かって腕を差しだし、再びわが家に向かって歩きだした。

ソフィアは自分が感じている気持ちを、どう言い表せばよいか見当もつかなかった。錨《いかり》の上で揺れる船のように、自分の心を引く感情がなんなのかさえもわからない。「あなたは、陸《おか》の生活は複雑だと思っているに違いないわね」

「きみは? 何を考えているんだい?」

「ええ、何かしら?」ソフィアはそう言って少しチャールズを驚かせた。「わたしが考えているのが、自分のことかどうかさえよくわからないわ」

「ありがとう。わたしはそれほど心にかけてもらう価値はないよ」

チャールズが黙って歩くのに満足している様子を見て、ソフィアは嬉《うれ》しかった。今朝はいい勉強になったわ。彼女はそう思いながら歩調を合わせた。ふたりの身長はほぼ同じだったから、少しも難しくなかった。この五年、世の中に自分ほど不幸な人間はいないと思っていたけれど、あれは大きな間違いだったかもしれない。

これは考える価値のあることだ。彼女はひとりになって、じっくり考えたかった。ありがたいことに、午後はひとりにしてもかまわないか、とチャールズが訊《き》いてきた。「ええ、ちっとも。スターキーに頼んで、浜辺に昼食を運んでもらいましょうか？」

彼はうなずいた「蓋つきバスケットに入れてくるように言ってもらってもいいかな？」

「ええ、もちろん」ソフィアは請け合った。「チャールズ、おたがいにこれからずっと一緒にいるとしたら、あまり遠慮しないようにしなくては」

「そうだな」

ソフィアはスターキーがきれいに掃除をしてくれたテラスでお昼を食べた。それから二階に行き、ハドリーのリネンをしまったクローゼットを開けて、シーツの数を確認した。この単純な仕事は、いまの気分にぴったりだった。ありがたいわ、シーツはたっぷりある。ソフィアはそう思い、それからハドリーの年に一度の酒池肉林のパーティの夜、館のベッドで繰り広げられた営みのことを考え、赤くなった。どうりで、たくさんのシーツがあるはずだ。それも上等のシーツが。枕カバーとタオルも同じくたっぷりある。老ハドリーは自分のように好色な老人たちに、文字どおりこの館をホテルとして提供していたのだ。

チャールズは夕食にも戻らなかった。朝食の間でひとり食事をとったあと、ソフィアはスターキーに提督のことを尋ねた。

「悩みがあるときは、ひとりでいたがるんです」

スターキーの表情からすると、提督がふさぎこんでいる原因はソフィアにあると思っているようだが、ソフィアはあえて弁解しなかった。その夜は、天井の好色なキューピッドたちを無視しようと努めながら、客間でせっせと改装プロジェクトのリストを作った。

横になったものの、チャールズのことが気になって眠れず、結局起きあがって膝を抱え、彼が階段を上がってくる足音に耳をすませた。チャールズはつかの間ソフィアの部屋の前で立ち止まり、それから自分の部屋へと廊下を横切った。ふたりの取り決めに関して、気が変わったのだろうか？　ソフィアは枕に頭をあずけながら思った。チャールズが泣いたことを恥じているのはわかっている。案外、あんなふうに誰かの前で泣いたことは一度もなかったのかもしれない。しかも、女性の前で。「まあ、わたしが女性なのは、わたしにはどうにもならないわ」彼女はぼそりとそう言って、眠ろうと努めた。

昨夜あんなことがあったあとで眠れるだろうか？　あの老紳士がすでにデヴォンシャーから遠く離れているといいけれど。〝美しい恋の女神〟ですって？　少なくとも今夜は、自分が粉々になった昔の幸せや貧しさ、次の食事のことを心配していないことに気をよくして、ソフィアは口元をほころばせた。

翌朝は、階下の騒ぎで目が覚めた。男たちが話し、笑い、木槌《きづち》で何かを叩《たた》いている。目をこすりながら体を起こしたとき、チャールズがドアをノックした。

「どうぞ」ソフィアは何度も洗濯した寝間着の薄さを気にしながら言った。

だが、心配する必要はなかった。チャールズの寝間着とガウンも同じくらい洗いざらしだ。もっとも、ガウンには手の込んだ刺繍《ししゅう》がしてある。

「あらまあ、それは日本の宮廷で見つけてきたの？」ソフィアは朝の挨拶代わりに尋ねた。

チャールズは受け皿にのせたティーカップを持っていた。まだ手首の先に鉤《かぎ》をつけていないため、シャツの袖口のなかに手首が隠れている
「近いな」彼は体を使ってドアを閉め、ベッドのそばに来た。そして脚をずらしてくれと頼み、ベッドに腰をおろすと、紅茶のカップを差しだしてソフィアを驚かせた。「この刺繍入りシルクは、名前は度忘れしたが、中国の皇帝からもらったものだ。わたしがニュー・アルビオンの海岸沿いの町を襲撃したときに手に入れたかわうその毛皮がいたくお気に召してね。アメリカ人たちはあそこにシドニーという名前をつけたらしいが。だが、もうはるか昔のことだ。そろそろお払い箱にすべきだろうな」

ソフィアは笑いながら紅茶を飲んだ。チャールズも笑みを浮かべて見守っている。

「きみは朝のこんな時間にしては、驚くほど美しく見える。きみの髪がそんなにくるくるした巻き毛だと知らなかったよ」

「いつもなら、この時間にはまとめているのよ」

「残念だな。このほうがすてきなのに」彼は巻き毛に触れ、それを指にからめた。その仕草がとても自然で、好ましかった。

部屋に来た目的が何にしろ、チャールズはソフィアが紅茶を飲むあいだベッドに座っているだけで満足そうだった。階下からどすんという音が聞こえると、ソフィアは沈黙を破れることにほっとしてこう尋ねた。

「階下《した》では何がはじまったの？」

「そうだ、それを知らせに来たんだった。ブリムリー卿がさっそく昨日の約束を果たしてくれてね。ここに職人の一隊を送ってくれた。こうしているあいだも、彼らは客間に足場を組んでいる。あの好色なキューピッドたちを一掃するために！」彼が身を乗りだすと、ベーラムの香りが漂ってきた。「ミセス・ブライト、頭の上で行われていることを心配せずに、わが家の客間で刺繍ができたらどんなに楽しいか、考えてごらん」

どうやら、昨日の憂鬱は吹き飛んだようだ。「気分がよくなったようね」

彼は身を乗りだして額を合わせた。「ああ。ひとりにしてくれてありがとう」

「そう言ってくれれば、いつでもひとりにしてあげるわ」ソフィアは彼の目を見つめ、ささやくように言った。「そういう取り決めですもの」

いたずらなキューピッドがひとり、階下の大虐殺から逃れてきたのだろうか？　理由はともかく、提督はソフィアのあごを上げ、唇にキスした。「こういうことは、あまり得意だとは言えないが、きみの忍耐に感謝するよ」彼は唇をわずかに離してそう言った。

　不得意どころか、彼はキスがとても上手だった。実際、一度しかキスしてくれなかったことにがっかりしたくらいだ。世界のどこかで、キスの仕方を覚えたに違いない。ソフィアはすぐそばにいる彼の膝に紅茶をこぼさないように、注意深く体を起こしながらそう思った。

　ふたりはそうやって見つめ合い、しばらくのあいだ座っていた。彼のやさしいまなざしの下で、緊張がほぐれていく。階下の小妖精がまだ部屋にいたとみえて、彼女は気がつくとこう言っていた。「紅茶を持ってきてくれて、とても嬉しいわ」

「わたしも気に入った」チャールズのささやき声は、ソフィアと同じように恥ずかしそうだった。「癖になりそうだ」彼はそう言って空っぽの袖を振ると、立ちあがった。「きみさえよければ、今日はブライト家を離れてプリマスへ行くとしよう。ブリムリー卿が送ってくれた管理人見習いは実に有能な男だな。それは丁重な言葉で、わたしがうろうろしていると邪魔だとほのめかした」彼はソフィアの髪をくしゃくしゃにして、彼女を笑わせた。「きみもだぞ、奥さん。立派な隣人だと思われたければ、それなりの服を急いであつらえたほうがよさそうだ」

「スターキーにはもっとお給金をはずむべきね」プリマスへ行くために執事が手配してく

れた馬車に乗りこむと、ソフィアは夫にそう言った。

「ああ、まったくだ。しかも彼はあちこちに問い合わせて、プリマス一の仕立屋を見つけてくれた。艦隊の連中に言っても、おそらく信じないだろうな。ふだんのスターキーは、質素と倹約をモットーとする清教徒の鑑《かがみ》のような男なんだ」

ソフィアはこの知らせをきっと喜んでくれるだろう。そう思ったチャールズの期待どおり、彼の妻は興奮に目を輝かせ、頬を染めた。三十を超えた女性が仕立屋と聞いただけで赤くなるとは、驚くべきことだ。ドアに閂《かんぬき》をかけた部屋のなかでさえ、はばかられるようなことをしているキューピッドたちの下でも、落ち着きを保っているというのに。女性とは、まったく不可解なものだ。へたに理解しようと思わないほうが賢明だろう。目の前に座っている美しい妻を見ながら、チャールズはそう思った。むしろ彼女の機知に、何よりも彼女のやさしさに驚かせてもらうほうがいい。人生で最大の衝動的な行動が、最もすばらしい実をもたらしてくれそうだと、チャールズは感じはじめていた。

だが、ソフィアは新しい服よりも、まず本屋に行きたがった。「ミセス・ブルースタインに読んでさしあげる本を見つけたいの」馬車を降りるのに手を貸したチャールズに、ソフィアは主張した。「できるだけ頻繁に訪ねて、本を読んであげるつもりなのよ」

知り合ってからまだ日が浅いが、懐中時計を取りだして、仕立屋と約束した時間にすでに遅れていることを指摘してもなんの役にも立たないことはわかっていた。だめもとで時計を取りだすと、ソフィアは愚かな人間や子どもに向けるような目で彼をにらみ、急いで本屋に入っていった。彼女が一セントも持っていないことを知っているチャールズは、やむをえずそのあとに従い、彼女があちらの本やこちらの本を手に取るのを辛抱強く見守った。

自分がこの女性の優雅さに惹《ひ》かれたことはわかっていたが、その目のきらめきを見ると、チャールズのソフィアに対する気持ちはさらに深まった。このきらめきはいつからそこにとどまるようになったのか？　もしかすると彼が今朝、勇気をふるってドアをノックし、紅茶を持っていったときからかもしれない。海軍の若い将校時代、世界の港で短い快楽を味わいながら、彼は目を覚ましたばかりでまずまずに見える女性はめったにいないことを学んだ。だが、ソフィア・ブライトは例外だ。薄すぎる寝間着を着てベッドに座っていた今朝の妻は、押し倒したいほど美しかった。透けて見える胸の丸みが彼を招いているようだったが、どうにか抑えてキスだけにとどめたのだった。

ソフィアは次々に本を取りだしては目を走らせていたが、やがて顔を上げ、嬉しそうに宣言した。「見つけたわ！」

チャールズは薄い本を彼女から受け取り、ちらっと背表紙に目をやった。「シェイクスピアのソネットかい？」

「ええ、ぴったりよ」ソフィアは自信たっぷりに答えた。「わたしなら死ぬまでこれを愛読するはずよ。きっとリヴカも気に入るに違いないわ。これを読んだことがあって、提督?」

チャールズと呼んでくれればいいのにと思いながら彼は答えた。「もうずいぶん目にしていないな。後甲板では、シェイクスピアはあまり長持ちしないんだ」

するとソフィアは涙ぐんで彼を驚かせた。「あなたはずいぶんたくさんの楽しみを逃してきたのね」ソフィアは艦隊のあらゆる男たちが気づいていることを言いあてたのだった。陸の人間のほとんどが、思いもしないことを。

「そうらしいな」彼は手にした本を掲げた。「まだ間に合うと思うかい? わたしにも望みはあるかい?」

ソフィアは涙を拭いたあとも、少しのあいだは何も言えなかった。ふたりは混んだ書店のなかで見つめ合った。

チャールズは妻の手を取った。「ソフィ、わたしのためにどうにもできないことで泣くことはない。わたしは祖国を守るのが自分の務めだと感じ、そうしたまでだ。艦隊の兵士はみなそうだよ」何年も前に戦いで命を落とし、ヴァルパライソの沖のどこかに水葬されたブリムリー卿の若い息子のことが頭をよぎる。「多くの者が戦争の神にすべてを捧《ささ》げた」

ソフィアはわたしの心のなかを推し量っている。チャールズがそう思ったとき、彼女が彼の腰に腕をまわし、抱き寄せた。彼女を慰めようとしたのに、これではその反対だな、チャールズは思った。わたしがサリー・ポールと結んだ契約よりも得な取り引きをした男が、これまでいただろうか？　これ以上店のなかにいたら、ばかげたことをしでかしそうで、チャールズは妻に一シリング渡し、馬車に戻った。心ゆくまで満足を感じられる場所が、陸のどこかで見つかるのだろうか？

いや、わたしはそれほど不満を抱いてはいないかもしれない。チャールズはそう思いながら、急いで本の代金を払い、茶色い紙に包もうとする店員に首を振って早足に馬車に戻ってくる妻を見守った。

「遅れてごめんなさい」彼の手を借りて馬車に乗りこむと、ソフィアは言った。「時間厳守のあなたを苛立《いらだ》たせるつもりはなかったのよ」

彼は妻が持っている本を手に取った。「好きなソネットがあるのかい？」そう言ってぱらぱらとページをめくる。「老婦人をあまり興奮させないものがいいだろうな」

嬉しいことにソフィアは向かいの席ではなく彼の隣に腰をおろし、ページをめくるのを手伝った。妻の顔が近づき、チャールズはラベンダーの石鹸《せっけん》の香りを吸いこんだ。

「これよ。ミスター・ブルースタインが奥様に読んであげるのにちょうどいいわ。〝すべてを貪りくらう時よ、大地にその甘い実を思うさま貪らせるがいい〟」ソフィアはそこまで読んで首を振った。「いえ、これは悲しすぎるわ」

チャールズは妻の指を払い、そのあとを読んだ。「ソフィ、とんでもない。これは老いた男が、愛する人がかつてどれほど美しかったかを思いだしている詩だ。しかし、必ずしも彼がそれを悲しんでいるということにはならないよ」声に出してその先を読みながら、彼は思った。ふたりが幸運に恵まれてともに年を重ねていくことができれば、二十年後、三十年後に妻はどんなふうに見えるだろう。おそらくソフィアは、時がたつにつれて、ますます美しくなるに違いない。「ソフィ、ミセス・ブルースタインはこれに抗議することはできないぞ。〝だが、時よ。おまえがどれほど貪りつくそうとも、わが愛するかの人は、この詩のなかで永久《とわ》に若さを保つだろう〟」

チャールズは花嫁に目をやった。この女性との結婚は、熟慮の末というわけではなく、ふたりの姉に今後の人生をかきまわされたくないばかりにとった衝動的な行動だった。だが、まさにシェイクスピアの言うとおり、きみはわたしの心のなかで永久に若さを保ち続ける。彼は心からそう思った。

ソフィアが子どものように目を輝かせるのを見て、自分まで若返ったような気がした。

「ほらね、シェイクスピアは十歳で無理やり読まされたときよりも、四十五歳のいまのほうがよくわかるでしょう?」ソフィアはからかうように言った。

だが、彼はこれほど真剣な気持ちになったことはない気がした。だが、それをぶつけたら、ソフィアを死ぬほど怖がらせることになる。これは便宜的な結婚なのだ。「確かにそうだな」チャールズは本を妻に返した。「きみとミセス・ブルースタインは、このなかにある詩で涙ぐみ、おいおい泣くといい。それよりましな一日の過ごし方は、おそらくどこを探しても見つからない」

ソフィアは本をレティキュールにしまった。だが、意外にも馬車の向かいには戻らず、チャールズを喜ばせた。「これが終わったら、バイロンに進むわ。情熱的な言葉で火傷《やけど》をしないように、せいぜい厚い手袋をして」彼女はそう言って彼の肩を小突いた。「買ってくださってありがとう」

「隣人たちと親交を深めるためなら、それくらいなんでもないさ。わたしたちが笑いながらわが家と呼ぶとんでもない代物が長年のあいだにもたらした悪評は、ちょっとやそっとでは消せないからな」

わたしのためにも読んでほしい。この言葉が舌の先まで出かかったとき、馬車がマダム・ソワニェの店の前に停《と》まった。ま、考えるのは自由だ、彼はそう思いながら、ソフィアの膝枕で、詩に耳を傾けるところを想像した。シェイクスピアが恋する老提督の詩を書かなかったのは残念なことだ。いや、わたしはまだ老人ではない。枯れてはいない。経験豊かな提督だ。実際、これほど若く思えたことはない。

ソフィアは取っ手に手を置き、戸口で振り返った。おそらく一緒に来て、夫として助言をしてほしいのだろう。

「怖《お》じ気《け》づいたのかい、奥さん？　ここでは思いきって散財するんだよ。実際、ぜひともそうしてもらいたい」

「でも、二、三日前までは、靴下の穴を繕う糸さえなかったのよ」彼女は取っ手から手をおろした。「ねえ、布地屋でモスリンを何メートルか買えば、自分の着るものぐらいは縫えるわ」

チャールズは妻の手を取っ手に戻した。「そんなことをする必要はないよ！　倹約は忘れて、たっぷり使いなさい」そしてノブをまわし、マダムと針子たちのほうへと背中を押してやった。彼らがはげたかのようにまわりに群がるのを見て、ソフィアはいまにも泣きそうな顔になった。

チャールズは鉤のついた腕を腰にまわし、帽子の紐《ひも》をほどいて脱がせ、こめかみにキスをした。「大丈夫。きみならちゃんとやれる。いい娘《こ》だから、わたしの金をたくさん使うんだ」

チャールズは青ざめた顔で自分を見ているソフィアから、ほとんど呆《あき》れた顔でソフィアを見ているマダムに目を移した。「彼女はスコットランド人で、四ペンス銀貨さえ使いたがらないんだ。買うことに同意したものを三枚ずつ頼む」

「チャールズ！」

彼は上機嫌でソフィアに向かって帽子を傾け、店をあとにした。

10

シャツとズボンとコートの採寸をすませて夫が戻ったときには、ソフィアはチャールズが立ち去ったときよりも落ち着いて、紅茶を飲んでいた。マダム・ソワニェの店の窓から、彼が馬車を降り、店へと歩いてくるのを見守った。

「わたしがひと財産使ったことを知っているのに、どうしてあんなに嬉《うれ》しそうな顔ができるのかしら？」

マダムが窓に顔を向け、目を細めた。「嬉しそうだとどうしてわかるんですの？　わたしには怒っているように見えますけど」

「ふだんより目が細くなって目尻に小じわが寄っているからよ。それに口の両側のしわも深くなっているから」

「そうですかしら」マダムは半信半疑でそう言ったあと、明るい顔でつけ加えた。「結構《ビアン》、奥様ですもの、よくご存じですわね。何年も観察していらしたんですもの」

この言葉に、ソフィアは音をたててカップを受け皿に置いた。実際はまだ会ってから三日ほどにしかならないのに、長年連れ添った夫婦ですって？ 奇妙な話。「まあ……そうでしょうね」ソフィアはなんと言えばいいかわからずに口ごもった。

ドアが開き、チャールズの目がさらに細くなってほほえみかけてくると、ソフィアは不思議なときめきを感じた。「妻はたっぷり散財したかな、マダム？」

「ええ《メ・ウイ》！ お望みどおりに」マダムはそう言うと、ほっそりした指を折りながら報告しはじめた。「朝のドレスに午後のドレス、イヴニングドレス。舞踏用のドレスはどうしても一着しか作らせてくれませんでしたけれど。外套《がいとう》、ルダンコート、寝間着に化粧着……」

「いつできあがるんだね？」彼が差しだした分厚い札の束を見て、ソフィアは思わず息をのんだ。

マダムはくすくす笑いながら、この大盤振る舞いを悪びれずに受け取った。「まあ、海軍の方は気前がよくていらっしゃること！ お針子たちを精いっぱい急がせます。間もなくですよ、提督！ 間もなくお届けします！」

チャールズは軽く頭を下げた。「マダム・ソワニエ、最後の戦いできみがナポレオンのかたわらにいたら、われわれは勝てなかったかもしれんな」チャールズはソフィアに向かって手を差し伸べた。「そろそろ行こうか。お次は隣人に軽んじられないだけの使用人を探さねばならん。マダム、失礼するよ」

チャールズが腕をつかんで隣に引き寄せると、ソフィアはおとなしく座った。彼に打ち明けなくてはならないこともある。「実は」馬車が走りだすと、ソフィアはさっそくそう切りだした。「マダムは帽子屋と靴屋も店に呼んだの」

「それはよかった。あのマダムは商売上手だな」ソフィアが皮肉な表情を浮かべるのを見て、チャールズは腰にまわした腕を解かずにからかった。「きみは港に休暇で上陸した水兵のような口ぶりだぞ！　一気に手持ちを使い果たし、あとは野となれ山となれ、この精神がいちばんだ！」

「とんでもない浪費だわ」ソフィアは嘆いた。

チャールズは真面目そのものの顔で言った。「ソフィ、きみの務めは姉たちを追い払うことだ。これは決して簡単な仕事ではない。いいかい、戦うには弾が必要なんだよ。あのふたりは容赦なく攻めてくるぞ。何があってもあきらめない。これくらいの金ですめば、損のない取り引きだ」

ソフィアはちらっと横を見て、彼の目尻に小じわが寄っているのを見て取った。「わたしをからかっているのね！　悪い人！」

彼は頭をのけぞらせて笑った。「わたしの言うことが大げさだと思うのかい？」

「ええ、もちろん」ソフィアは笑みを抑えようとしながら言い返した。「あなたは艦隊でもこんなに扱いにくかったの？」

「これ以上さ。だが、任務は達成した」彼は請け合った。「流行のドレスを作るのに、わたしが散財をしすぎたと思っているようだから、もっと仕事を増やしてあげよう。シェイクスピアでブルースタイン夫妻を魅了し、わたしたちの家を治めるほかにも、わたしの仕事を見つけてくれ。この冬、暖炉の前に座って、愚痴をこぼしているわたしを想像できるかい？」

「いいえ。きっと何か見つけて、この衣装代に見合う仕事をするわ」

チャールズはぎゅっと抱きしめ、彼女を放した。「もっと頻繁に笑ってほしいな、ソフィ。きみには笑顔がよく似合う」

「これまでは、笑うようなこともなかったの」ソフィアは正直に言った。

「この前言ったように、きみの運命は変わったんだ」チャールズは断言した。

ええ、確かに変わったわ。チャールズと〈ドレイク〉亭で昼食をとったあと職業斡旋《あっせん》所に行き、プリマスに来た日に一緒だった青白い顔の家庭教師がまだそこにいるのを見て、ソフィアはそう思った。提督がいなければ、自分はまだあの女性の隣に座っていたに違いない。彼女は家庭教師にほほえみかけた。

不意にすばらしい思いつきが浮かび、ソフィアは夫の腕をつかんだ。振り向いたチャールズのまなざしを見て、みぞおちが何ともいえず温かくなった。ふたりの背丈がほぼ同じおかげで、子どものように彼の袖を引かなくてもすむ。彼女は夫を外に連れだした。

「チャールズ」この名前はまだしっくりこないが、こう呼ばれると彼が喜ぶのはわかっていた。「チャールズ、あのレディは失業中の家庭教師なの。同じ郵便馬車でバースから来たのよ。でもほら、まだあそこに座っているわ」

「いまは不景気だからな。仕立屋に採寸してもらったあと……まったく、あの男はわたしの手足やその他の部分にすっかり詳しくなった。それはともかく、港へ歩いていくと、水兵たちが、懇願すまいとしながら建物の外壁に寄りかかっていた。平和は結構なものだが、仕事を奪ってしまう。うちには家庭教師が必要かい？　きみにはまだわたしに話していないことがあるのか？」

　チャールズがからかっているのはわかっていたが、ソフィアは罪悪感にかられ、いまからでもアンドリューの姓を告げることができたら、と思わずにはいられなかった。だが、夫のやさしい目を見ていると、それを失うのが怖くなる。このまま突き進むしかないのよ。彼女は自分にそう言い聞かせた。

「もちろん、必要がないわ。でも、今日頼んだドレスが届いたら、着替えを手伝ってくれる人が必要よ」彼女は人に聞かれたくなくて、夫に身を寄せた。「せめて、その仕事に就きたいかどうか、訊《き》いてみてもかまわない？　何日もああして座っているあの人の気持ちが、わたしにはわかるの。ひょっとして、彼女も同じようにおなかをすかせているかもしれないわ」

「ああ、訊いてみるといい」彼は斡旋所から離れ、何歩か一緒に歩いた。「実は、わたしも波止場にいた水兵を何人か雇ったんだ。それぞれの得意に応じて、スターキーの仕事を手伝うとか、エティエンヌのためにじゃがいもをむくとか、新しい管理人の補佐をするとか、何かあるだろう」彼はソフィアの手をぽんと叩《たた》いた。「やれやれ、ふたり揃《そろ》ってお人《ひと》好《よ》しとは。きみを見たときに、この弱点に気づくべきだったな」

ソフィアは笑って彼の肩に頭をもたれた。「ええ、提督！　うちの財政が破綻しないためには、どちらかが厳しくする必要があるんでしょうけど」

「〝提督〟かい？」彼は大げさにたじろいだ。それから真剣な表情でこう言った。「ソフィ、わたしは何カ月も、いや、何年も、厳格に部下を取り仕切ってきた。部下に訊けば、みな口を揃えて、ブライト提督はぶっきらぼうでよそよそしい男だと言うだろう。そういう日々はもう終わったと思いたいね。波止場にいる男たちは、この国のために多くを犠牲にしてきたんだ。それを思えば、たとえ数人だとしても仕事を与えられるのは嬉しいことだ」

ソフィアはうなずいた。「ほんとに、ふたりとも手がつけられないほどのお人好しね。彼女に訊いてくるわ」

「アイロンをかけるのも、ひだを作るのもへただったらどうする？」チャールズはいつもの調子に戻って軽口を叩いた。

「その場合は、あなたの有能な妻がしわだらけの服を着ていても、愛してもらうしかないわね」ソフィアはそう言い返しながら赤くなり、正直につけ加えた。「アイロンかけはわたしが教えられるわ。それに着替えのためのメイドなど、一度も使ったことはないの」

家庭教師の名前はアメリア・タインだった。彼女は涙に潤む目でじっとソフィアを見つめてから、うなずいた。「レディ・ブライト、ドレスのことはよく知らないんですよ。家庭教師なんです」

「ええ。わたしも着替えのメイドなど使ったことがないのよ。あなたの仕事は、うちに来て働いてもらいながら、考えることにしましょうよ。わたしはそれでかまわないわ」

「そうしてくださるんですか？」

「もちろんだとも。わたしの妻は親切の化身のようなものだからね」

戸口を見ると、チャールズがそこに立っていた。あなたもよ、提督。ソフィアはそう思いながらミス・タインに言った。「家庭教師の仕事をするほうがいいことはわかっているの。でも、いまは不景気だから」

給金を話し合ったあと、ソフィアは思いがけない展開にまだ半信半疑のミス・タインを残して、斡旋所の係のところへ、階上と階下のメイド、家事全般をこなすメイド、洗濯を受け持つ使用人をひとりずつ頼みに行った。彼はよりすぐりの女たちを選び、明日お宅に送る、と約束した。控室に戻ると、ミス・タインはそこを出る用意ができていた。

「マルベリー・インのおかみさんに、一シリング借りがあるんですの」ミス・タインは恥ずかしさに頬を染めながら低い声で言った。「それに何冊か質に入れた本があって……」

少なくとも、あなたは教会で眠らずにすんだのね。ソフィアは涙ぐんだ。

チャールズが助け舟を出し、ミス・タインにいくつか硬貨を渡して、礼を口ごもる彼女にうなずいた。「悪徳の巣で働くボーナスだと思ってくれたまえ！　身辺の始末をして、明日の朝九時までにここに来てくれれば、この馬車がきみとほかの女性たちをわたしたちの家へ運んでくれる。きみが責任者だ」彼はソフィアを見た。「わたしが御者に話をつけるあいだに、わが家のことをこのレディに説明しておいてくれないか」

ソフィアが事情を話すと、ミス・タインはかすかな笑みを浮かべた。「今朝からペンキを塗りはじめたところ。でも、かなり傷んでいるから、修理が必要な箇所もたくさんあるでしょうね」ソフィアがそう言い終えたとき、ちょうど提督が戻り、ふたりを馬車に乗せた。

「たしか、マルベリーだったね？」

「歩いていけますわ」

「なんだって？　わたしたちが馬車を乗りまわし、それを見せびらかすチャンスをふいにするつもりかい？」チャールズはからかった。「ひどいな、ミス・タイン！」

提督の身に自然に備わった威厳に屈し、ミス・タインは馬車の座席に落ち着いて目を閉じると、深い感謝を表すようなため息をついた。

彼らはミス・タインをマルベリーで降ろし、感謝の言葉にひとしきり耳を傾けた。それから海岸へと東に向かう途中、〝高潔《ノーブル》な《な》ジョージ〟というたいそうな名前のみすぼらしい宿屋を通りすぎると、ソフィアは夫の手をつかんだ。「ここで停《と》めてくださる？」

提督は窓から身を乗りだし、御者に命じた。「今度はなんだい、マイ・ディア？」彼は尋ねた。「きっと秘密の違法行為に違いないな。きみの頬がまた薔薇《ばら》色になっているぞ」

「チャールズ、あなたときたら」ソフィアは笑って説明した。「必死に仕事を探しているときに、キッチンに雇ってもらえないかとこの店にも頼みに来たの」ソフィアは赤い顔を両手で挟んだ。「店主はひどい男で、好色そうな目でわたしを見ると、雇ってもいいが、洗い場の娘を辞めさせなくてはならない、と言ったのよ。人の仕事を取るなんて、そんなことができるものですか」

「ああ、ひどい男だ」提督は穏やかに同意した。「きみの手前、暴言ははかないよ。わたしがその男をどう思っているかきみは聞きたくないはずだ。そいつを引きずりだして、この鉤《かぎ》で殴ってやろうか？　何発か殴れば、ずたずたになるぞ」

「いいえ！　わたしはあの子をエティエンヌの手伝いに雇いたいだけ。不愉快きわまりない店主が、ほかに何を強いているかわかったものじゃないもの」

「その子はいくつぐらいだね？」

「まだ八歳か九歳だと思うわ」

「なんと。わたしも一緒に行こう」彼は険悪な表情で言った。

彼は恐ろしい顔で店主をにらみつけた。提督だったころ、間違いをおかした士官たちをにらみつけたように。さっさと洗い場のメイドを呼べ、というブライト提督の〝穏やかな〟要請に店主があわてて応じるのを見て、ソフィアは少なからず溜飲《りゅういん》を下げた。そして少女を待つあいだ、男が落ち着きなく目をそらしながら、咳払《せきばら》いをし、〝ええ〟とか〝ああ〟とか口ごもるのを聞きながら、夫を怒らせるようなことは決してすまいとひそかに誓った。

少女はこわごわ上がってくると、すぐさま誰が自分の味方か見て取ったらしく、ソフィアの陰に隠れた。ソフィアは少女のそばにひざまずいた。店主が前に出ようとしたが、チャールズ・ブライトがソフィアと少女の前に立った。

「それ以上近づくな」特別大きな声を出したわけではないが、そこには店主が怯《おび》えて店の奥まで退くような何かが含まれていた。

ソフィアは少女を怖がらせないように、痩せた肩にそっと手を置いた。「わたしはミセス・ブライト。ここにいるのは夫の海軍提督、チャールズ・ブライト卿《きょう》よ」

少女は音をたてて息を吸いこみ、あんぐり口を開けた。

「わたしの家で働いてくれるメイドを探しているの。洗い場の子が必要なのよ。あなたがちょうどいいと思って」

「ええ、そうですとも。ほかのメイドと相部屋になるかもしれないけれど、それでかまわないかしら？」

「あ、あたしが？」

「部屋で寝られるの？」少女は低い声で尋ねた。

「もちろんですとも。いまはどこで寝ているの？」

少女はちらっと店主を見て、ソフィアに身を寄せ、ささやいた。「洗濯場の汚れ物の上」

ソフィアは背筋が震えるのを抑えられなかった。気がつくとチャールズがそばに来て、肩に手を置いていた。

「わたしたちはそんなところで寝させるものか。なんという名前だい？」

少女は肩をすくめ、うなじをかいた。「トウェンティって呼ばれてるの。貧民の作業所で長いこと生きられないと思われたから」

少女の不幸に胸がつまり、ソフィアはうなだれた。チャールズがやさしくうなじをなでる。

「では、よい名前を見つけるとしよう。一緒に来るかい？　この男の仕打ちを心配する必要はないよ。こっちを見てごらん」

「うん。行く」少女はささやいた。

「よろしい。では、何か……洗濯室から持ってきたいものがあれば、ミセス・ブライトと行って取っておいで」

「ううん」トウェンティはぶかぶかの古い服を引っぱり、叩いて、整えた。「用意できたよ」

「よろしい」チャールズはほんの一瞬だけ、口ごもった。「この人と店の外に停まっている馬車に行きなさい。わたしはきみの元雇い主と少し話がある。さあ、早く」彼は後ろにいる店主をちらっと見て、ソフィアに言った。「あとで悔やむようなことはしないと約束するよ」

そう言われるとよけい心配だわ。この男を痛めつけたとしても、おそらく後悔などしないでしょうから。ソフィアはそう思いながら少女を急がせて通りに出た。

「すごい！　馬車に乗るのなんて初めてだ！」馬車に乗せてもらうと、少女はまわりを見ながら感激して叫んだ。

「ここから何キロか乗って夫の屋敷へ行くのよ。あなたはそこでフランス人のコックのもとで働くの。彼はとてもやさしくしてくれるわ。わたしたちもね」

大粒の涙が少女の頬を滑り落ちた。

トウェンティはひどいにおいだったが、ソフィアは少女を抱きしめ、ぴたりと引き寄せた。間もなくチャールズが戻り、向かいに腰をおろした。

「トウェンティ、きみの元雇い主に、これまでの給金をもらってきたよ。最初は忘れていたようだが、ようやくこれだけ払う分があったことを思いだした。手を出してごらん」

彼はひとつかみの一ペンス硬貨を驚いている少女の手に落とした。硬貨が小さな指のあいだから服の上に落ちると、トウェンティはそれを受けるために裾を広げた。

「家に着いたら、エティエンヌにそれを入れる壺《つぼ》を見つけてもらうとしよう」

少女は恥ずかしそうにうなずき、ソフィアににじり寄ってわっと泣きだした。ソフィアは汚い服ごと膝の上に抱きあげ、やさしい声であやした。やがて少女が眠ると、座席におろし、頭を自分の膝にのせてやった。

「しょっちゅう物を壊し、食べ物を盗んでいたから、給金なんか一ペニーもやれない、あの男はそう言った」チャールズが怒りのこもった低い声で言った。「ウィルバーホースはもっと自分の足もとを見て、奴隷売買を糾弾すべきかもしれないな」彼は身を乗りだしてソフィアの膝を鉤で叩いた。「きみはたいした人だ、ミセス・ブライト」

ソフィアは彼を見た。この二十年ほとんど陸《おか》にいなかったために、とっくにすたれた型の服を着て、髪を短く刈りあげている。それに今朝は剃刀《かみそり》を注意深く使わなかったようだが、彼の声には鋼のような強さがあり、彼のなかにはソフィアが膝によじのぼって、トウエンティのように自分が味わったみじめさのひとつひとつをさめざめと泣きたくなるような包容力があった。彼の目には、祖国を守り海で過ごした歳月が映しだされているようだ。

「ありがとう」ソフィアはそれだけ言った。

スターキーはふたりが連れて帰った少女を見て驚愕《きょうがく》したが、エティエンヌはまばたきすらしなかった。そしてすぐさま風呂に入れるための湯を沸かしはじめた。湯の用意が整い、トゥエンティがそれを恐ろしげに見ていると、彼は粗末な服を持ってきた。

「わたしの部屋にあったトランクに、入っていたんですよ」彼は言った。「何箇所か裂けているが、この子の体に当てて必要な大きさに切れば、今夜のところは間に合うでしょう」

「エティエンヌ、あなたはすばらしい人だわ」どのビーナスが着たものかしら？　ソフィアはそう思いながらモスリンを受け取った。

お風呂から自分を救ってくれる者が誰もいないとわかると、トウェンティは間もなくあきらめ、湯のなかに入った。松を乾かして作る黒い液体、パイン・タールがたっぷり注《つ》がれた。これはほとんど泡立たないが、一個師団の虱《しらみ》を追いやるほどにおいがきつい。少女の髪はすでに短かった。タオルにくるんだ少女を膝のあいだに挟み、ソフィアはその髪をさらに短く切り、それから虱がすっかり取れるまでとかしてやった。

お下がりの服を着たトウェンティは布巾を切った紐《ひも》で結んでもらうあいだ、じっと立っていた。それから部屋にある小さな鏡の前でくるくるまわり、そのうち目がまわって、くすくす笑いながらベッドに倒れこんだ。

「すぐにもっとましな服を作ってもらいましょうね」ソフィアはやさしくそう言った。

「もうなんにもいらない」少女のこの言葉にソフィアは胸がつまった。そうね、わたしも同じよ。

その小部屋にはベッドがふたつあった。自分がやるというスターキーの抗議を無視して、ソフィアはそのひとつを整えた。トウェンティは使用人のホールにあるテーブルで、スープをすっかり平らげた。ソフィアが見ていると、エティエンヌが必死に涙をこらえながら、小さなロールパンをひとつ、それからもうふたつ手渡した。食事が終わり、空腹が満たされると、トウェンティはあくびをして器を脇に押しやり、テーブルに頭をのせた。そして一分もたたぬうちに眠ってしまった。スターキーが抱きあげると恐怖にかられて目を覚まし、悲鳴をあげたが、ソフィアに抱き取られて再び目をつぶった。ソフィアは少女を用意した部屋へと運び、トウェンティが眠るまでそのかたわらにつき添った。

「あの子には名前がないらしいのよ、エティエンヌ」ソフィアは使用人のホールに戻り、そう言った。「あの子は洗い場の係、あなたのメイドよ。名前をつけてあげてちょうだい」

「妹の名にちなんでヴィヴィアンにします」彼はきっぱりそう言った。「妹はちょうどあれくらいの年で死んだんです。いい名前ですよ」

「そうね。明日の朝、あの子に教えてあげて」

彼女はのろのろと階段を上がった。体も疲れていたが、心はもっと疲れていた。エティエンヌが間もなく夕食を持っていくと言ってくれたが、いまのソフィアに必要なのはスープや肉よりも話し相手だった。彼女は客間をのぞき、天井を見あげた。そこはこれまでよりずっとおとなしい、柔らかい白に塗られていた。

「スターキーの話では、まだ下塗りの段階だそうだ」提督がソファから言った。彼は靴を脱ぎ、両脚を前に伸ばしていた。「明日になったら、何色にしたいか彼らに告げるといい」

まるで子どものようだと思いながらも、彼女はわっと泣きだした。そして気がつくと、提督に抱きしめられていた。

「ごめんなさい」ソフィアはそう言ってまたしても新たな涙に肩を震わせた。

「謝ることはないさ。あの子は大丈夫かい？」

ソフィアはチャールズが鉤を使って取りだしたハンカチを受け取った。「わからないわ。明日、お医者様を呼んでくれる？　お風呂に入っているとき、あの子の……ああ、チャールズ。真っ赤に腫れて、炎症を起こしていたのよ。あの店主が……」ソフィアはそれ以上言えずにすすり泣いた。

「医者がちゃんとしてくれるとも」彼はソフィアを抱きしめ、硬い声で言った。「背中の皮膚が裂けるまであの男を鞭《むち》打ってやれないのが残念だ」

ソフィアはぶるっと身を震わせた。「そうしたことがあるの？」

「ああ、これより小さな罪にもっと厳しい罰を与えたことはいくらでもある」彼はソフィアの目に手を置いた。「もう何も考えるな。トウェンティはきみに出会うという幸運にめぐまれた」

「ヴィヴィアンよ。エティエンヌが名づけたの」

ソフィアは深いため息をついて目を閉じた。

チャールズはやさしく抱きしめ、額にキスした。「ひどい世の中だな」

「ここは違うわ。この悪徳の巣は」ソフィアは低い声で言った。「この部屋は柔らかい緑にしたいわね。もちろん、新しい家具が必要だわ」

するとチャールズが笑うのを感じた。

ふたりがそんなふうに頭を寄せ合って座っていると、スターキーがドアを開け、咳払いをひとつした。

「提督、お姉様たちが着きました」スターキーはその事実がもたらす恐怖を閉めだそうとするかのように目を閉じた。「エジプトの家具と一緒です」

チャールズはうめいた。「なんと。望みがかなったぞ……新しい家具が来た」

11

ソフィアは夫に抱きしめられながら、体を起こそうとした。夫が息をのむ音に戸口を見ると、そこにはあんぐり口を開け、大きく目を見開いたレディがふたり立っていた。

「チャールズ」ひとりが泣くような声で訴えた。「あなたは何をしでかしたの？　わたしたちの許しも得ずに！」

「わたしの姉たちだ」チャールズが抑揚のない声で言い、ソフィアを放して立ちあがった。

「姉上、わたしの妻です」ソフィアのほうに片手を差し伸べる。

戸口のレディは、ふたりをにらみつけていた。それからようやく若いほうが口を開いた。どうやらそうとう腹を立てているようだ。

「チャールズ・ウィリアム・エドワード・ブライト、なんということをしでかしたの？」

驚いた、ほんとに堅苦しい話し方をするんだわ。ソフィアはちらっと夫を見た。チャールズは真っ赤になっている。「深呼吸よ、深呼吸」彼女はつぶやいた。

彼は咳払《せきばら》いをしてから言った。「ファニーにドーラ、ごらんのとおり、誰の助けも借りずに妻を見つけたよ」

　さあ、これからが見物ね。ソフィアはふたりに目を戻しながら思った。ふたりとも、弟とはかなり年が離れている。怒りに燃える目でソフィアをにらみつけたところを見ると、哀れな弟の間違いを正せるのは、自分たちしかいないと思っているのは明らかだ。

　チャールズはソフィアの腕を取り、ドアへと近づいた。「ファニーにドーラ、彼女はソフィ・ブライト。わたしたちはつい最近プリマスで結婚した。ソフィ、左がファニー、正確にはミセス・ウィリアム・ソーンダイクで、もうひとりがドーラ、つまりレディ・ターンブースだ。ふたりとも未亡人。従って、暇を持て余している」

「だからこそ、陸《おか》に上がった愛する弟に、必要な導きを与えられるのよ」ファニーはお辞儀したソフィアには目もくれずにそう言った。

「確かに姉さんたちはよく導いてくれた」チャールズはなめらかに言った。「こうして妻を見つけることができたのも、そのおかげだと思うな」

「でも、この人はスコットランド人よ！」ドーラが叫び、ハンカチに顔をうずめて帽子の羽根を震わせた。

「ドーラ、スコットランドは別の星にあるわけではないよ」チャールズはかすかにうんざりした声でたしなめた。

「オート麦！　かび！」ドーラの返事に、チャールズが唇をひくつかせるのを見て、ソフイアは笑いをこらえた。

「わたしは英語を話しますわ」ソフィアはふたりにそう言った。「どうか、お座りくださいな。おふたりが着いたことを、コックに知らせて――」

「いいえ、結構」ファニーは戦場の司令官よろしく、ぶっきらぼうにさえぎった。「フランス人のコックの扱い方はわかっているわ。わたしが言って、何を用意すべきか指示を与えてきます。この前と同じようにね」

ソフィアはちらっと夫を見て、目顔で伝えた。これもわたしの任務のひとつね。いまこそくいぶちを稼がなくては。「ミセス・ソーンダイク、それはわたしの仕事ですわ」

ファニーは引きさがらなかった。「あのコックはフランス人なのよ！　ああいう生意気なコックは、がつんと言ってやらないとね」

「いいえ」ソフィアは言い返した。心臓が喉から飛びだしそうだったが、このふたりには見えない。「おかけくださいな。弟さんと積もる話がおありでしょう」それからついこうつけ加えずにはいられなかった。「チャールズはおふたりのおいでを待ちわびていましたのよ」

ごめんなさい、あなた。チャールズが男らしく笑いを咳でごまかそうとするのを見て、ソフィアはぎゅっと唇を噛《か》みしめた。「封鎖のときの寒さに少し肺をやられたようだ」チャールズがどうにかそう言うのを聞きながら、ソフィアはドアを閉めた。その寸前、彼が自分をにらむのが見えた。

　ソフィアは少しのあいだドアに寄りかかって、笑いを押し戻した。どうにか落ち着きが戻ると、職人のような男が玄関に立っているのに気づいた。「何かご用?」いったい誰なのかしら?　ソフィアはそう思いながら尋ねた。

「わしは荷車にいっぱい家具を運んできたんで」彼はいきなりそう言った。「意地悪そうな黒い犬に、おしめをつけた男の彫像。片脚をもう一本の前に出して、奇妙な歩き方をしてる男ですよ」

　ファラオね。ええ、玄関の外に立っていた好色なペネロペには、お似合いの相手ね。チャールズが一緒で、この話を聞くことができたらよかったのに。「犬も彫像も荷車に積んだままにしておいてちょうだい」

　男はつぶれた帽子を神経質にまわし、恐怖に近い表情を浮かべて客間のドアを見た。

「あれを降ろさないと、あのなかのおふたりに皮をはがれますよ」

「降ろしたら、わたしが皮をはぐわ」ソフィアはやさしい声で言った。「たいへんな窮地ね」彼女は一歩も譲らぬ構えでつけ加えた。「ここはわたしの家よ」

　配達の男を見ながら、ソフィアは自分の言葉の真実に打たれた。みだらなキューピッドも何もかも引っくるめて、ここは確かに彼女の家だった。だが、目の前にいるみすぼらしい男を見るうちに、固い決意が揺らいだ。この人も一歩間違えば貧民の作業所行きになりかねないわ。

「そこで待っていてちょうだい」ソフィアは客間に戻り、姉に挟まれ、両側から話しかけられている夫に目をやった。彼女が名前を呼ぶと、チャールズはほっとしたように立ちあがり、廊下に出てきてドアを閉めた。

「すばらしいタイミングだ。きみはまさしくわたしの機械仕掛けの神に違いない」

「神はともかく、金のかかる女であることは確かね」ソフィアは配達人のことを話した。「彼がエジプト風家具をここに降ろさなければ、お姉様たちがここまで運んできた努力にお金を払うとは思えない。そのことで良心の呵責《かしゃく》に苦しむのはいやなの。でも、木製のジャッカルやファラオに眠りを妨げられるのも、使用人をそれで怯《おび》えさせるのもいや」

チャールズは少し考えてから、帽子をまわし続けている配達の男を見た。「母屋の裏に馬屋がある。スターキーがきみを案内するから、そこに家具を降ろしてくれ。料金はいくらだ?」

男がそれを口にすると、チャールズは即座に払った。「この件はこれで解決したぞ、ソフィ」配達の男が立ち去ると、彼は言った。「姉たちもどこかに降ろしてしまえないのが残念だよ」彼はソフィアを見た。「どうしてそんな目で見ているんだい、ソフィ?　あの男にやった金が足りなかったかな?」

なんてすばらしい人なの!　ソフィアはそう思った。「驚いたわ。三十秒とたたないうちにあっさり難問を解決するなんて！」

「即断するのも仕事のうちだったからね」彼は謙遜した。「何日か前もしたように」

ええ、そのとおりだ。ソフィアがぽかんと口を開けて夫を見つめていると、チャールズがやさしく促した。「階下《した》へ行って、わたしのクルーに警告してきてくれ」

ソフィアはこの頼みに従った。が、その前にチャールズは彼女の手を取り、その手にキスをしながらエレガントにお辞儀をした。客間のドアが開いたが、彼はソフィアを見つめ、引き寄せてこうささやいた。「わたしたちは熱烈に愛し合っていると、ふたりに言ったんだよ。エティエンヌにスープを持ってくるように言ってくれないか。できれば冷たいほうがいい。ほかには何もいらない。彼のフランス人のプライドは傷つくだろうが、姉たちは長居は無用だと思うかもしれない」彼は頬にキスした。「さあ、行って。わたしはライオンの巣に戻る」

ソフィアからチャールズの指示を聞くと、頭のよいエティエンヌはすぐさま何が必要かを理解した。「塩をたっぷり入れて、底を焦がすとしよう」彼はため息をついた。「そんなスープは冒涜《ぼうとく》だが、立派な目的のためだ。かびのはえたパンを捜してみますよ」

何かががちゃがちゃいう音がしてそちらをのぞくと、トウェンティ、いや、ヴィヴィアンが皿を洗っていた。少女は顔を上げてにっこり笑った。「すごく元気になったよ、奥様」

ソフィアは涙がまぶたを刺すのを感じた。わたしたちはみな、青々とした牧草地を見つけたんだわ。ヴィヴィアンにうなずいて階上に戻りながらそう思う。そこではスターキーが、義姉たちにそれぞれの部屋を用意したと告げるために待っていた。「あなたの服とほかのものは、提督の部屋に移しました」彼は無表情にそう言った。

「でも……」

彼はあっさり抗議を退けた。「提督の命令です。なんといっても、おふたりは新婚ですし、そのふりをしなくてはならない。違いますか?」

そっけない口調からすると、スターキーは彼女が名ばかりの妻だという事情を知っているようだ。ソフィアは彼の見くだすような目にみぞおちがかきまわされるようだったが、赤くなりながらも、落ち着いた声で応じた。「ええ、そうね、スターキー。そもそもこの結婚自体が、お義姉様《ねえ》たちを遠ざけるためですものね」

この件では、わたしの味方はいないようね。ソフィアは再び客間に入りながら思った。ふたつの冷たい顔がさっと振り向き、彼女をにらみつける。だが、そこには深い安堵《あんど》を浮かべたチャールズもいた。

「ソフィ、愛する人、わたしの、いやわたしたちの姉たちに話していたところだ。きみのご主人が何年も前に戦死されてからずっと文通していた、とね」

戦死ですって? やれやれ、嘘《うそ》はどんどんひどくなるばかり。

「どうしてこれまで何も言わなかったの？」矛をおさめるどころか、ファニーは疑いをまるだしにしてくってかかった。「手紙にひと言でも書いてくれれば、バースにこの……レディを訪ねることができたのに」

この問いに、提督までがソフィアを見た。彼の目には懇願するような色が浮かんでいる。ソフィアはやむをえず嘘をついた。「デリケートな問題でしたから」彼女はようやくそう言った。「わかっていただけますでしょう？」

懐疑的な顔を見れば、ふたりとも理解する気などないのは一目瞭然だった。ソフィアはとっさに頭に浮かんだ言葉を口にした。「エティエンヌがスープしか作れないそうですの。材料を切らして……でも、明日の夕方にはいろいろ揃《そろ》うそうですから」ソフィアは震えないように体の前でぎゅっと手を組んだ。「今夜は部屋を用意させました。明日お発《た》ちになるときは、道中の安全をお祈りしますわ」

ありがたいことに、夕食は短かった。なんといっても、にらねぎのスープしかなくては、時間をかけるにもかぎりがある。しかもぬるくて、焦げた鍋と腐ったバターのにおいがするとあってはなおさらだった。引き延ばされたインド産のゴムのように張りつめた客間の時間を、チャールズは凄惨な海の戦いと、難破と、飢えと投獄の話で終わらせた。「これで、士官時代は終わりを告げたんだ」彼はドーラの鼻の下でアンモニアを左右に振っているファニーに言った。「悲しむべき人肉嗜食《ししょく》の話を聞きたければ別だが」ドーラはファニーの手からアンモニアをひったくり、もっと鼻に近づけた。「聞きたくない？　では、一、二カ月して、クリスマスに会ったときに話すとしよう」

ふたりは何も言わなかった。

義姉がそれぞれの部屋のドアを閉めるころには、ソフィアはひどい頭痛に悩まされていた。ひとつはソフィアが使っていた部屋だ。スターキーがすっかりその痕跡を取り除いてくれたことを願うしかない。チャールズはまるで動じている様子はなく、自分の部屋のドアを大きく開けた。

「スターキーが、ほかの部屋にはベッドがないと言うんでね」

ソフィアににらまれて、チャールズは撃たれたように後ろによろけた。ソフィアは片手を口に当てて笑い声がこぼれるのをこらえ、彼に引かれてなかに入った。

「ああ、わかっているとも。老ハドリーがここを使った目的を考えると、ベッドがわずか三つしかないのは、なんともおかしな話だが、ベッドのない部屋にはとても柔らかい敷物があるそうだよ」

ソフィアは息をのんだ。「それで、あのふたりにはほかに何を言ったの？」

「きみがすでに聞いたことだけさ。大がかりな嘘を思いつく時間がなかったんだ。まあ、座らないか、ソフィ。噛みついたりしないよ」彼はベッドの自分が座っている隣を叩《たた》いた。

ソフィアは暖炉の前から椅子を引いてきてそれに座った。「するとわたしたちは、何年も手紙のやりとりをしていたのね」

「そのとおり。きみは誠実な女性で、わたしは艦隊で忙しかった。だから、ほとんど顔を合わせたことはなかったが、ワーテルローの戦いのあと、わたしがバースを訪ねてからは、とんとん拍子に進展し、こういうことになった」

「お義姉様たちは信じたかしら？」

「だといいが」

「真実を話すこともできたのよ。あとのことを考えれば、そのほうがよかったかもしれないわ」

彼はシャツのボタンを外しはじめた。ひとつだけなかなか外れないのを見かねて、ソフィアは横に座り、外してやった。彼が手のないほうのカフスを外し、もうひとつの手を差しだす。

「ああ、それも考えたよ。だが、わたしのために一生懸命任務を果たそうとする人間を辱める必要はない。そうだろう？　自分たちが口出ししなくても、わたしが立派に結婚したことを納得すれば、あのふたりのことだ、そのうち退屈してわたしに……わたしたちに関心を失うはずだ」

「まあ、おふたりのことはあなたのほうがよくご存じだから」ソフィアは懐疑的だった。

「わたしもだいぶ長いこと離れていたからな」チャールズはシャツの襟を革製のハーネスから引き離し、ソフィアを見た。

彼女は黙って小さな金属製のつまみをひねった。

「シャツを脱ぐのを手伝ってくれるかい？」彼は前身ごろをまとめてつかみながら言った。

ソフィアはこの要請に従ってシャツをつかみ、肩をすくめてハーネスを外した彼が、切断された腕をあらわにするのを見守った。鉤《かぎ》とハーネスをベッド脇のテーブルに置き、彼はその腕を掲げてみせた。

「ほら、すっぱり切れているんだ。まるでメスで切断したような切り口に、外科医が驚嘆していたよ。そのあとも立派に任務を果たしてきたから、明らかにそれほど重要な器官ではなかったようだな」

ソフィアはうなじの毛が逆立つのを感じながら、彼の腕を見た。「痛むことはないの？」

「失ったときは痛んだ。ひどい痛みだったよ。それに指があると感じた。その指を動かすこともできたくらいだ」チャールズはにっこり笑った。「いまはまったく痛まない」

彼は化粧室に入った。ソフィアは椅子を暖炉の前に戻して座った。彼は寝間着姿で出てくるとソフィアの隣に腰をおろした。裸足《はだし》のまま足を足置きにのせ、ソフィアの手を取って指の関節を軽くなでた。

「つまらない茶番のために、きみをひどい立場に追いこんですまない。海上でたえず警戒を怠らなかったときですら、陸に戻ったときの望みは、ひとりで気ままに過ごすことだった。だが、姉たちはそれを許してくれないんだ」彼はソフィアが頬に手を添えていることも気づいていない様子だった。「ふたりともよかれと思ってしていることだろうが、わたしが気ままにやりたいことをどうしても理解してくれない。だから、いわば〝盾〟になってもらうためにきみと結婚した。ひどい話だ」

ソフィアは考えながら、彼が自分の手の甲を頬に押しつけるのを見守った。この仕草が彼女のなかの女を目覚めさせ、下腹部から上へとゆっくり熱が広がりはじめた。チャールズはほとんど無意識にしているようだ。わたしは自分の立場を心得ているわ。ソフィアはそう自分に言い聞かせた。そしてそっと自分の手を引くと、彼はすぐに放して謝るようにソフィアを見た。

「どうしたのかな?」彼は出し抜けに言った。「四十五になり、とうに分別のある男になったと思っていたのに。愚にもつかない嘘をつき、ああ言ったり、こう言ったり。いまのわたしは自分が理解できない」

彼はぱっと立ちあがり、化粧室に入って、すり切れたガウンを着て戻った。そして眉間にしわを寄せて宙を見つめながら、片手で巧みに紐《ひも》を結び、腰をおろした。

この場の雰囲気を和らげようと、ソフィアは彼のガウンを見て言った。「まさか仕立屋で新しいガウンを頼んだりしなかったでしょうね。わたしはこのみすぼらしいガウンが好きだわ」

「頼まなかったよ。頭に浮かびもしなかった」彼は立ちあがり、落ち着きなく行きつ戻りつしはじめた。「こんな愚かな男に会ったことがあるかい？」

彼は答えを期待しているようだった。ソフィアは考えた。「あなたは四十五歳で、人生のほとんどを海で過ごした……」

「人生がはるかに単純な場所で。ああ、そうとも！」

「それを考えてみましょう。海の暮らしを。戦争があった。そうね？　戦争はたいへんだったに違いないわ。それからあなたは眺めにほれこんで、キューピッドだらけの家を買った」

チャールズは彼女の言葉に耳を傾けていた。彼は暖炉に寄りかかり、笑みを浮かべた。

「恐ろしい家を！　そして嘆かわしいほど短期間に未亡人と結婚した」

「この結婚は賢い思いつきだったと思うな」彼はソフィアの穏やかなからかいに乗ってきた。

「賢いかどうかは、まだわからないわ」

「それに、暴君そっくりとはいえ、ただの女性ふたりに怖《お》じ気《け》づいている。艦隊の提督だったこのわたしが！」彼はまた歩きだした。

ソフィアは自分を見返す彼の顔をじっくり観察した。白いもののまじった髪。年の割には深いしわ。狭い範囲を行っては戻るせかせかとした足取り。おそらくこれは、兵士たちで混みあった甲板の彼の〝場所〟だったのだろう。

「あなたは若い時代を経験せずにいまに至っているのだと思うわ、提督」

チャールズは足を止め、顔をしかめて〝提督〟と口を動かすと、またひと往復し、腰をおろした。「そうかもしれない」彼はソフィアの手を取ろうとして、思い直した。「だが、子どもに戻るのはもう遅すぎる」ほほえんで言う。「きみにはひどい取り引きになったね」

「とんでもない！　あなたはエジプト家具の問題をあっという間に解決したし、キューピッドも姿を消しはじめているわ」

「ああ、そうとも！　それにあのふたりは明日にも帰るかもしれない」

少し落ち着いたとみえて、彼のまぶたが落ちはじめた。

「ええ、その望みはあるわ」ソフィアは低い声で答えた。「横になりなさいな、提督」

彼は目を閉じた。「一緒に寝よう。手を触れないと誓うよ」

「わたしはこの椅子でも寝られるわ」

「とんでもない。きみはわたしと同じくらい背が高い。椅子で寝たりすれば、明日の朝、きみの体をまっすぐにするには、腕のいい機械工が必要になる。すぐにまた自分の部屋に戻れるよ。この件でわたしを非難しないでくれ」

自分のまぶたも落ちてくるのを感じ、ソフィアはそれ以上争うのをあきらめた。「いいでしょう。向こうで着替えてくるわ。お行儀をよくしてね」

彼女が化粧室を出てきたときには、チャールズはすでに眠っていた。仰向けになって、手首のない腕を胸の上にのせている。ふたりで寝るのも悪くないわ。ソフィアはつかの間、彼を見て思った。そして注意深く上掛けをめくり、ため息をつきながらシーツのあいだに体を滑りこませた。

彼のほうへ動かず、ベッドの片側にとどまるように気をつけながら、規則正しい寝息に耳を傾ける。もうひとりの人間がたてるこのありふれた音が、安らぎをもたらしてくれる。くたくたになるまで働いたあと、お金のことを心配しながらひとりぼっちで眠った日々のことが思いだされた。問題は山積みでも、いまの生活はそれとは違う。義姉たちが廊下を隔てて眠っているし、まだたくさんのキューピッドが残っている。ヴィヴィアンには医者が必要だし、明日は新しい使用人が到着する。それでも……。

「眉間にしわが寄っているぞ」

ソフィアはぎょっとして横を見た。それから便宜上結婚した夫のチャールズ・ブライトがそのしわをなでると、目を閉じた。

「何も心配せずに眠りなさい。そして明日の朝にはふたりとも少し賢くなっている夢を見るんだ」

ソフィアは寝返りを打って彼に背を向け、再びチャールズの寝息を聞きながらこれまでと何がましなのか考えようとした。ひとりで心配せずにすむことよ、彼女は自分にそう言い聞かせた。違うのはそれ。

12

真夜中に、チャールズは悪夢にうなされた。夢のなかで叫んだことは一度もないが、何かつぶやき、両手をばたつかせる、とスターキーに言われたことがある。おそらくこのときもそうしたのだろう。だが、目は開けなかった。そして誰かが背中に手を置くのを感じてびくりとした。とっさに自分がどこにいるかわからず、横たわっていると、誰かがやさしく肩をもみはじめた。寝返りを打って何か言いたかったが、ただ静かに横になって、女性とベッドをともにする喜びを味わった。この前女性と朝まで過ごしたのはもう久しく前のことだ。それにこれは行きずりの女性とは違う。自分の妻だ。チャールズは笑みを浮かべて再び眠った。

チャールズはいつもの時間に目を覚ましたが、朝の目覚めはいつもより快適だった。それもこれも、ソフィア・ブライトのおかげだろう。ソフィはしっかりとシーツにくるまり、片手を彼の胸にかけている。

横になったときには、背を向けて、同じベッドで可能なかぎり離れていたのに。すべてが渾然一体《こんぜんいったい》となったいつもの悪夢を見たとき、ソフィが背中に手を置いてなだめてくれたのをぼんやり思いだした。豊かな髪が彼の胸に広がっているせいで、彼女の顔は見えないが、ソフィはここにいる。

脇腹に触れた胸が温かい。腕をなでおろしたかったが、そんなことをすれば彼女が目を覚まし、ぎょっとして離れてしまうだろう。だが、見ることはできる。彼はソフィの腕があまりにも細いことに気づいて胸が痛んだ。きみは霞《かすみ》を食べて生きていたのか？　心のなかで問いかける。エティエンヌとの最初のころのつき合いで、彼は相手に注目しすぎて負担をかけない術《すべ》を学んでいた。だが、階下に足を運び、エティエンヌをひそかに作戦に巻きこんで、もっとふんだんにバターと牛乳とチーズを使わせても害はないだろう。フランス人であるエティエンヌは、むしろそうした材料を使う料理が作れることを喜ぶはずだ。

自分の下腹部に変化が起こりはじめたのを感じても、彼は驚かなかった。腕のなかで眠っている女性の誘惑を拒むのは、よほどの男でなければできないことだ。だが、朝こういう気分になったのは、いつだったか思いだせないくらい前だった。とはいえ、戦争と兵士たちの命が彼の頭を占領していたのだ。健康な欲望を感じなかったのはおそらくそのせいだろう。

彼が楽しんだロマンスは、たいてい夜のあいだに完結した。そのあと港に戻り、沖に錨《いかり》をおろした旗艦に戻る。これがいつものパターンだったのだ。男の正常な欲望を満たすのにこそこそ行動するのは本意ではなかったが、艦隊の兵士たちは、提督は生臭い情熱とは無縁だと思っていた。まあ、彼の部下たちの言葉が正しければ、だが。提督たるもの、兵士たちの手本にならねばならない。これはまったくもって厄介な仕事だった。

将官となったあと、戦いはさらに激しさを増した。六年も続いた最も重大な危機のさなかには、彼は常に海の上にいた。艦隊を離れ、ときどき陸《おか》に戻っては、海軍の任務を果たす合間に本務外の活動を行える、血気盛んな艦長たちを羨んだものだった。海は彼のわが家だった。そこにはほとんど女性はいなかった。

ここにいる美しい女性は彼の妻だが、彼はこの結婚は便宜的なものだと最初に宣言してしまったのだ。なんという愚かなことをしたものだ。彼は皮肉なユーモアを感じながらそう思った。ソフィには姉たちをできるだけ自分から遠ざけてくれと頼んだが、明日の朝、あのふたりがいなくなれば、ソフィとベッドをともにする口実もなくなってしまう。

すっかり気落ちして、そもそもそんなことを考えている自分に嫌気がさして横たわっていると、硬くなったものがしだいに通常の状態に戻り、チャールズは注意深くソフィの腕から離れた。ソフィが太陽を求める花のように彼に顔を向け、目は閉じたまま満足そうな低いため息をつく。そのため息は彼の胸を直撃した。ソフィはなんとひどい扱いを受け、踏みつけにされてきたことか。そもそもこんなすばらしい女性と結婚していながら、自分の命を断とうなどとなぜ考えられるのか？　しかもそれを実行に移せるとはどういうことだ？　チャールズにはとうてい理解できなかった。

　化粧室で着替えをしようか、それともこのまま朝食の間におりてソフィの紅茶を持ってこようか？　しばらく迷ったあと、彼はガウンに袖を通して裸足《はだし》のまま廊下に出た。姉たちはまだ眠っているかもしれない。もしも起きていたら、それはそれだ。

　ファニーとドーラはすでに朝食の間でテーブルについていた。ふたりとも不機嫌このうえない顔で座っている。チャールズはサイドテーブルの上にちらりと目をやって、笑みを隠した。見るからにまずそうな粥《かゆ》の器がひとつしかない。エティエンヌのやつ、なかなかやるじゃないか。鼻孔をひくつかせる。これも焦がしたようだ。あいつは実に賢い。チャールズは紅茶を注《つ》ぎ、姉たちに加わった。

　ファニーがすぐさま頭にあることを口にした。「チャールズ、こんなひどいコックはいませんよ！」

　彼は紅茶を飲んだ。「ファニー、彼にチャンスをやってくれないか。まだ使用人が揃《そろ》っていないし、材料も切らしているんだ。ここの状態がもう少しましになるまで、姉さんたちはロンドンに戻ったほうがはるかに快適だよ」彼は尊大な、心得顔の表情を浮かべた。「それに、ソフィとわたしはふたりきりで過ごしたい。姉さんたちも新婚時代はあったのだから、わかってもらえると思うが」

ドーラが赤くなってうなずく。だが、ファニーは不機嫌に口を引き結んだだけだった。亡きミスター・ソーンダイクがロミオではなかったという彼の疑いは、それを見ていっそう濃くなった。「長いこと手紙のやりとりをしていたという、あなたの言葉を信じられたらねえ。あの……」

「わたしの愛する妻と？」彼は従順な弟らしく助け舟を出した。

「ええ。でも、あの話はうのみにできないわ」

このへんで大砲を持ちだすか。チャールズは強情な艦長たちに向けてきたまなざしでふたりの姉を見た。「信じてもらいたいな、ファニー」彼は鞭《むち》を振りだすようにそう言った。「姉さんたちが連れてくる美しい女性たちには、まったく関心がないと何度も言ってきたはずだ。わたしの……ソフィとの長いつき合いを打ち明けなかったのは悪かったかもしれないが、男にはそういうことを自分だけの胸に秘めておく権利があるはずだよ」

でかした！　とうとう言ったぞ！　これ以上ないほどはっきりと。チャールズはサイドテーブルへ行き、紅茶を注いだ。「妻にお茶を持っていくので、失礼するよ。とにかく、せめて何週間かふたりきりにしてほしいな」

姉たちの気持ちを傷つけるのはつらかった。ふたりを見ると昔の思い出がよみがえってくる。母が死んだときは三人ともまだ子どもだったが、母を亡くしたつらい時期に、このふたりが幼い彼をどれほど慰めてくれたことか。

「少し時間をくれないか」彼はやさしい声で頼んだ。「姉さんたちが今度来るときには、使用人も揃っているし、熱い湯もいつでも用意できる。食べ物もましになっているはずだ。わたしたちはふたりとも、まだ客を迎える準備ができていないんだ」

ドーラはうなずいて口を開いたが、まだ石のような表情の姉をちらっと見て口を閉じた。いつものように姉に逆らうつもりはないのだ。チャールズはふたりが理解してくれたしるしを探したが、それを見つけられぬまま朝食の間をあとにした。

少なくとも、紅茶はまだ温かい。彼は自室のドアの前でしばし足を止め、ノックすべきかどうか迷ってから、そっと手首でドアを叩《たた》いた。

「どうぞ。自分の部屋の前で格式ばることはないわ」

ばれたか。取っ手をまわすには一度カップを下に置かねばならない。「紅茶を持ってきたのに、ドアが開けられない」彼はうんざりして言った。「手が多いほど仕事はらくだというが、この諺《ことわざ》には真実があるな。ときどきでもいいから、せめてふたつは欲しいものだ」

軽やかな足音が聞こえ、ドアが開いてソフィの嬉《うれ》しそうな笑顔が見えた。「ごめんなさい。今朝もわたしを甘やかしてくれるの?」

「どうやら習慣になりそうだな」妻がベッドに戻るのを見ながら答えた。すっかり薄くなったフランネルの下の、ヒップの形に目が吸い寄せられる。だが、残念ながら次の瞬間には、彼女はベッドに座っていた。

チャールズが座れるようにと妻が奥へと体を滑らせるのを見て、彼の胸は弾んだ。実際、彼女はマットレスを叩いて、膝を胸に引き寄せた。腰をおろして紅茶のカップを差しだすと、彼女はどきっとするような笑みを浮かべて受け取り、紅茶を飲みながらカップの縁越しに彼を見た。

「ちょうど飲みたかったの」

今朝は頬を染めずにそう言うのを見て、彼は思った。昨夜は何が起こったんだ？　いつもの悪夢を見て、彼女にもうひとつ目的を与えたのか？

「ゆうべはねぞうが悪くて、きみを起こさなかったろうね？」

ソフィは肩をすくめた。「若くて、もっと愚かだったころ、俗悪な本を読んだことがあったわ。その本のヒーローは殴られ、悲鳴をあげ、夢のなかで歩きまわって城の胸壁に上がり、飛びおりようとした。あなたは少しつぶやいて、起きあがろうとしただけよ」ほんの一瞬、彼の手首に手を置く。「女性の小説家が頭のなかで紡ぎだすよりも、あなたのほうがはるかにひどいトラウマを持っているに違いないのに。ゆうべお姉様たちに話して聞かせた物語は、レディ向けの比較的穏やかなものだったのでしょう？」

「そうだよ。たとえば戦いのさなかに落ちてくるマストがもたらす危険とか、そういう話はきみのように勇敢な女性さえ、聞く準備はできていないはずだ。さもなければ、まだ両手があるころ、きみの勇敢な夫が帆を使って船体に空いた穴をふさぐために、鮫《さめ》がうようよしている海のなかに潜ったときのこととかね。ソフィ、わたしの経験はまさしく波乱万丈なんだ」

するると彼の妻は、あの考えこむような顔でじっと彼を見た。ソフィの注意が完全に自分に注がれているのを感じて、チャールズの胸を喜びが満たした。

「いいだろう、なんだい？」

そう言ったとたん、彼は自分たちの関係に何かが起こったことに気づいた。ソフィはまだ気づかないかもしれないが、彼は痛いほど感じた。このほとんど知らない女性のそばでは、なんのくったくもなくくつろげる。彼女には手を触れてもいないが、女性にこれほど親密な気持ちを感じたのは初めてのことだった。

「なんだい？」

「あなたの仕事を見つけたわ」ソフィは膝にあごをのせて彼を見つめたまま言った。「回想録を書くの」

だが、妻がこれほど近くにいるのに、堅苦しい回想録のことなどとても考えられない。

「ソフィ、そんなものを誰が読むんだ？」

彼女はため息をついた。「男ときたら。この国のみんなよ！　それにわたし！　わたしは読むわ。ええ、もちろん、読みますとも」脚を伸ばし、彼の腕を取って言う。「お手伝いするわ。あなたが口述し、わたしが書く。それでどう？」

「奥さん、きみはすばらしく頭がいいな」

ソフィの顔がすぐそばにあったので、彼は低い声でそう言い、彼女にキスした。思ったとおり、とても柔らかい。ソフィは驚いてわずかに身を引いたものの、腕をつかんでいた手を首の横へと移し、彼のキスに応えた。

次の瞬間には、たがいの体に腕をまわしながら、彼女は枕に頭を戻し、チャールズはその上にかがみこんで、彼女をベッドに押しつけていた。ソフィは両手を彼の背中に広げ、キスが終わると満足のため息をついた。すると誰かがノックし、ドアを開けた。ソフィがチャールズの耳のすぐそばであえぐような音をもらす。

ドア口にはスターキーが立っていた。ほんの一瞬、この男の表情がひどく険しく、非難がましくなるのを見て、チャールズは鋭く息をのんだ。だが、次の瞬間には、いつものスターキーに戻っていた。やましい気持ちがそんな想像をもたらしただけかもしれない。

スターキーはドアを半分閉め、目をそらして固い声で言った。「失礼しました、提督。いつもこの時間に義手を留めるお手伝いをするものですから」

ソフィは真っ赤になって体を起こし、両手を膝に置いた。ふっくらした口をぎゅっと結んでいる。なんという気づまりな状況だ。チャールズはスターキーの失敗に怒りを感じた。

「確かにふだんはきみが手伝ってくれる」そう言う声がついつい荒くなった。「だが、今後はわたしが頼まないかぎり、その心配はする必要はない。これからはノックをしたあと、返事を待ってから開けたまえ」

厳しく、突き離すような言い方になった。だが、スターキーの気持ちはあとでやわらげるとしよう。ドアが閉まる前にちらりと見えた彼の傷ついた顔に、罪悪感をおぼえながらチャールズは思った。そしてソフィに注意を戻し、またしてもへまをやらかした。

「あんなことをする気はなかった」彼は謝罪のつもりでそう言いながら立ちあがった。ソフィもスターキーと同じように傷ついた表情を浮かべた。「だが、これは便宜上の結婚だと言ったはずだ」どうしてこんな厳しい言い方をするんだ？　彼は自分に腹を立てながら思った。

「ええ、そう言ったわ」ソフィは小さな声で言った。「ごめんなさい」

「きみが謝ることはひとつもない」彼はドアへ向かい、ここは自分の部屋であることを思いだした。どこへも行き場はない。

ソフィも同じことに気づいたに違いない。彼を見ようとせずに消え入りそうな声でこう言った。「すぐに着替えをして、ここから出ていくわ」

そしてその言葉どおり、化粧室に姿を消した。チャールズはスターキーばかりか妻まで傷つけてしまった自分の不手際に、歯ぎしりしたい思いで暖炉を見つめた。彼女とふたりだけなら、どんなによかったか。しかし、階下の部屋には職人が戻り、足場をあちこちに移動させながら、天井のみだらな絵を塗りつぶす作業に取りかかっている。屋根裏部屋では、別の一隊が腐った板を叩きながらなにやら大声で話していた。ふたりの姉も、怒りをぶつける相手を捜してどこかをうろついているに違いない。

ソフィは静かに出ていった。チャールズがかすかな衣《きぬ》ずれの音を聞いて振り向いたときには、ドアを閉める彼女の頭の後ろが見えた。

「くそ、どじな男だ」彼は閉まったドアに向かってつぶやいた。旗艦の船室で机に向かっていたころは、大砲の射程範囲から風の向きや風量、腐った食糧、残っている水の量、近くにいる敵、病気の部下まで、あらゆることに毎日、頭を悩ませたものだった。だが、いま彼の頭を占領しているのは、たったひとりの女性だ。海の男にはまったくなじみのない問題だった。

ソフィがキスを返してきたのは、彼の想像ではない。知り合った日数からすれば、彼女は見知らぬ人間と言っていい。だが、鋭い直感で選んだ女性だ。二十年以上もの戦いのなかで、わたしがすばやく下した判断は常に正しかった、と思うと勇気が湧いた。〈ドレイク〉亭の食堂で見初めたのは間違いではなかった。ただ、自分がこれほど早く身も心も虜《とりこ》になるとは思ってもいなかった。

「だが、ソフィ、きみが結婚した愚か者にはひとつだけ強い味方がある。あり余るほどの時間が。それに〝風量計〟もある。この戦いもきっと勝つよ」

妻に逃げられたいま、短気な従者を呼び戻し、義手をつける手伝いをしてもらわねばならない。服を着替えはじめるとすぐ、チャールズはそのことに気づいた。いいだろう、スターキーに謝り、機嫌を直してもらうとしよう。

今朝はひとつ学んだぞ、そう思いながら呼び鈴に歩み寄ったとき、表のドアが閉まる音がした。叩きつけるように閉まったわけではないが、かなり大きな音だ。窓からのぞくと、親愛なる妻が雑草の茂る道をずんずん歩いていくのが見えた。片手に本を持っているが、彼の目を引いたのは、左右に揺れるスカートのほうだった。

「リヴカ・ブルースタインに詩を読みに行くんだね」彼は遠ざかる後ろ姿に向かって言った。「賢い選択だ。心を落ち着けて戻ってきてくれ。そのころには、おそらく姉たちも去り、この戦いの作戦もできあがっているはずだ」

13

ブルースタイン邸に近づくにつれ、ソフィの歩みはゆっくりになった。スターキーにあんなところを見られた恥ずかしさでまだ顔が赤い。それとも、このほてりはチャールズのキスの余韻だろうか？　亡きアンドリューは、ひ弱と言ってもいいほど華奢《きゃしゃ》な体格だった。海軍省に無実の罪を問われていた最後の数カ月はいっそう細くなった。チャールズをこの腕に抱くのは、彼女にとってはまったく新しい体験だった。そしてソフィはチャールズのたくましさと上半身の重みを楽しんだ。

「いい加減にしなさい！」彼女はつぶやいて頬に手をやった。昨夜、無意識に体を押しつけたりしなくて本当によかった。セント・アンドリュース教会の会衆席で、彼がとても冷静に提示した結婚の取り決めを思いだし、ソフィはそう思った。この結婚でチャールズが注意深く説明した、妻としての義務の範囲をはみだすところだった。確かに昨夜はうなされている彼の背中をなで、安らかな眠りに戻してあげた。でもどんな気の利かない女でも、それくらいはしたに違いない。

ソフィは先ほどの衝動的なキスがかきたてた気持ちを押しやるように目を閉じた。ええ、あれは衝動的な行動だったに違いない。まさか最初からそのつもりだったわけではないはずよ。それに、どうしてわたしはキスを返したりしたの？　そしてどうなったか見てごらん！　あのみすぼらしいガウンの紐《ひも》をほどき、彼の寝間着をはぎ取りたくなった。

そんな自分の反応に彼女は説明をつけようとした。男性にキスをされたのは、もう五年以上も前のことだ。しかも夫の短い生涯の最後の一年、夫は思いがけなく自分の身に降りかかった不幸で頭がいっぱいで、ソフィに慰めを求めるゆとりもなかった。彼女はチャールズのことを考えたくなかった。彼のことを考えると、久しく忘れていたほてりを体に感じるからだ。これはただ男の人が欲しいからなの？　それとも、彼が欲しいの？

彼女は無意識にぎゅっと膝を押しつけてから、笑いだした。「呆《あき》れた。ばかみたい」低い声でつぶやく。少なくとも、昨夜彼に身を投げだすことだけはしなかったわ。ソフィはそう思いながら通りを横切り、手入れの行き届いたブルースタイン家の私道を歩きだした。それだけでも本当によかった。

表に面した窓には、先日と同じ猫が日向《ひなた》ぼっこをしていた。ノックに応えてドアを開けた家政婦はソフィの姿を見て嬉《うれ》しそうにほほえみ、彼女がリヴカに本を読みに来たと知ると、ヤコブ・ブルースタインは子どものように手を叩《たた》いた。

「きみが本気だといいが、と家内もわたしも願っていたのだ。ご主人は忙しいのかな？」

ソフィはリヴカの部屋へ入りながら、チャールズの姉たちのことを話した。「チャールズが海軍を退役したあと、彼の世話をあれこれ焼きたがっているんですの。いまごろチャールズはふたりを傷つけないように、ロンドンへ送り返そうとしているはずですわ」

「そしてきみは、その場にいないほうが賢いと思った」

「ふたりとも、わたしがチャールズをそそのかしていると思っているんですもの」

「親戚というのは、なんとも厄介な連中だ！」ブルースタインは胸に手を当ててそう言うと、妻のベッドに近づき、やつれた頬に触れた。リヴカは目を開けた。「誰が訪ねてくれたと思う？」

ヤコブ・ブルースタインは少しのあいだ妻のそばに座り、リヴカが片手で彼を撃つふりをすると笑った。

「女だけで楽しむのよ。あなたはほかの用事を見つけてちょうだい」ブルースタインはソフィにウインクして、静かに部屋を出ていった。リヴカは両手を膝に置いた。「その本を置いていってくれたら、今夜、彼にも読んでもらうわ。古い恋人に！　でも、いまはあなたが読んでちょうだい」

ソフィはさっそくお気に入りのソネットを読みはじめた。読み終わるころにはリヴカは目を閉じていた。続けようかやめようか迷っていると、しばらくしてリヴカは目を閉じたまま静かに言った。「どうぞ続けて。ときどきまぶたがとても重くなるの。でも聞いているわ」

ソフィは、よさそうな詩を読みはじめた。「〝いとしい人が自分は誠実な女だと誓うとき、わたしは嘘《うそ》と知りつつ信じるふりをする〟」

この一節を読んだとたん、心臓が早鐘のように打ちはじめ、目を閉じなくてはならなかった。なんてこと、これはわたしだわ。リヴカが目を閉じていることに感謝しながら、声を殺してすすりあげた。

だが、小柄なレディはいつの間にか目を開け、羽根が触れるようにそっと、片手をソフィの手首に置いた。

「ほらほら、いったいどうしたの？」

老婦人のやさしい声に、ソフィは抑えきれずに自分が名ばかりの妻であることを打ち明けていた。ちょっとしたキスではじまった今朝の出来事で、それを危うくしかけたことを。もちろん、亡き夫が自殺したことやそのいきさつを話すことはできない。自分が便宜上の結婚を承知しなければならないほど追いつめられていたことだけでも、充分嘆かわしいことなのだ。「ミセス・ブルースタイン、まだ一週間もたたないというのに、もう失敗してしまうなんて！」

「失敗とはかぎらないわ」

ソフィは首を振った。「いいえ。失敗でしたわ。これからどう振る舞えばいいか……」

「親愛なるソフィ、わたしは夫が結婚式でベールを上げるまで、愛するヤコブの顔を見たことがなかったのよ。怖かった？　ええ、もちろん。彼を愛するようになった？」彼女は鼻にしわを寄せ、ソフィをほほえませた。「わたしたちには四人の息子とふたりの娘ができたのよ。ありがたいことに。それにヤコブはわたしが頼めばまだ眠るときに歌ってくれるわ。彼は美しい声を持っているの。あなたの提督は……善良な人？」

「ええ、世界一」ソフィはためらわずに答えた。「わたしよりはるかに立派な女性と結婚できたでしょうに」ソフィは顔が赤くなるのを感じた。「彼は最初から、これは名ばかりの結婚だと宣言していたのに……」

リヴカは雄弁に肩をすくめ、小声で笑った。「人の気持ちは変わるものよ、あなた。でも、殿方は、自分は変わる必要などないと思いがち。だから、これはわたしたち女だけの秘密」リヴカはせつなげに言葉を続けた。「わたしとヤコブはおたがいを愛するようになった。まだ何年も一緒にいられたらいいのに」

「もちろん、いられますわ」

「ありがとう。でも、現実的になりましょうね」リヴカは自分の言葉を強調するように、再びソフィの手に触れた。「時間を無駄にしてはだめ。わたしたちにはほんの少ししか残されていないのよ」

確かにそのとおりだわ。帰り道、ソフィはリヴカの言葉を思い返した。彼女はチャールズに身を任せそうになって、その寸前で冷水を浴びせられた。そしてこの結婚はふたりの合理的な人間が、それぞれの窮状を解決するために取り決めた契約だと思いだすことになった。これからは、チャールズ・ブライトがほほえんでも胸をときめかせず、すばやい決断や、終わったことをくよくよしない称賛すべき能力にも心を動かされないようにしなくては。どちらも自分に自信のある人間の特徴だった。自分には粘り強さしかない。

「でも、家を切り盛りし、回想録を手伝うことはできるわ」彼女は自分に言い聞かせた。そしてさっそくその粘り強さを発揮して、草だらけの私道をずんずん歩いていった。やがて家が見えてきた。屋根の上を職人が這《は》っていく。立ち止まって見ていると、ひとりまたひとりと煙突のそばの穴から這いだしてきた。ここからだと、まるで烏《からす》がパイをついばんでいるように見える。それからガラスが割れる音があたりの空気を震わせた。「手がつけられないわ」

スターキーが玄関のドアを開け、報告した。「ペンキ職人が足場をフランスドアにぶつけました。提督の姉上たちはもういません」

「まあ、チャールズが撃ったの？」

「冗談はやめてください」スターキーは長い鼻筋の上からソフィを見おろした。「あらためて警告しておきますが、あのふたりは決してあなたの味方にはなりませんよ」

「それは明白ね」どうやらあなたも同じらしいわね、スターキー。ソフィは内心そう思った。「改装が終わってすっかり落ち着いたら、あらためて招待しましょう。自分たちの縄張りをおかし、弟を独り占めしている厚かましい女を許す気になるかもしれないわ」

「再び訪れる気になればですが」いまだに海賊のような外見のスターキーは、不吉な声で言い、おざなりに頭を下げて義足をこつこついわせながら離れていった。今朝の出来事に少し傷ついているようだ。

　長年寝食をともにした提督を奪われるような気がして、わたしを嫌っているのだろう。とても単純なはずの結婚が、どんどん複雑になっていく。

　ソフィはくすぶる不満を抱えながら、夫を捜して部屋のひとつをのぞいた。ペンキを塗っている職人たちが後ろめたそうに彼女を見た。テラスに出るドアのガラスが割れ、足場がそこから突きだしている。彼女はため息をついて、次の部屋を捜しに行った。

　チャールズは図書室の書棚にかけた梯子《はしご》の上から、本を落としていた。小さな彫像には覆いがかかっていたが、むきだしの像を見てソフィは鋭く息をのんだ。

「向きを変えようとしたんだが、どちらを向けても卑猥《ひわい》さはたいして変わらないんだ」チャールズはまた一冊床めがけて投げてから、書棚を指さした。「ハドリー卿《きょう》はバチカンが禁止した本を一冊残らず買い求めていたようだ」ソフィを見て言う。「どう思う、ソフィ、いとしい人《ディア》？　いっそこの家ごと燃やしてしまったほうが、簡単かもしれないな」

　そうね、とそっけなく相槌《あいづち》を打ってもよかったのだが、だます必要のある姉たちがいないのに、彼はソフィを〝いとしい人〟と呼んだ。何十年も前、結婚式で初めて顔を合わせた若きリヴカとヤコブのことがふいに頭をよぎった。

ソフィは腰をおろした。座り心地のよい、上等のソファだ。「このソファはとてもよいものね。気に入ったわ」

チャールズは正気を失った相手を見るような顔で彼女を見ている。

「このソファは充分使えると思うの。だから家ごと焼くのはやめましょう。それにここに座ると海が見える。あなたがこの神を冒瀆《ぼうとく》する館を買ったのは、そのためでしょう？　些《さ》細《さい》な――」

またしても居間で何かが壊れた。

「困難には目をつぶらなくては」

「ソフィ、きみまで正気を失いはじめているぞ。姉たちのせいかい？　それともこの家のせいか……」

彼は梯子をおりてソフィのすぐ横に腰をおろし、ソファの上で少しばかり弾んでみせた。

ソフィは顔をそむけて笑みを隠した。

「なるほど。いいソファだ。家を燃やすのはよそう」

ふたりは顔を見合わせた。ソフィは自分が先だと思ったが、実際はチャールズもほとんど同時に彼女を見つめた。

「今朝のことを謝り――」

「どうか、あれは大目に――」

ふたりは言葉を切り、見つめ合った。何を言われても怖くなんかないわ。ソフィはじっと彼を見つめながら思った。あなたが部下を怖がらせて治めていたとは思えないし、鬼のような提督だったわけがない。

「今朝の出来事は、忘れることにしよう」彼は目を細めた。「きみの顔には、例の表情が浮かんでいるぞ」

「ええ、忘れましょう」

その言葉とは裏腹に、チャールズは片手を彼女にまわし、ぎゅっと抱きしめた。ソフィの印象では、兄のような抱擁というよりも、ほんの少し夫の抱擁に近い。「うむ、そうしよう」彼はソフィを放したものの、ふたりともすっかり気に入ったソファに座ったまま言った。「ファニーとドーラは帰ったよ。クリスマスに招待することにした。改装が終わってからね。医者が来て、ヴィヴィアンを診ている」

ソフィはぱっと立ちあがった。「一緒にいてやらなくては」

「ああ、そうしたほうがいいな」彼はスカートをつかんで軽く引いた。「一度に二段ずつ駆けおりる必要はないよ。使用人たちも到着した。ミス・タインがつき添っている」

「それを聞いてほっとしたわ！」

チャールズの言ったとおり、ソフィが使用人のホールに入ると、着替えを手伝ってもらうために雇ったミス・タインがヴィヴィアンのかたわらに座っていた。テーブルに目をふせたままのヴィヴィアンの手をしっかり握っている。使った器具を黒い鞄《かばん》にしまっていた医者が、顔を上げてソフィを見た。

「レディ・ブライトかな？」

「ミセス・ブライトでかまいませんわ」ソフィはまわりにいるほかの使用人が気になり、急に気後れがした。周囲を見まわすと、ホールには驚くほど大勢が集まっていた。それもたったふたりの人間に仕えるために。彼女はちらっとそう思った。

「ブライト提督の館にようこそ」ソフィはレディの真似《まね》をする子どものように見えないことを祈りながら言った。「いまのところ、まだ改装中で落ち着かないけれど、みなさんが来てくださって嬉しいわ」彼女はスターキーを捜した。「もうスターキーには会ったわね。あなた方は、彼の下で働くことになるのよ」

ソフィは新しい主人に気に入られたいと願っている、ひとりひとりを見ていった。「スターキー、よろしくお願いするわ」彼女は医者に目を戻した。「ドクター、よろしければ、階上《うえ》でお話をうかがいます」

医者はうなずき、ヴィヴィアンの頭をなでてからソフィに従い玄関ホールへと階段を上がった。ソフィは話を聞く部屋がないことを詫《わ》びた。「うちの小さなメイドはどうでした?」

祖父のような雰囲気を持つ医者のやさしげな顔が暗くなり、こわばるのを見て、ソフィは胸が痛んだ。「レディ・ブライト、あの子は暴行されていましたよ」

「かわいそうに。そうだと思ったわ」

「気の毒な子です」

「何か注意することは……?」

「栄養のあるものを食べさせ、やさしく扱ってやることです。あの子は、願ってもない新しい環境にいる。おそらくここで傷を癒やすことができるでしょう」医者はそう言ったあとで首を振った。「だが、最終的にこの恐ろしい体験がどんな影響をおよぼすかは、わたしにはわからない。おそらく何年もわからないでしょうな。だが、望みを持ちましょう」

医者はドアに向かった。「暴行していた店主を訴えても無駄ですよ。頭から否定するのは目に見えている。このままやさしく見守り、最善を願うしかありませんな。不正を糺《ただ》すことを願っていたとしたら、がっかりさせてお気の毒だが……」

ええ、正義ほどあてにならないものはないわ。ソフィは夫の裁判を思いだして思った。

「期待は持っていませんでしたわ。でも、ご忠告ありがとう」

医者は頭を下げ、ソフィをホールに残して立ち去った。彼女は腰をおろし、涙が頬を濡《ぬ》らしても拭おうとさえしなかった。無垢《むく》な子どもが無残に餌食にされたことを泣いているのか、それとも自分自身が不当に扱われたことを嘆いているのか、自分でもよくわからない。

突然、肩に誰かの手が置かれ、びくっとして顔を上げると、チャールズが本を手にして立っていた。彼は椅子のそばに膝をついた。「ひどい話だな」

やさしい人だわ。ソフィはしみじみそう思いながら、涙を拭き、医者の言葉を夫に告げた。「あの男を訴えても、なんの役にも立たないと言われたわ」彼女はハンカチでくぐもる声で言うと、また泣きだした。

チャールズは彼女を抱きあげ、椅子に座ってソフィを膝にのせた。この男性の重荷になるまいと決心したばかりだったけれど、ソフィは彼の上着に顔をうずめ、すすり泣いた。チャールズは黙って髪をなで続けた。やがて涙が止まると、ソフィは体を起こしたものの、彼の胸に顔をあずけたまま言った。「どんなに怖かったことか。毎晩、今夜も来るのかと怯《おび》えていたのでしょうね。それも朝から晩までこき使われ、くたくたに疲れたあとで。正義などどこにもないのね」

「ときには、ほとんどないな」チャールズは彼女の顔のすぐそばで言った。「だが、きみのおかげで、ヴィヴィアンはもう怖がらずにすむ」彼は頭のてっぺんにキスした。「いまのキスもすべきではなかったな。これも忘れるとしよう。だが、きみは頭にキスしてもらう必要があったと思うな」

ソフィはまだ涙ぐんだまま、低い声で笑った。「ええ、そうね」彼が手にしている本に目を移す。「あの図書室にあった本で、読めるのはそれだけ？」

「そのとおりだ。だからきみに見せようと思ってね」チャールズは本を掲げた。『ローマ共和国史』だ。「ハドリー卿はおそらくサビーヌ人の女たちがレイプされる章を読むために買ったのだろうが、その部分ですら歴史書らしく淡々と書かれている。ハドリー卿はさぞがっかりしたに違いないな」チャールズは本をぱたんと閉じた。「したがって、これをわたしたちの図書室の蔵書第一号ということにしよう。読みたい本のリストを作って、スターキーに渡すといい。彫像や胸像は、こうしているあいだも撤去作業が進んでいるよ。だから、図書室に何が欲しいか考えておくんだね」

「でも、床の本はどうするの？」

「海辺に運んで、今夜は大きな焚《た》き火《び》を楽しむとしよう」彼が向きを変え、ソフィは膝からおりた。「わたしは階下《した》へ行って、使用人たちに歓迎の言葉をかけてくる。ついでに役立たずの部下たちを鼓舞するのに用いた演説を、一席ぶってくるとしよう。きみはリストを作ってくれ」

ソフィはこの言いつけに従い、とても快適だと断言したソファに座り、書字板を膝にのせてリストを作りはじめた。

昼食が運ばれてくると、仕事をひと休みした。クルトンをたっぷり入れた、香りのよい熱々のコンソメと新鮮な果物だ。チャールズの姉たちを追いだすために作った朝の粥《かゆ》の埋め合わせのつもりだろう。空腹が満たされると、気分も明るくなった。隣のブリムリー卿がガラス職人を送ってくれたおかげで、間もなくフランスドアは再びちゃんと使えるようになった。太陽が西に傾き、ペンキ屋が引きあげるころには、客間の天井のペンキは塗り終わっていた。ソフィは少しのあいだそこにたたずみ、罪深いキューピッドを隠す一色だけの天井を見あげ、ため息をついた。残りはあと六部屋か七部屋だ。

肉と野菜を煮込み、スパイスを加えた夕食のラグーは、スターキーの新しい助手たちがきれいに掃除をしたテラスでとった。ヴィヴィアンとたいして年の違わない中の階のメイドがフランスドアに待機して、ふたりが食べ終えるとすぐさま皿を片づけた。

チャールズはしばらくするとおなかを叩いた。「この家も多少は望みが出てきたな」

ソフィはナプキンで口を拭い、近くにいるメイドにうなずいた。「ミス・タインを貧民の作業所に送って――」

チャールズがさえぎった。「かわいそうに、彼女が何をしたんだい？　しかもこんなに早く？」

「違うわ！　もうふたりばかり中の階のメイドを見つけてきてもらいたいの」

チャールズは胸の前で腕を組み、ソフィの言葉に耳を傾けた。ソフィはすでに彼のサーチライトのようなまなざしには慣れていたから、微笑を浮かべただけだった。昔の人生が粉々になる前にアンドリューと楽しく話したことを思いだした。こうして話す相手がいるのはいいものだわ。ええ、とてもいいものだ。

「エティエンヌは喜んでそのひとりに料理を教えてくれるはずよ。それにもうひとりはスターキーに言って、階上《うえ》のメイドにつけてもらうの」

「リネンのクローゼットでせっせとリストを作っていたのがそのメイドかな。そばを通るたびに、わたしの着ているものまで目録に書きこまれるような気がして、ひとところにいられなかった」

「ええ、そのメイドよ」ソフィは落ち着いた声で答えた。「どうやら、みすぼらしい紳士階級に我慢ができないようね。注文した服が到着したら、どれほどわたしたちの株が上がるかだけを考えればいいわ」

彼はふざけてぶるっと震えた。「陸《おか》の生活の複雑怪奇なことときたら、驚くばかりだ。しかも、きみはまだ足りずに、ふたりもわたしたちを脅かすメイドを雇いたいと言う」

「でも、チャールズ、もうふたりの孤児が作業所を出られるのよ」

「きみにとっては、それが大事なことなんだね」彼はしばらくしてから言った。

「ええ、とても」

チャールズは彼女の手を取ってキスし、すばやくその手を彼女の膝に戻した。「これも忘れてくれ」

「ええ、そうしましょ」ソフィはすまして答えた。

テラスの影が少しずつ長くなっていくあいだ、チャールズはもう彼女に触れようとしなかったが、彼の存在感はとても大きかった。きっとそういうものなのね。ソフィはそう思った。自分ではまったく意識せずに、そこにいるだけで、みんなをしゃきっとさせるような威厳を発揮してきたに違いない。提督というのは、それが艦隊の兵士たちにどれほど大きな安心を与えてきたことか。


暗くなると、スターキーの部下が砂浜に積みあげた本に火をつけた。「ああ、はじまったな」チャールズはそう言って手を取り、ソフィを立たせた。「近くで見ようじゃないか。わたしはよく燃える火が好きなんだ。艦内の出火でないかぎり、だが」

彼は砂浜におりる階段で手を貸し、そのまま手を握っていた。「これも大目に見てもらいたいな」そう言って焚き火に近づいた。「砂の上は歩きにくいから」

本はすさまじい炎を上げて燃えていた。館のほうを振り向くと、使用人たちもテラスに集まっている。ヴィヴィアンがミス・タインの手を握り、嬉しそうに飛び跳ねているのを見て、ソフィは口元をほころばせた。そしてチャールズが握っている手でそちらを示した。

振り向いた彼の顔にもほほえみが浮かぶ。「ヴィヴィアンはミス・タインとすっかり仲良くなったようだな。ミス・タインは着つけに詳しそうなのかい？」

「どちらでもかまわないわ」ソフィは答えた。「彼女に仕事が見つかったのが嬉しいだけ」それから、チャールズが握ったままの手で再び後ろを示した。「あなたが雇った使用人たちもね」

彼はソフィの手を胸に当てた。「彼らは雑草と水仙の違いもわからないだろうが、きみと同じようにそんなことはどちらでもいいんだ。そうだ、ブリムリー卿が親切にも送ってくれた管理人見習いだが、たしかクラウダーと言ったな、彼は正式にわたしの管理人になることを承知してくれた」

「スターキーはどうするの？」

「彼はこの家の執事だよ。クラウダーには、母屋から少し離れたところにある、こぢんまりした建物を好きなように修理して使えと言っておいた。エジプト風家具でもかまわないと言って、使いたいものの許可を求めてきた」

ソフィは笑い声をあげ、焚き火に目を戻した。「あら、ジャッカルはあの火に投げこまれる運命だと思っていたわ！」

彼はソフィの手を自分の肘のくぼみに挟んで言った。「どうやら物事は自然と解決していくようだな」

チャールズは彼女をベンチ大の流木に座らせると、階段のそばに立っているスターキーのところへ行き、身ぶりを交えて何やら話しはじめた。スターキーはチャールズと言い争っているようだ。ソフィはそれを見て漠然とした不安を感じた。長いあいだにはスターキーに受け入れてもらえるかもしれない。だが、そう思うそばから、そんなことは豚が空を飛ばないかぎりありえないという気もする。

でも、どんなことにも望みはある。ソフィは焚き火に目を戻し、ハドリー卿のみだらな本がぱちぱちとはぜながら、たくさんのたんぽぽの綿毛のような火の粉を、夜空に舞いあげるのを見守った。

「すごい眺めだな、嬢ちゃん?」肘のそばで誰かが言った。「老両吊《ダブル・ハング》は、今年はどこにわしのボトルをつめこんでもらいたいか言ってたかい?」

ソフィは飛びのいて、眼帯をつけたむさくるしい男を見つめた。にやっと笑った口には一、二本しか歯が見えない。嚙《か》み煙草《たばこ》を吐きだすには便利だとみえて、いまその〝ミサイル〟が、彼女の肩越しにうなりをあげて飛んでいき、火のなかに落ちた。

「ちょっと待って」今度は悲鳴をあげずに言って、夫のところへ向かった。チャールズもちょうどこちらを見たところだった。「チャールズ、お客様よ」

「待てよ、嬢ちゃん」男は残った煙草を焚き火のなかに吐きだした。「わしは実業家だ！いい子だから、好色爺《じじい》を呼んできてくれ。頼むよ、姉ちゃん」

14

ソフィは夫のもとに走って腰に抱きつき、これは大目に見て、と叫びながら、彼の後ろに隠れようとした。

「ソフィ、きみがそんなにわたしのことを気にかけてくれているとは思わなかったよ」チャールズはからかうように言い、ソフィが指さしたほうに目をやった。「あいつはどんな悪党だ？　ここにはあやしげな連中ばかり集まってくるようだな」

ソフィを片手で抱きながら、チャールズは再び焚き火《たびび》に近づいた。「おやおや」彼は驚きと笑いの入りまじった声でそう言った。「これは驚いた、リーキー・タドウェルじゃないか！　何年も前に縛り首になったとばかり思っていたぞ。わたしが当番なら、そうなっていただろうな」

ソフィは夫の腕を引いた。「あの男を知っているの？」

チャールズはうなずいた。「これはきみだから打ち明けるんだが、リーキー・タドウェルは、どこの海軍でもなんの値打ちもない水夫だ」彼は提督の声でそう言い、焚き火の先の水際に目をやった。そこにはマストが一本の帆船が見える。「ほう、カッターで来たのか。どこかの艦から盗んできたに違いないな。で、この喜ばしい訪問の理由は何かな？」

むさくるしい男は深々とお辞儀をした。「ブライト提督で？」

「ああ、そうとも。おそらくこの世界にたったひとりのな」チャールズはそう言って、ソフィの頭にキスした。「心配はいらないよ。危険はまったくない」

タドウェルは肩をいからせ、頭に根を生やしているように見えるほど古い帽子に汚れた髪を突っこみ、額に片手を当てた。

「誰《フー》なの？　誰《フー》？　誰《フー》？」ソフィは口ごもった。

「わたしは梟《ふくろう》と結婚したんだ」チャールズはまるで独り言のように言った。

どうしてそうなったのかわからないが、安全なチャールズの腕に守られ、ソフィは火のそばの男を見つめた。男の表情にはいまや驚きよりも疑念が浮かんでいる。

「待ってくれ、提督。ハドリー卿《きょう》はどこだね？」

「彼は非常に遅れてる《レイト》」

宿なしのような老人は帽子をはぎ取り、それで顔を拭いた。久しく洗っていない髪から強烈な臭気が放たれ、ソフィはたじろいだ。「ああ、そのとおりだ！　わしは六月十日から焚き火の合図を待ってたんだ！」彼はソフィに向かって目を細めた。「それにあんたは何をしてるんだね、提督？　おおっぴらに娼婦を抱いたりしてさ。あんたは艦隊の鑑《かがみ》だと思ったが」

なんですって！　ソフィは恐怖を忘れて思わずこう叫んでいた。「わたしは彼の妻よ、この薄汚い、みじめな痩せっぽちのこんこんちき！」

「きみの巻き舌は実に魅力的だな」夫が言った。「もう一度頼む」

「あなたはどうかしているわ！」

「いや、違うよ。こんこんちきのほうだ。頼むよ、ソフィ」

ソフィは笑いだした。するとタドウェルはぎょっとしたようにあとずさり、探るようにふたりを見た。

「なんかおかしい」彼は言った。「両吊《ダブル・ハング》はどこにいるんだ?」

「ハドリー卿がそのあだ名で呼ばれるようになった理由は、絶対に知りたくないわ」ソフィはつぶやいた。

「それが美しいビーナスたちを惹《ひ》きつけていた彼の秘密だったのかもしれないな。二、三人まとめてベッドに連れこむのが」ソフィの夫は言った。「リーキー、〝レイト〟という言葉には、〝故人〟という意味もある。くたばった、逝っちまった、みな同じだ。彼は亡くなったのだよ。この館はわたしが何カ月か前に買ったんだ」

「そいつは知らなかったね」

ふたりはしばらくにらみ合った。ついにたまりかねて、ソフィが口を挟んだ。「なぜここに来たの？　六月十日は、あなたにとってはどんな意味があるの？」

タドウェルが両腕を広げて深々と頭を下げ、あらたな臭気でソフィを辟易《へきえき》させた。彼は傷ついた顔で提督を見た。「推薦状もなしに海軍を放りだされたあと、わしはもっぱらフランスのワインを運んでるんで」

「推薦状だと？　このろくでなしが！」チャールズは叫んだ。「最後に聞いた話では、英国海軍はおまえの皮をはいで、ウルグアイのモンテビデオに残したそうじゃないか」

「親切な老司祭が手当てをして、助けてくれたんでさ。それで神を信じるようになったね」タドウェルはソフィを見て訴えた。「何かやらなきゃ、日干しになっちまう」

ソフィはチャールズが声をあげずに笑っているのを感じた。「つまりこういうことなの、ミスター・タドウェル？」

「堅苦しい言葉は使いっこなし。リーキーで充分さ」

「リーキー、あなたはフランスのワインをデヴォンシャーに持ちこんで生計を立てている。そして年に一度、ハドリー卿が砂浜で焚き火をしたら、それを合図に酒類を持ちこむことになっていたの？」

リーキーはうなずき、チャールズに向かって目を細めた。「あんたは提督よりも少しばかり頭の回転が速いね。そのとおり。今年はまたえらく盛大な焚き火だな。すごい炎だ」

「パーティは終わりだ。戦争も終わった」チャールズが言った。「こっそり入ってくる必要はないぞ、リーキー」

タドウェルは精いっぱい胸を張った。「そいつが性に合ってるもんでね、提督!」

チャールズはソフィを自分から少し離して顔を見た。「奥方、ワイン蔵の点検は終わったかい? ワインの数はどうかな?」

ソフィは唇が引きつれるのを感じた。彼の目を見たら、笑い転げてしまうに違いない。

「やれやれ、わたしの妻が答えられないとしたら、そうとう少ないに違いない」チャールズはかすかな震えこそあるが、しっかりした声でそう言った。「いいんだよ、おまえ。この件で気をもむ必要はない。この老大酒飲みにハドリー卿の分を置いていってもらおう。金も払ってやろうじゃないか。海軍沿岸警備隊に警告すべきだろうが」

「その必要はありませんよ、提督!」タドウェルが大声で叫んだので、ソフィは思わず彼を見た。「ハドリー卿からはいつも前金でもらってるんで!」

「驚いたな。ハドリー卿はわが国の海軍よりも、おまえを信頼していたらしい」

タドウェルはにやりと笑った。わずかな歯のあいだに煙草《たばこ》の切れ端が垂れさがっているのを見て、ソフィはぞっとした。「どこに置きます? そいつを教えてもらえれば、あっという間に荷をおろして、退散します!」

チャールズは肩越しに手を振った。「あそこにいる男が見えるか? 義足の男が。あの男はおまえより五十倍も立派な水兵だぞ。あれはスターキーだ。彼がどこへ置けばいいか教えてくれる」

タドウェルはうなずいた。「商売ができて光栄です、提督」彼は敬礼らしき仕草をした。

「それに提督の奥さん。娼婦呼ばわりするつもりはなかったんで」

まだ安全なチャールズの腕のなかで、ソフィは藁《わら》に包まれた瓶が砂の上に積まれるのを見守った。スターキーの命令で、使用人たちが瓶を家のなかへ運ぶ。タドウェルは最後のひと瓶がなくなるまで見守ると、ソフィに向かって帽子の縁を引っぱった。そして帆を操り、たちまち暗い海に消えた。

チャールズは舟影を見送り、しだいに小さくなっていく焚き火に目を戻した。「焚き火が今夜だけで終わるのはありがたいな。この調子では、誰が砂浜に現れるかわからない」彼はソフィの手を握ったまま、鉤《かぎ》の平たい部分で自分の胸を叩《たた》いた。「この世のリーキー・タドウェルに、もう一度でくわすのはごめんだ」

彼らはゆっくり階段を上がり、テラスへ戻った。そこにはまだ使用人たちが残っていた。ミス・タインはヴィヴィアンの世話を焼いている。

「レディ・ブライト、寝支度に手伝いが必要ですか？」ミス・タインが訊《き》いてきた。

ソフィは首を振った。「ミス・タイン、明日にでもふたりであなたの仕事のことを話し合いましょう。いまはまだ少々雑に扱っても困るような服はないの。メイドたちが眠る場所があるのを確認してくれる？　屋根裏の修理が終わったら、何人かはそちらを使えるわ」

「任せてくださいな、奥様。おやすみなさい」

部屋には湯の入った真鍮《しんちゅう》のじょうろが用意されていた。それが目に入ったとたん、思わずため息がもれた。彼女の部屋は、今朝ファニーが出ていったあと、すっかり元どおりに戻されていた。ソフィはまたしてもため息をつきながらも、自分を叱った。名ばかりの結婚のはずが、あまりにも快適になりすぎている。とはいえ、寝間着に着替え、みすぼらしい服を注意深くかけたあと、ソフィは驚くほど気持ちが落ち着かなかった。暖炉の前の肘掛け椅子に座り、笑いながら粗末な部屋へ向かう若いメイドたちのにぎやかな声に耳を傾けた。チャールズの話では、職人たちは明日屋根を修理し、屋根裏にある使用人たちの部屋を改装するという。仲間のいるメイドたちが羨ましかった。たった一日同じ家のなかで働いただけで、もう仲良くなっている。ソフィはほんの短い時間しか一緒に過ごさなかったが、みんなのまなざしから仕事が見つかってほっとしているのが見てとれた。その気持ちは、彼女にはよくわかる。そしてわずか数人にせよ、困っている人々を助けることができたのはこのうえない喜びだった。波止場にいた水兵たちを何人か雇ったチャールズも、彼女とまったく同じ気持ちなのだ。ソフィは階段を上がってくるチャールズの足音に耳をすました。こんなに早く、彼の足音を聞き分けられるようになったのが不思議だった。実際に足音が聞こえたときには、スターキーが一緒だった。ふたりは低い声で話している。

ときどき笑っているのを聞いて、ソフィはスターキーが自分を羨んでいるのと同じくらい、彼の同志意識を羨ましく思った。

「チャールズ、今夜はハーネスを外すのに、わたしはいらないわね」ソフィは低い声でそう言いながら立ちあがった。彼女はベッドのかたわらにひざまずいて祈るのが好きなのだ。それは文字どおり、赤ん坊のころからの習慣だった。長老派教会の母がそうしつけてくれたのだ。けれど、ひざまずいたものの、祈りが出てこなかった。結局、膝が痛くなり、マットレスに頭をあずけて目を閉じ、アーメンとだけ言った。


月の夜の穏やかな空気には、何かがあるのかもしれない。悪徳の巣のようなこの家ですら静まり返り、心がさまよいはじめると、ある種の誠実さが現れるのかもしれない。しばらくとぎれとぎれに眠ったあと、ソフィは目を覚ました。彼女は起きあがり、カーテンを引くのを忘れていたことに気づいた。降り注ぐ月の光がベッドを横切っている。彼女は窓辺から身を乗りだし、ゆっくり息を吸いこみながら海面に躍る月光を見つめた。

ベッドの裾から上掛けをつかみ、窓辺のベンチに座って心地よい姿勢をとる。朝が来たら、ミス・タインに何と言うおう？　家事に関してどうやってスターキーに主導権を握らせようか？　彼にはそうする権利がある。ソフィはこれまでふたり以上の使用人を使ったことなど一度もなかった。こんな大人数の使用人を、うまく使えるとは思えない。それにチャールズに頼まれた、彼の仕事を見つけるという任務も果たさねばならない。少なくとも彼が陸《おか》の暮らしを選ぶかどうか決めるまでは。

彼女が見るところ、問題はひとつだけだ。誰に気兼ねする必要もなく、満ち足りてらくな姿勢で月の光のなかに座っていると、ソフィは自分が名ばかりの夫に恋してしまったことに気づいた。アンドリュー・デイヴィーズと初めて会ったあとも、いまとまったく同じ気持ちになったものだった。いまでは東インド会社に勤め、遠くボンベイに住んでいる兄のマルコムが、あるとき、エジンバラ大学の学友を連れて帰った。それがアンドリューだった。

ほとんどの若い女性のように、ソフィも恋に落ちたときは自然とわかるのかしら、と考えたものだが、アンドリューに会ったとき、彼女は即座にわかった。まるで全身の神経が目覚め、新しい曲に合わせて歌っているようだった。ごくふつうのことが、いつもよりすばらしく見えた。実際的な性格のソフィは、ただただアンドリューの顔をもう一度見たくてたまらなかった。彼に手紙を書くことはできない。そんなことは不適切だった。ソフィにできるのは、自分と一緒にいるときの彼をじっくり観察し、同じ気持ちでいるかどうかを突き止めること、そして待つことだけだった。二度とアンドリューに会えないとしたら、どんなにつらいだろう。ソフィはそう思った。でも、奇跡が起こり、アンドリューも同じ気持ちだと言ってくれた。また会いに来る、と彼は約束し、その約束を守った。

柔らかい月の光の下で、ソフィは二度と感じることはないと思っていた、愛を感じていた。五年前にアンドリューがこの世を去ったとき、愛も終わったように思えた。そしてピーターがいなくなると、自分の墓を掘るスプーンを手渡されたような気がしたものだった。希望もなく夢もなく、毎日毎分そのスプーンで少しずつ墓を掘っていく。それが残された自分の人生のすべてだ、と。

ところが、いまこうして再び明日の計画を立てている。姉たちのお節介に苦しめられた男が思いきった手段を取ったばかりに。チャールズ・ブライトのほうにはただの親切心しかなかったとしても、彼には決してこの結婚を悔やむようなことはさせない。ソフィはそう心に誓っていた。この気持ちは、愛よりも感謝がもたらしたもの？　確かに深く感謝しているが、それだけだろうか？

ようやく疲れが出はじめて、ソフィはベッドに戻り、ぐっすり眠った。

中の階のメイドたちが朝まだ早いうちに階下におりていく音には、まったく気づかなかった。メイドが自分の部屋に湯を持ってきたのは、ぼんやりとわかった。それからしばらくして、明るく温かい太陽の光にようやくはっきり目が覚めた。ハドリー卿が階上の部屋の天井には漆喰《しっくい》の渦しか描く必要を感じなかったことに感謝しながら、ソフィは仰向けに横たわり、天井を見あげた。

頑丈なブーツをはいた男たちが、上がってくるのが聞こえた。間もなく屋根の修理がはじまるに違いない。チャールズはおそらくテラスで、外の男たちが、ゆうべ砂浜で燃やした本の灰を片づけるのを見守っているだろう。まだ後甲板を歩いているように、両手を後ろで組んで立っている彼の姿が目に見えるようだ。そのかたわらにはスターキーが命令を待って控えている。今朝はお茶を持ってきてくれる可能性はあまりないわ。

そう思ったとき、彼の足音が聞こえ、ソフィの鼓動は速くなった。職人のひとりかもしれないわ。さもなければ自分の仕事を知りたがっているミス・タインかも。ソフィは息を止めてノックの音を待った。そしてこんこんという音が聞こえると、静かにためていた息を吐きだした。

急いでベッドを出て、ドアを開ける。チャールズはそこに立って明るい笑みを浮かべていた。ソフィは両手で彼に抱きつき、二度と放したくなかったが、代わりにドアを押さえて彼が入るのを待ち、そっと閉めた。それから急いでベッドに戻り、上掛けをきちんと直した。

チャールズはすでに着替えをすませていた。カップと受け皿をすぐ横の小テーブルに置くと、この二日間と同じようにベッドに腰をおろし、黙って彼女が紅茶を飲み、おいしいと言うのを待った。

「今朝は寝坊したね。メイドが湯を持ってきたとき、まだ寝ていたそうじゃないか」彼はソフィの髪をくしゃくしゃにした。「怠け者になるつもりかい？」

「ゆうべはよく眠れなかったの」

「わたしもだ」彼は窓の外に目をやった。

「作業の進展が気になっているの？」

「そうかもしれない」彼はため息をついた。「建築業者の親方が言うには、煙突のうち、ふたつは撤去したほうがいいそうだ」彼はうわの空の様子でソフィの脚を軽く叩いた。「階段をおりるときは頭に気をつけるんだよ。今日は大廊下の天井を塗っている。エティエンヌが今週のメニューを見せたがっているし、ミス・タインはどんな仕事にも取り組む気満々で、客間をせかせか歩きまわっている」

ソフィはじっとしていた。彼の手はまだくるぶしに置かれている。それを思いださせたくなかったのだ。チャールズの顔に手を伸ばし、頬をなでようとして息を止めていたことに気づいた。「こんなにたくさんの人たちを雇って、どうすればいいかしら？」

「さあ。この家を閉めて、カプリ島にでも旅立とうか？」

「あなたは陸では落ち着かないのね」

「そうだよ、ソフィ。いま後甲板を歩けるなら、ほとんど何を投げだしても惜しくない」

そういうこと。ソフィは少し脚を動かした。チャールズがそこに手を置いたことを思いだし、急いで離す。「すまない。これも大目に見てくれるね？」

彼女はうなずいた。「退役しないほうがよかったかもしれないわね」

「潮時だったんだ。飲み終えたかい？」チャールズはカップの持ち手に鉤を引っかけ、ソフィの手から受け皿に戻した。「甲板を流れる血や、かびくさいパン、ぬるつく水、汚水だめのにおいは、もううんざりだった。二十年続いた戦争と、少年時代を入れれば、三十五年近くも海軍にいたんだからね」

「まあ」彼女は言った。「でも、海が見える屋敷を買ったわ。この家には海の見えない部屋はひとつもない」

「ああ、すべての窓から確かめた。海はまだ好きなんだ。死ぬまでそれは変わらないだろうな。もしかするとわたしは、きみたち女性よりもっと矛盾に満ちているのかもしれない」

ソフィはつい笑ってしまった。「いいえ！　人生の目的を見つければいいだけよ」

「そうだな」チャールズは立ちあがって窓辺に行き、長いこと彼女を見つめてから、ベッドのそばに戻った。「ソフィ、わたしはあの戦争から生きて戻れるとは思わなかった。艦隊の者はひとり残らず同じ気持ちだったと思う。われわれは棺《ひつぎ》のなかで眠ったんだよ。戦いで死んだ者は、砲弾を重しに入れたその棺に蓋をされ、艦の舷側から海に落とされた」チャールズはソフィの手を取って自分の頬に当てた。「ブランデーの大樽《おおだる》におさまるほど小柄なために、陸に戻れたのはネルソンだけだ！　まあ、彼は少しばかり象徴的な存在だったからな」彼はにやっと笑った。

そしてソフィの手を見おろしたが、放そうとはしなかった。

「とにかく、自分の棺に横たわって眠り、一日じゅう戦いのなかで張りつめた気持ちで過ごすうちに、頭の働きの何かが変わる」

「毎日？」ソフィは彼の思いをさえぎりたくなくて、低い声で尋ねた。アンドリューは心を開いて問題を語るタイプではなかった。ソフィは新しい夫が心のうちを語っていることに深く感動した。彼のことはほとんど何も知らないのに。でも、そうではないのかもしれない。セント・アンドリュース教会で同じ会衆席の端に座ったときから、彼は見知らぬ男ではなくなったのかもしれない。「戦いのさなかでないときも？」

「ああ、そうだ。わたしたちは檣頭《しょうとう》に見張りをつけ、常に外国の帆船を探させていた。だが、自分でも常に警戒しない司令官には、指揮を執る資格はない。ああ、ソフィ、全艦隊の指揮を執る者は、そうした警戒を飛躍的に高める。わたしはまだ頭が疲れているし、まだ歩きまわる。どうやって忘れればいいんだ？」

これが最後だとしても、その後に続く多くのはじまりだとしても、そのとき自分がしたことは決して悔やまないだろう。リヴカは心で考えるべきだと言ったわ。そう自分に言い聞かせ、ソフィは彼の手から自分の手を離すと立ちあがった。チャールズはがっかりした顔になったが、それはすぐに変わる。ソフィはかまわず部屋を横切ってドアに鍵をかけた。

自分の裸足《はだし》が絨毯《じゅうたん》を踏むのもほとんど感じないでベッドに戻ると、寝間着のボタンを外して肩から落とした。顔が真っ赤になるのがわかったが、彼の目を見つめ続け、彼が裸体に目を走らせるのを見た。チャールズの呼吸が速くなった。ソフィが彼の頭に触れ、近づくと、彼は頬をおなかにあずけ、目を閉じた。

「もう大丈夫よ」ソフィはつぶやいた。「ほら、ほら」こんなに痩せていなければよかったのに。ソフィはそう思った。

やがて彼は目を開け、ソフィを見あげた。彼の手がシャツのボタンを外し、鉤のハーネスにかかる。「外すのを手伝ってくれ」そう言う声はかすれていた。

ソフィはすぐ横に座り、彼がシャツを脱いでハーネスを外すのを手伝った。

決して大胆とは言えない、慎《つつ》ましい女性であるソフィは、明るい日差しのなかで愛を交わすのは初めてだった。チャールズがすでにふくらんでいるズボンのボタンを外すのに手を貸すと、ベッドに戻りながら、アンドリューが死ぬ前の一年間を思った。何度もこの体で彼を慰めようとしたが、拒まれたことを。

だが、チャールズの腕が頭の下に差しこまれ、彼が胸の丸みを指でそっとたどりはじめると、ソフィはもうアンドリューのことは考えなかった。

15

本能に支配される直前、チャールズは妻の体に触れながら思った。わたしは妻の同情心に訴えたのか？　そうかもしれない。ソフィのやさしさをあてにしていたのかもしれない。ソフィが欲しがっているものを、彼は必要としていた。それ以上にソフィが欲しかった。

「これを大目に見るのは難しいだろうな」彼は耳元でささやいた。

「お願い」

彼は自制心の強い男だ。ほとんどすべてを拒むことができるが、かすれた声で耳にささやかれた〝お願い〟だけには、抵抗できなかった。しかも、そこには女性が持っているとは知らなかった欲望と欲求がにじんでいた。

なんと無知な男だ！　多情な海軍兵士の例にもれず、彼はあちこちの港で女性を抱いた。なかには手軽な娼婦もいた。若い大尉だったころはとくにそうだった。しだいに階級が上がるにつれ、名門の女性が多くなったが、拒まれたことは一度もない。だが、積極的に彼をリードした女性はひとりもいなかった。

ソフィはあらゆる意味でこれまでの女性とは違っていた。彼の苛立《いらだ》ちを静めたがっているのだろう、ゆっくりと、時間をかけて彼を愛撫《あいぶ》しながら、歌うようにつぶやいている。おそらく海に出た最初の男が、その苦労を妻に嘆いたころから夫と妻がしてきたように。それと同時に、彼はソフィ自身が求めているのも感じた。夫を亡くしてから五年のあいだ、情熱のはけ口がなかったことを思えば、それも納得がいく。ソフィは彼のどこに触れればいいかを心得えていた。ほんの一瞬だが、チャールズは何年もソフィと暮らしていた亡き夫に嫉妬を感じた。わたしはパーティに来るのに遅れてしまった。彼は胸にキスし、雷のような鼓動を感じながらそう思った。だが、遅くても、来ないよりはましだ。

たっぷり時間をかけるべきなのはわかっていたが、胸のまわりをキスしようとすると、ソフィはすでに彼の下で身をくねらせていた。いいだろう。どちらかが最後の瞬間に気が変われば別だが、彼のほうは完全に準備ができている。

彼はソフィのなかに入った。ソフィは何カ月もためていたに違いない息を吐き、長いこと吐き続けた。両脚と両腕で彼を締めつけ、背中で脚を交差させて、彼と同じリズムで動きはじめる。チャールズはそのしなやかさに驚嘆した。こんなにきつく抱かれるのはいや、と言われるかと思ったが、ソフィは、とても安全な気がするわ、とつぶやいた。何年も不安を抱え、怖い思いをしてきたのだろう。体を重ねることで不安を取り除けるなら、しっかりと抱いてあげよう。

長い戦争の爪痕を自分の体で洗い流そうとするかのように、彼女は夢中で自分をぶつけてくる。チャールズはまだのぼりつめる前から深い安堵《あんど》を感じた。激しい戦いが二十年も続いたことを考えると、とうていそのすべてを洗い落とすことは不可能に思えたが、ソフィが深く呼吸しながら、やさしく肩をもみしだくと、彼を覆っている悲しみと恐怖の層が一枚ずつはがれていくようだった。

彼はソフィほどやさしくなかったが、彼女の体が華奢《きゃしゃ》なことは気にかかった。彼の体重を受け止めるには細すぎる。エティエンヌにバターやチーズを増やすよう指示し、ソフィを太らせる作戦を展開する暇がなかったのだ。一、二度、肘をついて体を浮かせようとしたが、そのたびにソフィが背中にまわした手に力を込めて引き寄せる。最後は彼もあきらめた。ソフィは彼のすべてを受け止めたがっているのだ。チャールズは不安をのみこんで容赦なく彼女を攻めたて、体を痙攣《けいれん》させてのぼりつめるソフィのうめき声に報われた。

底知れぬ忍耐を発揮して、チャールズはソフィが二度目に体を震わせるのを待ち、それから鋭く貫くと、背中を弓なりにそらして精を放った。全身の力が抜け、すばらしい快感に満たされて、涙がまぶたの裏を刺すのを感じる。

ソフィは脚をほどこうとはしなかった。彼は汗ばんでいるこめかみにキスし、ソフィの唇にキスし、うなじのまわりにもつれている褐色の巻き毛にキスした。ソフィはかすかにベビーパウダーのようなにおいがする。彼はこの香りに魅せられた。

「ソフィ。ソフィ」彼はつぶやいた。「きみに苦痛を与えていたら、そう言ってくれ」

彼女は忘我の境を漂い、この質問に答えている暇はないようだった。ゆっくりとだが、まだ動き続けている。彼自身は勢いを失いかけていたが、再び動くと、ソフィが快感のうめき声をもらして両脚を緩め、まるで体じゅうの骨を抜かれたようにぐったりとなった。ソフィは目を開けた。チャールズはまたしてもその深みに魅せられた。上質のコーヒーの色だ。キスしながら舌をくすぐると、喉の奥から笑いがもれる。ソフィはそっと彼の唇を噛《か》み、脚を動かそうとした。チャールズはこれを、彼の下から逃れ、深々と呼吸したいという合図だと取った。

ソフィは寄り添って横たわり、彼の胸に頬を寄せた。ややあって、彼は涙が胸を濡《ぬ》らすのに気づいた。片肘をついて体を起こし、手のひらをソフィのあごに添える。「ほらほら、泣くのはやめるんだ」

「何が入りこんだのか、自分でもわからないわ」

「わたしが入ったんだよ」

この少しばかり品のないジョークは彼女を笑わせるためだったが、ソフィが再び胸に顔をうずめてしまったので、彼女の目を見ることはできなかった。

「ひどいあばずれだと思われても仕方がないわ。でも、こんなに大胆になったことは一度もないのよ」

「わかっているよ」彼はうなずき、頭のてっぺんにキスした。「それを言うなら、名ばかりの結婚だと言っておきながら、こんなことをしたわたしはどうなる？　最低の男だと思われても仕方がない」

ソフィが答えようとすると、誰かがドアをノックした。ソフィは目を見開いたものの、体を起こし、シーツで隠しながら答えた。「は、はい？」

「タインです。馬車が着きましたが、わたしに何をしてほしいのか、具体的に教えていただけませんか、奥様」

ああ。いますぐみんなを引き連れて、どこかに消えてくれ。チャールズはひそかにそう思った。

「すぐ階下《した》に行くわ、ミス・タイン」

「着替えを手伝いましょうか？」ミス・タインがドアの向こうから尋ねる。

「いえ！　だめ！　その、ひとりで大丈夫よ。階下で待っていてちょうだい」

ソフィはチャールズを見た。彼は妻の目にそれまでなかったきらめきを見て取った。シーツを高く上げ、胸を隠している。皮肉屋の目には、ばかげた行為に見えるだろうが、チャールズは皮肉屋ではない。この仕草でソフィがどういう女性か、ほんの少しわかるような気がした。つい先ほど彼の腕のなかで藁《わら》のようにめらめら燃えあがったとはいえ、ソフィ・ブライトは慎み深い女性なのだ。

それが女性というものの、矛盾なのかもしれない。彼は決してうぶでも純でもないが、この突然の知識は、ひと息ごとに大切さを増していく女性の心の奥を垣間《かいま》見せてくれた。これまでは戦争が彼の心を強い感情でつかみ続けてきた。それ以上に強烈なものは想像もできなかったが、こうして真の意味で自分の体の一部となった妻を見ていると、激しい感情がこみあげてきた。行く手は決して順風満帆ではないだろうが、彼にはめくるめくような愛がある。それがこの航海を無事に導いてくれるという気がした。

だが、いまはそれを宣言するときではない。ソフィは信じないだろう。ただ自分をなだめ、慰めようとしているだけだと思うに違いない。実際、わずか数日のあいだに、これほど親密な関係がどうやって生まれたのか、彼にはわからなかった。ソフィにもわかっていないようだ。ただひとつだけはわかっている。強い感情がどんな力を持っているか、彼は戦争から学んだ。だが、愛は戦争よりもはるかによいものだ。あとでソフィにもそのことを話すとしよう。

「ソフィ、この件で自分を責めるのはやめるんだ」

たぶんミス・タインの足音が遠ざかるのを待っているのだろう、ソフィはうつむいて座り、彼と目を合わせようとはしなかった。「死んだ夫には、おまえは衝動的なのが欠点だ、とよく言われたわ」

くそ、ばかな男だ。チャールズはそんな言葉でソフィの人生をみじめにした男に燃えるような怒りを感じた。

「どうか信じてちょうだい。寝間着を落としたその先のことは、これっぽっちも考えていなかったの」彼女はまだシーツをつかみながら顔に手を当てた。「一時の衝動にかられて、あんなことをしてはいけなかったんだわ」

彼は注意深く言葉を選べと自分に命じた。「きみがどうしてしたか、わたしには正確にわかっている。きみはわたしを慰めることしか頭になかった。心からお礼を言うよ。わたしにはきみが与えてくれたものが必要だった」ソフィ自身もどれほど必要としていたか、それを指摘する必要はない。本人はまったく気づいていない可能性もある。「おかげで気分がよくなった」まったくだ。先ほどの営みは、鎧《よろい》ですら溶かしたに違いない。ソフィは自分で思っているよりも情熱的な女性だ。

彼女は頬を染めチャールズを見た。「でも、もっとあなたのことがわかってから……」その先を言えずに口ごもった。

「この次はそうしたいかい？」チャールズは率直に尋ねた。

彼女はうなずいた。「だって、よほどの愚か者でなければ、あれを大目に見ることはできないもの」

いつものユーモアが戻ったのに気をよくして、チャールズはにっこり笑った。「ソフィ、着替えをしたほうがいい。わたしがミス・タインと同じくらい上手にボタンをはめられることは、もう知っているね。それと、階下に行く前に、この鉤《かぎ》をつけるのを手伝ってもらわないと」

ソフィの慎《つつ》ましさを尊重し、チャールズは背を向けた。彼女が化粧室に入り、静かにドアを閉めてから、寝返りを打ってクラヴァットとズボンを捜した。

ベッドに戻った妻を見て、彼はもう一度服を脱いでほしくなった。だが、ソフィは背中を向け、ボタンを彼の指に押しつけた。

「今度はあなたの番よ。ええと、どこに……」

彼女は膝をついてベッドの下をのぞいた。チャールズは腰の丸みをなでたい衝動を苦労してこらえた。「どうしてこんなところに入ったのかしら?」彼女はハーネスを引っぱりだした。

まだ彼の目をまともに見ることができず。革紐《かわひも》をまとめ、つまみをまわすことに専念している。チャールズは鉤を腕の先に滑らせた。義手をつけ終わると、ソフィはドレッサーに行き、髪を振った。

「ブラシをかけて、後ろでひとつに結べばいい」チャールズは提案した。「実際、いつもそうしてくれればいいのに。髪をおろしていたほうがすてきだ」

ソフィは鏡のなかから彼を見た。「男ときたら」

チャールズはドアへ向かう妻に声をかけた。何年も前から知りたいと思ってきたことがある。彼はためらいがちに尋ねた。「わたしの腕を見るのはいやかい？」

「ソフィ」彼は鉤を掲げた。この質問にどれほどの思いが隠されているかを量るような顔になった。「いいえ、チャールズ。それをつけたあなたは、とても際だって見えるわ。こめかみの白髪もすてきよ」彼女はドアにもたれ、真剣な顔で彼を見まわした。女性のこういうまなざしに、男は自尊心をくすぐられるものだ。「あなたはいつまでも英雄に見えるでしょうね」

それからソフィは廊下に出ていき、急いで階段をおりていく音がした。チャールズは彼女のベッドに横になり、しばらくのあいだだソフィの残り香を楽しんだ。シーツはおそらく汚れているだろう。注意深く丸めておけば、階下のメイドは気づかないかもしれない。彼は聞き耳を立て、誰もいないのを確認してから、静かにソフィの部屋を出て、向かいにある自分の部屋に戻った。

スターキーは何年もチャールズに仕えてきた男だが、これほど静かに行動できるとは思いもしなかった。ドアのすぐそばの椅子に取りすまして座っているスターキーの目に浮かんでいるのは、非難か？　くそ、廊下を隔てた営みは、ここまで聞こえたに違いない。

ふたりはひと言も交わさなかった。スターキーは傲慢と言ってもいいほど冷ややかな、量るようなまなざしで彼を見ている。だが、先に目をそらしたのはスターキーのほうだった。使用人に後甲板を譲ってたまるか。チャールズはそう思った。

チャールズはひと言しか口にしなかった。それは間違った言葉だったが、しばらくしてその件をもう一度考えるまでは気づかなかった。

「下がりたまえ、スターキー」チャールズは鋭くそう命じたのだった。

スターキーは頭を高く上げ、ひと言も口にせずに立ち去った。


ソフィは夫に言われたように、頭上に気をつけて廊下に立った。そこではペンキ職人がせっせと刷毛《はけ》を動かしている。彼女はつかの間それを眺め、鼓動がおさまり、頬の赤みが薄れるのを待った。

そして冷静に今朝の出来事を振り返ってみた。少なくとも、チャールズはあれを望んでいたようだったわ。ソフィは目を閉じて、彼の重みを思いだした。乾いた地面に降る雨のように何ともいえぬ歓《よろこ》びを与えてくれた重みを。

目をぎゅっと閉じて、自分が彼の腕のなかでどれほど奔放に乱れたかを思った。あんなはしたない声をあげるなんて。彼はとても簡単にクライマックスをもたらした。それも一度ではなく三度も。そのたびにうめき声をもらしたわ。これが奔放でなくて、なんなの？

彼女は目を上げた。でも、チャールズはわたしの振る舞いにうんざりした様子はまったく見せなかった。むしろ、爽やかな顔をしていた。体を離したときのあの甘い顔、脇に寄り添い、胸に顔をのせるように促したこと、そのどれもが彼も満ち足りたことを示している。

わたしは彼を慰め、自分も慰められたのだわ。ソフィはそう思いながら足場で働いている職人たちに笑みを投げ、ミス・タインが待っている客間に入った。チャールズの言うとおりだ。この件はあまり深く考えすぎないほうがいい。

愛の営みを交わしたことを見抜かれてしまうかもしれない。まるで若い花嫁のように、ソフィは心配になった。でも、まさか。落ち着いた物腰の裏にそんな秘密が隠されていることが、ミス・タインにわかるはずがない。アンドリューにすらあれほど一途《いちず》に自分を差しだしたことはなかった。それにたっぷり報われたこともない。だが、そのことも深く考えるのはよそう。

朝の挨拶を交わしたあと、ソフィはミス・タインに頼みたい少々型破りな仕事を説明しにかかった。

「ミス・タイン、貧民の作業所へ行って、もうふたり孤児の少女を選んできてほしいの。何か軽い仕事を見つけられると思うわ」

「ええ、そのはずですわ」ミス・タインはうなずき、ためらったあとつけ加えた。「わたしを雇ってくださって、本当に感謝しています」

「当然のことよ。知ってのとおり、職業斡旋《あっせん》所の固いベンチには、わたしも何度も座ったことがあるの。そのことはいずれゆっくりお話しするわ」

「無理に話してくださる必要はないんですよ、奥様。わたしはお手伝いできるのを喜んでいます。裕福な家族のためにずいぶん働いてきましたけれど、感謝などほとんどしてもらえませんでした。あなたの家庭は違う気がします」

家庭ですって？　このみだらな壁画だらけの荒れ果てた館が？　家庭。これはよい目標になりそうだ。

「ミス・タイン、わたしたちに何ができるか考えてみて。雇ったメイドたちの時間をすっかり使う仕事を見つけられなくても、それはそれでかまわないわ。その時間を使って、みんなに授業をしてもらいたいの」

ミス・タインは目を輝かせてうなずいた。

ソフィは笑った。「結局、あなたは家庭教師をすることになりそうね。教える子どもたちが〝社会のかす〟でもかまわないかしら？」

ミス・タインの顔には間違いようのない愛情が浮かんだ。この人は心強い味方になってくれるわ。ソフィはそう思って嬉《うれ》しくなった。

「奥様、あなたがどれほど大きな仕事ができるか、考えてみてくださいな」

「わたしたちが、よ。読書室に行きましょう。提督が、貧民の作業所の担当員に握らせる充分なお金と一緒に手紙を用意してくれたはずだから」

その日の夕方、疲れてはいたが誇らしげに、ミス・タインは自分と同じくらい痩せた顔の少女をふたり、連れて戻った。チャールズは砂浜の流木に座り、海を見ている。ソフィはそんな彼を見て午後のほとんどを過ごしたテラスで、紅茶を飲みながらミス・タインの報告を聞いた。彼女はもうふたり口減らしができることに気をよくした担当員とうまく交渉し、提督の使用人全員の制服やエプロンを作る布地を何反か買うお金が残った、と嬉しそうに報告した。

「着つけのほうはさっぱりですが、縫い物はできますから」ミス・タインは紅茶のカップを置いて言った。「階上《うえ》のメイドも縫い物が得意だそうです」

「で、新しい子どもたちの名前は？」

「ひとりはグラディス。もうひとりは、よろしければ、わたしの母にちなんでミネルヴァと呼ぶことにします」ミス・タインはそう言い、怒ってつけ加えた。「幼児期を生き延びた子どもたちに名前をつける手間もかけないなんて、いったいどういう国でしょう」

「わたしたちの国ね」ソフィはつぶやいた。砂浜のチャールズはとても寂しそうに見える。ソフィは急に彼のそばに行きたくなった。「そうだわ、屋根裏の修理が終わったの。誰にどの部屋を割り当てるか、あなたに頼んでいいかしら？」ソフィは笑い、その声にチャールズが振り向くのを見て、甘い気持ちに満たされた。「みんなが醜いエジプト風の家具を、嫌わないでくれるといいけれど！　管理人がいらなかったものが残っているの」

ミス・タインも一緒に笑ったが、すぐに真面目な顔に戻った。「奥様、エジプト風の家具でも、床に藁を敷いただけのベッドよりは、はるかにましだと思いますわ」

「そうね」ソフィは同意した。「さてと、砂浜にいるわたしの受け持ちのほうを、見に行ったほうがよさそうね」

ソフィは階段をおりながら胸がときめくのを感じた。チャールズは男たちがすっかり片づけた焚《た》き火《び》の跡に座っていた。少しのあいだ砂浜を歩きまわったあと、大きな流木に腰をおろしてぼんやりしている。陸《おか》の生活になじめず、かといって大好きな海の暮らしにも疲れて、どちらも選ぶことができずにいる彼に、ソフィは深い同情をおぼえた。回想録の話をして気持ちを明るくしてあげよう。ほかの……問題に目をつぶれれば、だけれど。

彼は注意深くソフィの腰に腕をまわした。「ソフィ、ふたりの結婚のルールを決めたのはわたしだった。そうだね」

「ええ」彼女は答えた。こんな警戒するような声でなく、あなたを愛している、と思いのたけを口にする勇気があればいいのに。わずか数日で愛が生まれたことを、彼はわかってくれるだろうか？　ひょっとして、今朝の行為は愛ではなく、感謝の気持ちから出たことだと思っているのかしら？　とにかく、こういう話は恥ずかしいけれど、きちんと説明する必要がある。「あなたを慰めたかったの。よい方法だわ」

「ああ、成功したね」チャールズはソフィと同じように用心深く答えた。

「ええ」彼女は柔らかい声で言った。「あなたはとても親切にしてくださった。慰めたい、というのがわたしの願いだったわ」ソフィは深く息を吸いこんだ。たとえ相手が夫でも、こんなに率直に話すのは初めてのことだ。「ふたりとも初めてではないんですもの。それにほかの女性のことはわからないけれど、わたしも慰められたわ」

「それはよかった」彼はささやいた。

とてもよかった。ソフィはそう思った。「あなたの体のこともわかったし」

「基本的にはね」チャールズはかすかに笑った。「わたしもきみの体がわかった。だが、男女の営みはたんに体の結びつきだけではない。そうだろう?」

「ええ、もちろん」ソフィはしだいに大胆になった。「あなたの思いも知りたいわ」彼女はためらった。

「そうかい?」

「おたがいの心がわからなければ、ここからどうやって進めばいいの?　心をつかめないままでは、幸せな結婚は望めないわ」

チャールズは考えこむような顔になった。「そのとおりだ」彼はソフィにまわしていた腕をおろした。「海図なしの航海がどういうものか、わたしはよく知っている。常に水深を測りながら、ゆっくり進まなくてはならない」

彼の言っていることはわかる。でも、いまの彼女は風下《リーショア》にある岸に近づいていた。心のなかまで知ってもらうためには、本名を告げ、これまで黙っていた理由も言わなくてはならない。ええ、その必要がある。いまがそのときかしら？

ソフィは口を開いた。だが、何も言わないうちにチャールズが尋ねた。

「まだ朝の紅茶を運んでもかまわないかい？」彼の声があまりにもやさしくて、告白する勇気がくじけた。

「もちろん」彼女は静かに答えた。

「だが、紅茶だけにするよ」彼が急いでそうつけ加えるのを見て、つい口元がほころびた。チャールズが笑いながら、首を振る彼女の肩を小突く。そのとき、座った流木の太い枝がきしみ、ばきっと折れてふたりを砂の上に投げだした。

ソフィはすぐに立ちあがる気になれずに笑い続けた。夫も笑っているとあってはなおさらだ。どうやったらこんなことが起こるの？　彼女の頭はまたしてもチャールズの胸にのっていた。だが、彼はソフィを抱きしめただけで、それ以上のことはしなかった。午後の太陽は温かく、彼女は潮の香りを深々と吸いこんだ。海はもう二度と好きになれないと思っていたが、どうやら間違っていたようだ。

「ソフィ、いとしい人《ディア》、わたしは陸で何をすればいい？」チャールズはようやく立ちあがり、手を貸してソフィを立たせながら尋ねた。服の後ろから砂を払う手が、つかの間腰の丸みにとどまる。

まあ、ずるがしこい人。彼女は上機嫌で思った。「それはもう決まったはずよ。回想録を書くの。明日からはじめましょう」

彼は片方の口の端を持ちあげ、皮肉な笑みと作り物のあきらめを浮かべた。「いいとも、奥方。朝の紅茶のあとに取りかかろう。読書室がいいだろうな。あそこなら危険なものはひとつもない」

16

ソフィはぐっすり眠り、夫がドアをノックするまで目を覚まさなかった。チャールズはまだ鉤《かぎ》型の義手をつけていない。ソフィがまじまじと腕を見ていると、彼は嬉《うれ》しそうな笑みを浮かべた。

「奥方、きみはずいぶんうたぐり深いな」彼は穏やかにたしなめ、カップと受け皿を手渡して、義手とハーネスをベッドの裾に落とした。「スターキーが二、三日、上陸許可を願いでた。もうずいぶん長いこと休暇をもらっていないから、とな。これから少しのあいだは、きみに手伝ってもらうしかない」

ソフィだが、まずその前に、いまでは一種の儀式となった手順を踏まねばならなかった。ソフィが体をずらして、彼が座る場所を作る。それから紅茶を飲む。チャールズは彼女の脚にもたれ、腰の丸みに手を当てようとさえしたが、途中で思い直した。ソフィは笑わぬようにするので精いっぱいだった。

「読書室のデッキを片づけたよ」彼は紅茶を飲んでいるソフィに報告した。「紙とペンと鉛筆も見つけた。好きなほうを使うといい。わたしは真実しか語らない。ただ、休暇のあいだの体験は、勘弁してもらいたい。きみにとんでもない下司《げす》だと思われたくないんでね」

「恥知らず！」彼女はカップを置いて膝を引き寄せた。チャールズは体を起こした。「スキャンダラスな過去は、わたしには関係ないわ」

「うむ。もっとも、スキャンダルになるようなことは、ひとつもなかった。トラファルガーの戦いから一八一一年まで、フランスの兵士たちをてこずらせるために海峡にいるか、艦隊を率いて地中海にいたからな」

「もしもそうしてくれと頼まれれば、すぐさまかけつけて同じことをするんでしょうね」

ソフィはそう言って、彼の表情を見守った。

チャールズからは意外な返事が返ってきた。「どうかな。聖書に誓ってイエスとは言えないね。陸《おか》にもそれなりの魅力がある」

ふたりは見つめ合った。つい昨日、それもちょうどいまごろ満たされたばかりの下腹部が熱くほてる。繊細な箇所がとろけはじめ、脳からはっきりした指示が送られてくる。彼女は赤くなって目をそらし、しぶしぶと夫の肩の上で風にふくらむカーテンに目を移した。まあ、彼の肩ときたら、とても広いこと。

ドアにノックの音がして、昨日の漠然とした取り決めを守ろうとする努力から解放してくれた。

「この家のタイミングは最悪だな」チャールズがこぼしながら、立ちあがってドアを開けた。

だが、ドアを開けたとたん、仏頂面をほころばせた。昨日貧民の作業所から来たばかりの新しいメイドが、湯の入った真鍮《しんちゅう》のじょうろを手にし、怯《おび》えた顔で立っている。

「あの……どの部屋だかわかんなくて、高貴な閣下」少女は恐怖にかられてささやくように言った。「ぜ、全部試して……」

ソフィは少女を呼んだ。「ここでいいのよ、ミネルヴァ？　それともグラディス？」

「ミネルヴァ」少女はささやいた。

チャールズが真鍮のじょうろをつかみ、少女の手から取った。「これは重い。洗面台のすぐ横に置くとしよう。必要なとき、奥方に持ちあげてもらえばいい」彼はミネルヴァに向かって片目をつぶった。「マイ・ディア、わたしを呼ぶときは、〝提督〟だけでいいよ。わたしは大司教のように高潔でも、高貴でもない。むしろ罰あたりの口だから」

ミネルヴァはまんまるい目で見つめながらこくんとうなずき、ドアへとあとずさった。途中で思いだしたようにお辞儀をすると、立ち止まって宙を見つめ、次にすることを考え、ぱっと目を輝かせた。「ほかにご用がありますか、奥様？　それとも、あの、ご立派な提督様が？」

「いいえ、これだけで結構よ」ソフィは笑いをこらえながら答えた。「三十分したら朝食におりていくと、エティエンヌに伝えてちょうだいな」

どうやらそれを聞きたかったらしく、ほっとした顔でまたお辞儀すると、急いで退却した。チャールズはドアを閉め、またしても口の片端をきゅっと上げてドアに寄りかかった。

「わたしたちが行くのではなく、使用人たちをみなカプリ島に送ってしまおうか。廊下のペンキ塗りは、もうほとんど終わりだ。いたずらなキューピッドたちはペンキの下に隠れてしまったから、この家は住めるようになった。リーキー・タドウェルのような連中がこれ以上訪れなければ、だが」

チャールズはソフィのベッドに戻ってきてシャツを脱ぎ、義手のハーネスを差しだした。

「留めてくれるかい？　次は誰が入ってくるかわからないからな。もう何カ月も海軍省のお偉方から何も言ってこないが、ひょっこり訪ねてこないともかぎらない」

ソフィは笑みを隠そうともせずにつまみをひねって留めた。チャールズが頬にキスして、シャツに袖を通す。ソフィはそのボタンも黙ってはめながら、ひそかに期待した。終わったらまた頬にキスしてくれるかしら？

残念ながら、チャールズはシャツの裾をズボンにたくしこみながらドアに向かった。

「朝食が終わったら、わたしは読書室にいるよ」

「すぐに行くわ」ソフィは上掛けをぱっとめくろうとして、思いとどまった。夜のあいだに寝間着の裾が持ちあがっている。

「ゆっくり食べるといい。わたしを管理したがる老人だと思わないでもらいたいが、エティエンヌにバターとクリームを少し多めに使うように話したんだ」彼は鉤で頭をかいた。「ちょうど昨日のいまごろに、きみはもう少しふっくらしてもいいと思ったのでね。チャオ、奥《エスポーサ》さん。ゆっくり食べるといい」

そう言って彼はドアの向こうに消えたが、その前ににやっと笑ったのをソフィは見逃さなかった。「何よ、ろくでなし」ソフィはぶつぶつ言いながらベッドからおり、ほてる体から寝間着を振り落とした。ミネルヴァには湯ではなく、氷のかけらが浮いた冷たい水を持ってきてもらう必要がありそうだ。

朝食をゆっくりとるのは、少しも難しくなかった。何しろ、バターのたっぷり入ったクロワッサンと、有名なデヴォンシャー産の濃縮クリームをたっぷり入れ、ラズベリーを盛った粥《かゆ》、それに、夫が残していったふたつ折りのメモつきのケーキまで平らげたのだ。そのメモには、〈チーズをのせたケーキのようなものを食べてやらないと、エティエンヌが臍《へそ》を曲げるぞ。信じてくれ、臍を曲げたエティエンヌほど恐ろしいものはない。バスク・ロードの戦いのあと、ついうっかり、忙しくて朝食など食べている暇はない、と言ったときの彼を見せてやりたかった。きみの愛する、心配性の夫にして、高貴な閣下、命令に従わねばならぬ提督より〉とあった。

あなたは親切の押し売りをする気ね。そう思いながらも、ソフィは栄養満点の朝食に取り組んだ。

そろそろ読書室へ行く時間だ。彼女自身がチャールズに薦めた仕事とあればなおさら遅れてはまずい。これは結婚の条件のひとつだったのよ。ソフィは唇を拭いて立ちあがりながら決意をあらたにした。

おずおずとドアを開けると、早くはじめたくてうずうずしているとみえて、チャールズは窓辺で体を揺らしていた。ドアが開く音に振り返った顔には、またあの半分だけの笑みが浮かんでいる。

「ちゃんと食べてきただろうね。あの……」

「チーズが入ったもの？　ええ、とてもおいしかったわ。もうすぐ、あなたが大金を払った美しいドレスをちゃんと満たせるようになることよ」

「そうだ、あのドレスはどうなった？」

「忍耐、忍耐」彼女は机に目をやりながら夫をたしなめた。「ドレスを縫うには時間がかかるの」

どこに座ればよいか決めかねて立っていると、チャールズは机の椅子を示した。「まず腰をおろして、腕まくりをするといい。歩きまわるのは、わたしがふたり分引き受ける。

目がまわりそうなときはそう言ってくれ」彼は手をこすった。「どこからはじめようか?」

ソフィは言われたように机に向かって腰をおろし、楽な姿勢をとろうとした。するとすぐさまチャールズが椅子のそばにひざまずき、座席の下に手を入れて、座席を下げてくれた。

「ほら、これでいい。足がデッキにつくはずだ。もう一度まわしたほうがいいかい?」

「ええ」彼の頭がほとんど膝の上にある。それを見おろしていると、なぜかなでたくなった。昨日の朝この髪に指をからませたことが思いだされ、彼女は赤くなった。彼の耳を見なさい、最初にのぼりつめたときにこの髪をつかんだことは考えちゃだめ。そう自分に言い聞かせる。

ありがたいことに、チャールズは体を起こしたが、膝をついたままソフィのうなじに手を置き、親指で軽くなでた。ソフィは小さなため息がもれるのを抑えられなかった。相手の一挙一動に、これほど敏感に反応するのは初めてだ。

「どこからはじめようか?」低い声が耳をくすぐる。

頼むから、その指をわたしから離して。そこからはじめてちょうだい。「あの……最初からではどう?」ソフィはどうにか答えた。

彼がうなじから手を離し、ソフィは咳払《せきばら》いをひとつした。

「朝の霞《かすみ》のせいかしら?」

「よし。ペンの用意をしてくれ。わたしは一七七一年、ブリストルで生まれた。法廷弁護士の末っ子で、ひとり息子だった……」

そんなふうに朝が過ぎていった。要点のメモを取りはじめると、こわばった肩の力が抜けた。チャールズは思慮深くも、何本か鉛筆を用意してくれた。しょっちゅうインク壺《つぼ》に浸す必要があるペンよりも、鉛筆のほうが使いやすい。

しばらくすると、この仕事の効率を上げるには、かなりの努力が必要だと気づいた。彼女自身のせいだ。チャールズが感情を入れずに語る話にすっかり魅せられ、つい手のほうがおろそかになって、一度ならず彼に筆記するよう促される始末だった。

チャールズは苛立《いらだ》ちをのみこんで、ソフィが書き留めるのを待った。訊《き》きたいことが次々に頭に浮かび、ともすれば手が止まってしまう。わずか十歳のときに父親が彼を海軍に入れた話を聞くと、ソフィは息をのみ、わっと泣きだした。

「ほらほら、十歳で海に出た話は、以前もしたはずだぞ」チャールズは両手を振りあげ、暖炉の前から離れて歩み寄った。「きみはまるで貯水池だな。わたしのキャリアではごくあたり前のことなんだよ。泣くのをやめないか、ソフィ！　どこかにハンカチがあったはずだが」

チャールズはそう言って彼女の手を取り、ソファに座った自分の膝にのせたあと、ハンカチを取りだした。ソフィは彼にもたれて泣きじゃくった。

「まるでひどり鴨《かも》だな」数分後、彼ははるかにやさしい声で言った。「海軍では昔からこんなふうだったんだよ。ソフィ、きみは誰よりもやさしい心の持ち主だが、早めにはじめなければ、海軍はどうやって士官たちを戦えるように訓練するんだい？」

「でも、まだほんの赤ちゃんだったのに」ソフィはようやくそう言った。涙がおさまると、彼女は広い胸にもたれてため息をついた。

「十歳が？　マイ・ディア、男の子にそんなことを言うんじゃないぞ！」チャールズはぎゅっと抱きしめた。「鉤に気をつけて。きみの左舷船首にある」

彼の使う言葉にソフィは目を潤ませながらくすくす笑った。

彼女は体を起こし、涙を拭いた。「お父様はあなたに自分の跡を継がせたがらなかったの？」

チャールズはソフィの目にかかった髪を耳の後ろになでつけた。「わたしの父はほとんどの父親よりましだったんだろうな。わたしがいつも波止場で船を見て過ごしているのを知っていたし、帆船をねだっていたからね」やさしい目で昔を思いだしながら、チャールズはそっとソフィを自分の胸の上に戻した。「母はついさっきのきみのように涙にくれたが、最初の船乗りの所持品箱《シー・チェスト》に荷造りをして、アメリカの独立戦争へ向かう艦隊に加わるために送りだしてくれた」

「アメリカの独立戦争？　まさか。そんな年ではないわ」ソフィは彼の上着に向かってきっぱりそう言った。

「いや、あれは一七八一年だった。わたしは岬の海戦と呼ばれる、ヨークタウンの、フランスとの屈辱的な戦いの終盤に参加した。そしてグレイヴス艦長の指示を大尉たちに運ぶために砲塔甲板を走りまわった」

死体を避け、血糊《ちのり》で足を滑らせながら。自分の子どもには決してあんなことはさせない。チャールズは妻を自分から離し、彼女の目を見つめた。「ソフィ、あんなに怖かったことはないよ。だが、そのあとも甲板以外の場所で過ごしたいとは思わなかった」彼は妻を膝からおろした。「さあ、机に戻って、いまの話を書いてくれるね？」

ソフィは鉛筆を走らせた。


すでに名ばかりではなくなった妻をあと数分膝にのせていれば、ドアに鍵をかけ、机の上にあるものをなぎ払って、読書室で彼女を抱くことになる。ソフィを膝からおろし、用事を思いだしたと告げるには、意志の力を総動員しなくてはならなかった。

ぐるりと家をまわってから砂浜におり、戻ってきて、一階の最後に残った部屋にある絵を称賛したあと、チャールズはようやく落ち着いて妻の様子を見に行くことができると判断した。ソフィは机で舌を歯のあいだに挟み、眉間にしわを寄せてしきりに鉛筆を動かしている。その姿がなぜこんなに魅力的に思えるのか？　彼は自問した。いい加減にしろ。

うんざりして思った。おそらく汚れた水に肘まで浸《つ》かり、キッチンで鍋を洗っていても、おまえには彼女がふるいつきたいほど魅力的に見えるに違いない。救いがたい愚か者だ。

だが、こういう愚かさはまだかわいいものだ。チャールズはそう思うことにして、読書室に入りながら自分を慰めた。ありがたいことに、ソフィはまた陽気な妻に戻り、自分が書いた紙をさっと掲げた。「あなたの経験の肝心な部分は捉えることができたと思うわ」そして近づいた彼に差しだした。「はい、読んでみて」彼女は椅子にゆったり座り、自信たっぷりに美しい瞳を彼に向けた。暗い顔で〈ドレイク〉亭の食堂に座っていたのと同じ女性だとはとても思えない。

ソフィの言うとおりだった。チャールズは自分の話を読み直し、彼女の言葉の使い方にすっかり満足した。机の端に座り、そのページをソフィの前に戻す。「すばらしい出来だ。きみには独特の語り口があるな」

妻がこの言葉に頬を染めるのを見て、チャールズは思った。こんな些細《ささい》な褒め言葉がそれほど嬉しいのは、あまりにも乏しい生活を送ってきたからだろうか?

ソフィはまだ彼を見ていた。両手を組んで机にのせたその姿勢に、艦隊時代の自分を思いだしながら、チャールズは軽口を叩《たた》いて笑わせた。「いいとも、言ってごらん、奥方」

「あなたさえよければ、毎朝同じように進めたいわ」彼女は自分がどれほど魅力的に見えるか少しも気づかずに、真剣な顔でそう言った。「あなたが実際にあったままを語る。わたしが質問する。それが終わったら、あなたの体験をわたしの目を通して語る。もちろん、あなたが望むように変更してかまわないのよ」

　いまの説明に足りないところは見つからない。「きみはずいぶん割の悪い仕事を引き受けるはめになったな！　わたしは海軍の体験を取りとめもなく語るだけでいいが、きみはそれを読み応えのあるものに仕上げなくてはならない。話す代わりに、ときどきは艦隊に関する恐ろしく退屈な覚え書きの一部を見せてもいいな。ああ、そうしよう。これは賢い思いつきだ」

「この怠け者」ソフィの低い声とにらむような目に、チャールズは足の爪先を丸めたくなるほどの快感をおぼえた。

「これはきみの思いつきだからな、愛する人《カラ・ミア》」彼はそう言って降伏するように両手を上げた。

　ふたりはテラスで昼食をとった。チャールズはソフィを自分の見えるところに置いておきたかった。午後はブルースタインを訪ねる、と彼女は告げた。

「では、エスコートさせてくれ」

　ソフィは反対せず、チャールズが腕を差しだすと手を置いた。ふたりは庭仕事の男たちが管理人のクラウダーの監督のもと、せっせと雑草を取り除いている長い私道をゆっくり歩いていった。

「クラウダーが言うには、明日は砂利を積んだ荷車が来て、深い溝や大きな穴を埋める予定だそうだ」なんの変哲もない日常の会話が彼の胸を温めた。昔、亡くなった両親が朝食のときや連れだって歩くときに、娘たちの服地やリボンのこと、上等の毛織物の値段のことなどをよく話していたのを思いだす。父もありふれた会話をこんなふうに楽しんでいたのだろうか？

「砂浜におりる階段の手すりは、修理したほうがいいわね」

「ああ、そうしよう。裏庭にるりこまどりの巣箱を置いてはどうかな？」

彼の言い方がおかしかったのか、ソフィは足を止めて笑った。「艦隊の兵士たちに、いまの言葉を聞かせてあげたいわ」彼女はつぶやいた。「ええ、るりこまどりの巣箱を裏庭に置くのは大賛成よ。提督」チャールズはからかうソフィの髪をくしゃくしゃにして、気づいたときには妻を抱きしめていた。残念なことにソフィはぎゅっと彼を抱いただけで再び歩きだした。

大目に見てくれ、と彼は口にしかけたが言わなかった。ふたりがばかげた茶番よりも深い仲になったことがわかっていたからだ。妻の隣をゆっくり歩いていると、不意にひとつの思いが頭を占領した。ソフィがいない場所では決して幸せになれない。

妻に告げたいことが胸にあふれた。だが、海軍時代、彼を多くの風下にある岸《リーショア》から救ってくれた用心深い守護天使が、つい昨日の自分の言葉を思いださせた。この件は衝動に身を任せるのではなく、じっくり考え、思慮深い理性的な大人として行動しよう。チャールズはあらたに心のなかでそう繰り返した。たぶん、そのほうがいい。

ヤコブ・ブルースタインは、残念そうに首を振り、リヴカは眠っているとふたりに告げた。ふたりはヤコブと一緒に太陽に暖められた客間で紅茶を飲み、妻は一日の大半を眠って過ごすのだというヤコブの話に耳を傾けた。

「きみに会うのをとても楽しみにしているんだよ、ソフィ」ヤコブはお代わりを注《つ》いでもらうためにカップを差しだしながらそう言った。「午前中に訪ねてくれれば、少しは頭がはっきりしていると思うんだが」

「明日からはそうしますわ」ソフィは紅茶を注ぎながら答え、チャールズににっこり笑いかけて彼の心を明るくしてくれた。「提督は回想録に取りかかったところですの。それを午後にまわせない理由はありませんわ」

「ひとつもないとも」

ブルースタインの顔がぱっと明るくなった。「提督！　ナポレオンとの戦いにおける、われわれのこれまでの不運を書くつもりかね？」

「妻はそういう仕事なら、わたしが楽しんでできると言うんです。わたし自身はたいして興味深い読み物になるとは思えないのですが。わたしは英雄ではなく、しつこくあのコルシカ人の脇腹をちくちく刺し続けた棘《とげ》のひとつにすぎませんでしたから」

ブルースタインは紅茶を飲み、きらきら光る目をソフィに向けた。「きみたちの子どもが、きっと感謝するとも、ブライト提督。彼らが思春期の悩みを抱えているときに、老いた化石にもすばらしい時代があったことを教えてやれる」

子どもの話にソフィが頬を染めて慎《つつ》ましく目をそらすのを見て、ブルースタインはほほえんだ。

「残念ながら、金融業には冒険などひとつもない！　わたしの子どもたちは、それでもわたしを愛してくれるが、きみの提督は、はるかに多くを子どもたちに与えてやれるな、ソフィ」

チャールズは我慢できずに横目で妻を見た。ソフィは芯からやさしい女性だ。ふたりの子どもを作るという思いつきは、たちまちチャールズの頭を占領し、彼はこみあげてきた強い感情をごくりとのみくだした。妻にも言ったように、戦いを生き延びられるとは、思ったこともなかった。若いころにはナポレオンに何度も苦い水を飲まされ、振りまわされて、家族を作ることなどあきらめねばならなかった。彼の定めは海軍省の命じるまま、海へ出て戦う機械となることだ。そういう男が結婚するのは歓迎されなかった。妻や子どもはこの〝武器〟の刃を鈍くするからだ。

とはいえ、この国はついにナポレオンに勝利し、チャールズは生きて陸に戻った。そしてわずか一週間前、衝動的に乗りだしたこの結婚生活という海を、海図もなしに手探りで進みはじめた。

いま思えば、チャールズはサリー・ポールの最も心の弱い瞬間を捉えたと言えるかもしれない。それでも彼女は一度申し出を断った。承知したのは、彼が名ばかりの結婚だと説得したからだ。ところがいま、ふたりはその範囲を大きく超え、チャールズは隣に座っている女性を深く愛しはじめていた。

そうなれば、子どもを持つことも夢ではない。次に愛を交わすのは、じっくり考えたあとにするとソフィには約束したが……チャールズはヤコブと話しているソフィを見て、思った。そのうち彼女に、回帰不能点について説明するとしよう。どんな航海でも、問題が生じれば、司令官は戻るか進むかを秤《はかり》にかけねばならない。戻れば途中で食糧と水が切れ、死ぬことも多い。かといって先に進んでも、何が待ち受けているかわからない。

ソフィ、わたしたちは体を許し合い、貪り合った。おたがいに何を言おうと、もう名ばかりの結婚には戻れない。それができると思うのはたんなるごまかし。ふたりは回帰不能点を越えた。この航海はいまや運命の手にゆだねるしかないんだ。

この先のことにもっと確信があればいいのだが。彼はそう思わずにはいられなかった。

17

本人はそうとは知らぬまま、リヴカ・ブルースタインはブライト家のふたりの一日を支配するようになった。これは穏やかな独裁だったが、年老いて、死期の近づいているリヴカは、ソフィが訪ね、本を読むのを楽しみにしている。チャールズには文句はなかった。それにソフィはたいていい上機嫌で朝の訪問から戻ってくる。

「チャールズ、あなたも一緒に来て、リヴカの子ども時代の話を聞くべきよ。ハンブルグのユダヤ村《シュテトル》で育った話を聞いていると、メモを取り、彼らの人生の物語を書きたくなるわ」読書室でいつもの場所、暖炉の前に立つ彼に、ソフィは話しかけた。

「陸《おか》に上がってまだ間もないが、女同士の話に男が加わるのが歓迎されないことぐらいはわかる！　それにみんなのメモを取ったら、わたしに割いてくれる時間がなくなるじゃないか」チャールズは衝動的にそうつけ加えた。

「ばかね。彼らの物語を書くのは、あなたの物語が終わってからよ」ソフィがそう言ってにっこり笑うと、彼の心は解けた。「さて、わたしたちはどこにいるのかしら？」

くそ、知るもんか。彼はそう思い、それから、回想録の話だと気づいた。「たしか、キャンパーダウンの戦いだった。当時、わたしは大尉で、ベドフォード号に戻っていた。少しのあいだ戦況の見通しは暗いように思えたが、それもほんのつかの間だった」彼はにやっと笑った。「われわれはオランダ艦隊を叩《たた》きのめしたんだ！」

「ああ、そうだったわ」ソフィは目を輝かせてチャールズを見た。「負けるのはいやですものね」

「いや、わたしはほとんど負けたことがないよ」彼は即座に答え、それから少し赤くなった。「ひどく傲慢に聞こえるな」

「でも、真実よ」メモを取り終え、ソフィが顔を上げた。「あなたは嘘《うそ》などつかない人ですもの」

その言葉を口にしたとたん、彼女はかすかに青ざめて唇を噛《か》んだ。

「ソフィ？　大丈夫かい？」

彼女はぱっと顔を上げ、落ち着きを取り戻そうとした。「もちろんよ。ちょっと思いだしたことがあったの。なんでもないわ。続けてちょうだい。あなたはベドフォード号に乗り、キャンパーダウンにいた」

そんなふうに再びふたりの連係プレーがはじまった。朝の時間をひとりで過ごしたチャールズは、ソフィがいないせいで気持ちが落ち着かなかった。よほどの悪天候でないかぎり、ふたりはテラスで昼食をとる。今日も美しい夏の日を満喫し、それからこの読書室に落ち着いたのだった。ほとんどの場合、暖炉の前を行ったり来たりしながら、彼が海軍のキャリアの一部を語り、ソフィがメモを取り、質問をする。

チャールズはこの日課の最中に、ソフィがどれほどやさしい心の持ち主か、日々あらためて知らされた。彼は何度も途中で話をやめ、捕虜になった彼にフランス兵たちがした仕打ちを聞いて涙にくれる妻を、あるいは嵐に襲われたときの苦闘に取り乱す妻をなだめねばならなかった。そんなとき、彼が頭のてっぺんや頬にキスしても、ソフィは文句を言わなかった。

チャールズは間もなく、先日の朝の激しい営みを忘れたように、ふたりとも抵抗なく触れ合えるのを発見した。それから、ある朝、ソフィがブルースタイン邸から戻ると、注文したドレスが届いていた。この最初の買い物で大金を費やしたことを深く嘆いたあと、ソフィは新しいドレスのことをまったく口にしなかった。もしかすると、何枚もの贅沢《ぜいたく》な衣装とその付属品が到着しないことに、少しほっとしていたのかもしれない。〝去る者は日々にうとし〟のたとえもあるように、見えないものは、忘れていられる。

だが、円筒型の箱や厚紙の四角い箱におさめられて、ついに注文の品々が届いた。チャールズはいつものように、表に面した窓から彼女を見守っていた。ある朝、用事をすませたあと、妻が近くにいないせいで手持ち無沙汰になり、不機嫌にならずにできることをほかにはひとつも思いつけなかったのだ。

その朝のあとは、こうして妻の帰りを待つようになった。いまでは砂利が敷かれ、雑草もすっかり抜き取られた私道を、ソフィはたいていのんびり歩いてくる。途中で足を止め、花壇を作る庭師たちを監督中のクラウダーに話しかけることもあれば、近くに誰もいないのを確かめ、鼻をかんだり、目を拭くこともあった。そんな姿を見て、胸を弾ませるのは不謹慎だ。そういう仕草は、リヴカの具合がよくなかったというしるしなのだから。だが、そういうときのソフィは彼が抱き寄せても決して逆らわない。ソフィが片方の腕を彼にまわして胸にもたれかかると、チャールズの胸には喜びがあふれた。

何年もぎりぎりの生活をしてきた女性にとって、新しい服が何を意味するか、チャールズにはまったくわかっていなかった。彼は玄関に積まれた箱の中身をのぞき、突いてみたりはしなかった。そんな勇気のある男はめったにいないだろう。だが、好奇心からひとつだけ蓋を取り、最近のレディがどんなものを頭にのせているのかのぞいてみた。緑のリボンと緑に染めた羽根のついた麦藁《むぎわら》帽子だ。妻の褐色の髪と瞳をさぞ引きたてることだろう。チャールズはソフィの選択に心のなかで拍手を送り、自分が賢く散財したことを喜んだ。

昼近く、ソフィがゆっくり私道を戻ってくるのが見えると、彼は玄関に出迎え、妻に急いで入れと促した。ソフィの目がぱっと明るくなるのを見ると、つい笑みがこぼれた。妻が自分を見てこんなに嬉《うれ》しそうな顔をしたのだ、とうぬぼれることにした。

「注文の品物が届いたよ、奥さん」彼はドアを大きく開けて知らせた。

ソフィはマダム・ソワニェのこともそこで頼んだ服のことも、とっさに思いだせなかったらしく、けげんそうな顔になった。

「きみの服だよ、ソフィ」

すると美しい瞳をみはり、手を口に当てて、急いで彼の前を通りすぎると、箱のそばで膝をついた。彼はポケットナイフで次々に紐《ひも》を切っていった。ソフィは息を弾ませ、震える指で紺碧《こんぺき》のドレスを取りだし、体に当てた。太平洋の真ん中の海によく似た色合いだ。

「ああ、チャールズ」

ちょっとしたことにでも涙ぐむソフィのことだ、わっと泣きだすに違いない。彼はそう思った。ところが、ソフィは彼のそばに来てさっと背中を向け、興奮した声で命じた。

「ボタンを外して」

チャールズは喜んで従おうと、近づいて、七月の太陽に暖められた髪の香りを吸いこんだ。「この玄関ホールでかい?」愚かにもそう尋ね、彼は自分のばかさ加減に舌を噛み、うめき声をのみこんだ。

ソフィが低い声で笑う。彼は泣きたくなった。「あら、いけない」

彼が想像の棍棒《こんぼう》で自分の頭を殴ろうとすると、ソフィが彼の手をつかんで客間に引っぱっていき、ドアを閉めた。「ここでよ」ソフィは目を輝かせ、一刻も待てない様子でそう言った。

　チャールズは先ほどの要求に従い、着古した地味な服の木製のボタンをひとつずつ外していった。その下のシュミーズもみすぼらしかった。すぐ近くに立っている彼には、レースを縫い直した跡が見える。この箱のどこかには、繕う必要のないシュミーズも入っているに違いない。そう思うと少しばかり誇らしくなった。ソフィは流行の下着を頼んでくれただろうか？　だが、そんなことを尋ねる勇気はない。

　背中には、まだ背骨のひとつひとつが痛々しいほどくっきり見える。彼は肩に散っている薄茶色のそばかすに目を引かれ、先月ふたりが奔放に愛し合ったときに、そばかすが胸にも散っていたことを思いだした。

　こんなに大きな誘惑にも負けないとは、なんと高潔な紳士だ。チャールズは自分を褒めながらドレスを引きおろした。ソフィが片手を彼の肩に置き、ドレスの外に出る。興奮のあまり小躍りせんばかりの妻を見て、彼もすっかり嬉しくなった。ソフィはまるで子どものように幸せそうだ。そのすべてが、犠牲と倹約に満ちたつらい年月を物語っている。

　彼が古い服をソファの背にかけ、振り向くと、そこには新しいドレスを頭からかぶり、両手を上げたソフィが立っていた。何が必要かは明らかだ。彼は胸の丸みの下へとドレスを引きおろした。その下から現れたソフィの顔は、これまでのいつよりも喜びに輝いていた。

彼のこの思いが聞こえたのか、ソフィは真面目な顔になった。少なくとも、なろうとした。「新しい服にこんなに興奮するなんて、虚栄心の強い女だと思うでしょうね」ソフィはそう言いながら、彼がボタンを留められるように背中を向けた。

「とんでもない」それは本音だった。「妻と新しいドレスのあいだに立ちはだかる男は、世界一の大ばか者だよ」

「でも、浅はかな女だと思っているんでしょう?」

ソフィは彼の否定をねだってこう言っているわけではない。妻がそういうタイプの女性でないことは、すでにわかっていた。チャールズは鉤《かぎ》で布地を押さえ、ボタンをはめはじめた。「きみはずいぶん長いこと新しい服を作ったことがないんだと思う」

「そのとおりよ」ソフィの声は子どものように小さかった。肩越しに振り向いた目には涙が浮かんでいる。

チャールズはその目尻にたまった涙をキスで吸い取った。塩辛い味が長年の苦労をしのばせた。ソフィは頭を傾けて彼の肩に休めた。これで肩をつかみ、妻を抱き寄せなければ、国いちばんの愚か者だ。彼はボタンをはめる途中で、妻を抱きしめた。嬉しいことに、ソフィは両手を彼の首に巻きつけてきた。キスしてくれないことにがっかりしたが、彼と頬を合わせ、耳元でささやいた。

「ありがとう、ブライト提督」

そして体を離すと、残りのボタンをはめられるようにくるりとまわった。チャールズは笑みを浮かべながらこの仕事を達成し、再び妻を自分に向けた。

「とても似合うよ、ミセス・ブライト」戦いが終わり、陸に戻ったいま、徐々に自分の人生に入りこんでくる深い感情にかすれる声で彼は言った。

ソフィは暖炉の上にある鏡の前に立つと、パフスリーブの形を整え、襟を直した。そしてくるくると二度まわりながら、少女のようにスカートのひだ縁飾りを眺めた。少女のころ、同じように新しい服を喜んだソフィの姿が目に浮かぶようだ。さもなければ、わたしたちの娘が同じようにするところが。褐色の髪の少女がくるくるまわっているところが目に浮かび、そんな思いが頭をかすめた。それは目の前の妻と同じくらい魅力的な光景だった。

「違う服を試してみるかい？」彼はこの場の魔法が消えないように促した。

ソフィが目を輝かせてうなずく。「淡い黄色のモスリンがあるの。夏の服よ。見つけてくれる？」

彼は言われた服を見つけ、素材の柔らかさに驚嘆した。彼の手のなかでは、なんと小さく見えることか。ドレスを持って客間に戻り、ドアを閉めると、ソフィは肘を突きだして、自分でボタンを外そうとしていた。黄色いモスリンを肩にかけ、彼はこの仕事を引き継いだ。洗いざらしたシュミーズ越しに、ほの暗い翳《かげ》が見える。窓から差しこむ明るい光が長い脚の輪郭もくっきりと見せていた。それを見て欲望をそそられないのは不可能だったが、同時にソフィの無垢《むく》な喜びと、ふたりのあいだに信頼が育ちはじめているのを感じた。

「両腕を上げて」彼はそう言いながらあっさりしたデザインのドレスを頭からかぶせた。「これはボタンが小さいな。わたしたちの知らぬ間に真珠層が払底し、仕立屋が節約しはじめたのかな?」

「チャーリー、いまの流行《はや》りなのよ」

驚いた、わたしをあだ名で呼びはじめたぞ。チャールズはにやりと笑いながら、部下の士官たちが彼の耳に入らぬところで、自分を〝チャーリー艦長〟と呼んでいたことを思いだした。それを知ったときは、なんと愚かな部下どもだと思ったものだが、妻の口から出るとなんと甘く聞こえることか。

ソフィは後ろに手をまわして彼の指に触れながら、ボタンをはめようとした。つかの間、ぎゅっと彼の指をつかみ、それから届く範囲のボタンをはめ続けた。

チャールズはこの任務を完了し、肩をつかんで妻を再び鏡の前へと移動させた。「これはよく似合うな、ソフィ。プリムローズがきみにはいちばん合うようだ」

彼女は鏡のなかから笑いかけ、顔をしかめてみせた。それから両手を体の前で握りしめた。「とても気に入ったわ。マダム・ソワニェは奇跡を起こす人ね」

「素材がいいのさ。断っておくが、これは布地のことではないよ、ソフィ。きみは美しい」

彼女は手を握ったまま上気した顔で振り向いた。乾いた花が突然の春雨に濡《ぬ》れたように、生き生きとして見える。「そんなこと、一度も言われたことがないわ」

「亡くなったご主人にも？」チャールズは訊《き》かずにはいられなかった。

彼女は首を振った。

「彼は黄色いドレスを着たきみを見たことがなかったに違いないな。ほら、まわってごらん。マダムは深紅のドレスがどうのと言っていたな。それも見てみたい」

ソフィは彼がボタンを外すあいだも、じっとしていられないほど興奮していた。小さなボタンがひとつずつ外されていく。彼はそのたびに背骨のひとつひとつにキスしないではいられなかった。ソフィはぶるっと体を震わせ、それからうめきに似た小さな歓《よろこ》びの声をもらした。

シュミーズに手が触れると、彼はそれを引きおろした。嬉しいことに、ソフィはドレスを肩から外したあと、シュミーズの前ボタンも外しはじめた。シュミーズは腰のところまで落ちた。自分の自制心に拍手を送りながら、チャールズはもうひとつ背骨にキスをした。それから用心をかなぐり捨てて、前に手をまわして胸をもみしだいた。そしてずいぶん久しぶりに二本の手が欲しいと思った。ソフィは肩に頭をあずけ、彼にもたれている。彼は首にキスしながら、手を下へと滑らせた。

ソフィは息を乱しながら、黄色いドレスをまたいでその外に出た。チャールズはすっかり興奮して抑えきれずに妻の体をまわし、柔らかい体を自分に押しつけた。同じ情熱にかられ、ソフィが骨盤を押しつけながら、立ったまま彼を受け入れようと、ズボンのボタンへ手を伸ばしてくる。

そのときドアが開いた。言葉にならないうめきをもらしながら、最後のボタンを外すソフィの肩越しに、驚愕《きょうがく》するスターキーの顔が見えた。休暇から戻ったことを報告に来たのだろう。見開いた目を線のように細め、スターキーは静かにドアを閉めた。

チャールズは屈辱にかられ、体じゅうの息が抜けたような気がした。まるでスターキーが部屋を横切ってきてソフィを引き離し、自分のみぞおちに一発くらわしたかのようだ。何も知らないソフィが、ふくらんだ下着の紐を解こうとする。彼はぱっと飛びのき、ズボンのボタンをはめはじめた。

「よせ!」その言葉は、意図したよりもはるかに鋭く聞こえた。「やめるんだ」声を和らげて繰り返した。自分が妻を傷つけてしまったことはわかっていた。

彼はソフィの顔をまともに見られなかった。だが、そうするしかない。何も言わずに背を向ければ、もっと傷つけることになる。ソフィは頬を染め、胸まで薔薇《ばら》色に染めていた。震える指であわてて胸を覆い、シュミーズのボタンを留める手間をかけずに、着古した服をひったくるようにつかんだ。「ごめんなさい」彼女はほとんど聞こえない声でつぶやいた。「あなたが望んでいると思ったの……ごめんなさい」

　スターキーに見られたことにショックを受け、チャールズは茫然《ぼうぜん》と立ちつくしていた。だが、彼自身の自制心の足りなさが妻を辱めてしまったのだ、謝らねばならないのは自分ではないか。ソフィは震える指が許すかぎりの速さでボタンを留め、いつの間にか脱いでいた靴を捜し、打って変わった屈辱のうめきをもらして見つけるのをあきらめた。ちらっとチャールズを見て、もう一度喉につまったような声で謝罪し、裸足《はだし》のまま客間から走りでた。おそらく階段へ走ったに違いない。すぐに階段を駆けあがる音が聞こえた。彼は客間の中央に立って、落ち着きを取り戻そうとしながら、がっくり肩を落とした。あっという間に燃えあがった欲望は、すでにその痕跡もない。しばらくして手の震えがおさまると、彼はズボンのボタンを留めた。鏡を見るのは気が進まなかった。いまのあさましい体験の恐怖が、顔に焼きついているに違いないのだ。トラファルガーの戦いは、ほとんどひと晩で彼の髪を白くした。バスク・ロードの戦いは彼を何歳も老けさせた。今度は何が起こったのか？　彼はしぶしぶ鏡に目をやった。

　不自然なほど顔色が青いことを除けば、いつもと同じ顔が見返していた。永遠に愛する心構えができはじめている女性を辱めたという、最悪の出来事が、なんのしるしも残していないとは皮肉なものだ。脚に力が入らず、腰をおろした。傷ついたのはソフィだ。彼は――ふたりは、彼が押しつけた一夜漬けの結婚をじっくり考えるために時間が必要だ、と同意したはずではなかったか。そのうえ、スターキーに対する反応で物事をさらに複雑にしてしまった。だが、そればかりは誰も自分を責めることはできないはずだ。チャールズはなんとしても、ソフィにあの場をほかの人間に見られたことを気づかせたくなかったのだ。

「どうすればいい？」チャールズはちらっと鏡を見ながら自問した。作業を行っていた廊下の向かいから、ペンキ職人たちがバケツを手に笑いながら出てきて、つかの間、彼の気を散らした。彼らは廊下を遠ざかっていく。昼食をとりに階下へ行くのかもしれない。くそ、こんなときに昼食だと？

とにかく急いで必要な対処をしなくてはならない。まずスターキーと話す。それからソフィに嘘をつく。嘘をつくしか方法はない。スターキーが何を見たか知らされたら、ソフィは立ち直れないだろう。彼はもう一度鏡を見てクラヴァットの乱れを直した。ズボンのボタンをかけ違えたことに気づき、それも直した。これではまるで、自然の欲求をすませたあと、一刻も早く遊びに戻りたがっている子どもと同じではないか。自分自身に腹を立てながら深呼吸をひとつする。もう一度深く息を吐いてから、ソフィの美しいドレスを二枚腕にかけ、ドアを開けた。彼はドレスを箱のなかに戻し、顔を上げると、メイドのひとりが箱を見ていた。

「ミネルヴァとグラディスを呼んで、ここにある箱をレディ・ブライトの部屋に運んでくれないか」

メイドはちょこんとお辞儀をした。チャールズは廊下を進み、使用人のホールへとおりる階段の前で、しばしドアの取っ手を見つめた。それからもう一度深呼吸をしてドアを開け、その先に絞首台が待つかのように、おぼつかない足取りで階段をおりていった。スターキーになんと言えばいいのだろう？　スターキーは鼠《ねずみ》嬢に関するあの絶望的な作戦の共謀者だった。先ほどスターキーの顔に浮かんだあらわな軽蔑を思いだし、チャールズはたじろいだ。

だが、この家の主《あるじ》はわたしだ。わたしは提督だ。チャールズは自分にそう言い聞かせながら、のろのろと足を動かした。スターキーはわたしの使用人だ。わたしの意志に従ってもらうぞ。

チャールズの直感は見事に当たり、スターキーは使用人のホールで待っていた。チャールズがドアを開けると、長年彼に仕えてきた男は、無表情な顔を向けた。ふたりの目が合うのを待って、チャールズはかすかに顔を動かし、スターキーの部屋を示した。スターキーはすぐさま立ちあがり、チャールズのためにドアを開けて彼がなかに入るまで押さえていた。

彼らは小さな客間のふたつの椅子に腰をおろした。目をそらすのは負けを宣言するようなものだ。チャールズはまっすぐ相手の目を見て言った。

「あのドアを開けないでくれればよかった」

スターキーはしばらくしてからこう言った。「アイ、提督。わたしもあなたがほとんど知らない人間と同盟を結ばなければよかったと思います」

チャールズはこの無礼な言葉に靴の先まで驚愕し、スターキーをにらみつけた。「なんだと？」

スターキーは身を乗りだしてふたりのあいだにある空間を一挙に縮めた。「提督、わたしはあなたを二十年知っています。この半年、あなたはお節介焼きの姉上たちのことで、そうとう心を乱されてきました」

「スターキー……」チャールズは一喝しようとして、言葉を切った。それは真実だ。この件に関して、スターキーは最初から彼の相談相手だった。チャールズは手を振って促した。

「よかろう、思っていることを言ってみたまえ」

スターキーはため息をついた。「あなたがミス・バッチソープと結婚することに決めたときは、少なくとも彼女の兄上をよく知っていました。それにあなたはミス・バッチソープを訪ね、はっきりと条件を提示しました」

「そのとおりだ」

スターキーは両手を振りあげた。「しかしその後……その後、あなたはまったく知らない女と結婚してここへ戻ってきた！　あの晩、わたしになんと言いましたか？　これは便宜的な結婚だとそうおっしゃった。しかし、提督、わたしには目があるんですよ！」

チャールズはスターキーを見なくてもすむように前かがみになり、膝に肘をついて長いこと黙っていた。わたしの行動に異を唱えるとは、なんという厚かましい男だ。それを思うと、怒りが込みあげてくる。この男のせいで、ソフィはおそらく身も世もなく泣きじゃくっているに違いないのだ。とはいえ、スターキーを怒らせてもなんの解決にもならない。とくにこの男は自分が正しいと信じきっている。かといって、機嫌をとるなどもってのほかだ。一度だけ自分の気持ちを説明する。それがいちばんだろう。

「スターキー、きみは……」誰かを愛したことがあるか？　チャールズはそう尋ねようとしたのだが、そんなことをすれば、この男の目にますます弱みをさらすだけだと気づいた。とにかく、主人はこちらなのだ。「きみはわたしの判断を疑ったことがあるか？」

スターキーはこの問いに椅子の上でもぞもぞ体を動かし、しばらくして答えた。「いいえ、ありません」

チャールズはほんの少し、確かな地盤に立ったと感じた。「艦隊の問題で、わたしの意図がすっかりわからないときでもか？」

「ええ、もちろん、ありません！　それはわたしの……」スターキーは言葉を切った。ややあって続けたときには、先ほどの勢いは失われていた。「心配することではありませんでしたから」

「今回もそうだ」チャールズは静かに結び、立ちあがった。スターキーは座ったままでいる。チャールズはこの小さな反抗に顔をしかめたが、叱責されて気まずい思いをしているせいだと思うことにした。「この件はもう何も言うまい。きみはわたしの私的な問題に関して、わたしを信頼する必要がある。わたしが艦隊の艦と部下たちに関して正しい判断をくだす、と信頼してくれたように」

するとスターキーは両手を固く握りしめて、ぱっと立ちあがった。「提督！　お言葉を返すようですが、あなたはあの女性のことを何も知りません！」

ほぼすべての戦いで忠実に仕えてくれた部下を、こんなことで叱りつけるはめになるとは。スターキーは二十年のあいだ、怒る原因をひとつとして与えず、常に従順だった。だがいま、チャールズは持てるかぎりの権威を総動員してスターキーをにらみつけ、この男がうつむくまでやめなかった。「スターキー、さしでがましいぞ！　自分が誰だか二度と忘れるな！」

チャールズは踵《きびす》を返し、部屋を出た。誰よりも忠実な男を侮辱したことが、胸に不快なわだかまりを残していた。自分がひどい間違いをしでかしたような気がしてならない。

しかも、あの男の言うとおりだ。どう体裁をつけようと、彼はソフィをほとんど知らないのだ。

18

外は明るく暖かい夏の午後だったが、ソフィの手は氷のように冷たかった。それとも、恥ずかしさに顔がひどくほてっているせいで、手が冷たく感じられるのかもしれない。彼女は顔に手をやり、自分の恥がもたらした熱で温めようとした。涙は出なかった。あまりにもつらすぎて、泣くこともできない。手ひどく自分を拒んだ男とひとつ屋根の下でどうやって生きていけばいいの？

ぎゅっと目を閉じて、ソフィは客間で起こったことをもう一度最初からたどった。キスしたのは彼のほうだ。背骨に唇を押し当てて、胸を愛撫《あいぶ》した。胸とそれからもっとほかの部分を。最初のときにあれほど燃えたことを思えば、それで自分が妻に火をつけたことはわかったはずだ。それから彼はきつく抱きしめた。そのあとふたりが最後までいくことは、火を見るより明らかではないか？

ソフィは両手で目を覆った。だが、自分を激しく求め、客間の真ん中で愛し合おうとした彼の姿が目に焼きついて、消えようとしない。それを思いだしただけで、裏切り者の体がほてりはじめ、ソフィは音をたてて息を吸いこんだ。昼食どきに、鍵もかかっていない客間だったが、彼が求めるとおりに何でもしただろう。チャールズを愛しているから……。

わたしはチャールズ・ブライトを愛している。彼女は両手を目から離し、膝に置いた。彼に言わなくてよかった。自分でその気にさせておきながら、プリマスの路地で拾ったあばずれにするように、次の瞬間には突き放すような男に。アンドリューが波止場のそういう女のことを、嫌悪のにじむ声で話してくれたことがあった。ソフィは自分の体を抱きしめてぶるっと震えた。チャールズはわたしのことをそんなふうに思っているの？

だったら、どうして自分からはじめたの？　ソフィにはわからなかった。

ベッドで丸くなり、そのまま消えてしまいたいと思っていると、誰かがドアをノックした。

「奥様？　奥様？」

メイドだ。仕方なくドアを開けると、届いたばかりの美しいドレス、でも二度と見たくないドレスを持った少女たちが立っていた。

「ありがとう」ソフィは心から感謝しているように聞こえることを願いながら礼を言った。「化粧室に置いてちょうだい」

メイドたちはその言いつけに従った。ミネルヴァが帽子の箱の蓋を持ちあげ、ちらっとなかをのぞくのを見ると、こんな場合なのに、ついほほえんでいた。ほかのふたりも箱のまわりに集まってのぞいている。グラディスはぴょんぴょん飛び跳ねていた。

「美しいわね」少女たちが寝室に戻ってくると、ソフィはそう言った。「階下《した》に戻ったら、ミス・タインに手があいたときに上がってきて、しまってくれと頼んでちょうだいな」

三人は不揃《ふぞろ》いのお辞儀をして、またしてもソフィをほほえませた。「ヴィヴィアン、ミス・タインは階下で何をしているの？」

ヴィヴィアンが目を輝かせてやってきた。「あたいたちに授業をしてくれるの。奥様。ウイーンはオーストリアの首都だって。知ってた？」

「噂《うわさ》を聞いたことがあるわ。ほかには？」

ヴィヴィアンはちらっと仲間を見た。「ミスター・デュピュイはミス・タインにお料理を教えてる！」

少女たちはまたしてもくすくす笑い、ソフィも口元をほころばせた。「どうやらその話はもっと何かがあるようね！　さあ、もう行きなさい。昼食はテラスではなく、この部屋で食べたいとエティエンヌに言ってちょうだいな」

ドアが閉まると、ソフィはささやいた。

「もう提督の顔は見られないわ。生きているかぎり」

めったにないことだが、あまり食欲もわかず、窓辺のベンチに腰をおろし、海を見ながら思った。いったいなぜチャールズ・ブライトに説得されて結婚に同意してしまったのだろう？　現実的なソフィには、その答えは明白だった。

「彼の説得が巧みだったせいよ。それにほかに生きる道がなかったから」彼女はテラスの手すりでけんかしている二羽のかもめに向かってつぶやいた。

チャールズ・ブライトと暮らすのがいやなら、貧民の作業所に行くしかない。自分を抱きしめ、ソフィは思った。これはふつうの結婚とは言えないが、それでもきちんと式を挙げて登録したのだから、彼女は法的にブライトの妻だ。そしてチャールズはいくつか条件を挙げた。姉たちに対して盾となること、少なくともふたりがあきらめるまでは、彼を姉たちから守ること。そして、彼の生きる目的を見つけること。それで回想録の執筆を思いついた。チャールズはソフィに隣人たちに気前よく慈善を施せとか、デヴォンシャーの海岸で休暇を過ごそうとやってくる山ほどのゲストをもてなしてくれと頼んだわけでもない。家事をこなし、もめ事を起こさなければそれでいいのだ。

ソフィはいつものように合理的に考え、この状況をどうにか乗り越えられると決断した。ただしそのためには、彼女が絶望的な状態にあったとき、セント・アンドリュース教会で自分が言ったことを、提督に思いだしてもらわねばならない。

ソフィは膝に顔をふせた。少なくとも、十年、いえ、たぶん二十年は彼と顔を合わせられないわ。

顔を上げ、後ろにもたれて、アンドリューのことを考え、彼に嘆きをぶつけた。みんなあなたが悪いのよ！　わたしはとくに何も要求しない、愛する夫がちゃんといて、ささやかながら満ち足りた毎日を送っていたのに。でも……ソフィは海に目をやった。こんなことになったのはアンドリューのせいではない。几帳面《きちょうめん》な彼は、自分の管理する数字と品名が果てしなく続く帳簿に細心の注意を払っていた。アンドリューは静かで、予測のつく、わたしと同じくらい平凡な人間だった。それなのに、やってもいない罪を着せられて有罪の判決を受け、絶望して戦う気力を失ってしまったのだ。もう、過ぎたことよ。ソフィは自分に言い聞かせた。わたしは自分に求められたことをするだけ。

昔からソフィは、いったん事が決まると元気が出てくるたちだった。いまもその例にもれず、気を取り直して立ちあがったとき、金属でドアを叩《たた》く音がした。たちまち鼓動が速くなる。チャールズが鉤《かぎ》でドアを叩いたとすれば、もうひとつの手に何かを持っているということだ。ひょっとすると彼女の昼食かもしれない。でも、ドアを開けなければ、入れないわ。昼食のトレーを何もこぼさずに片手で床に置くのはとても難しいもの。ソフィがそのままじっとしていると、チャールズが再びドアを叩いた。

「ソフィ？　食事を持ってきたよ。わたしに向かって投げられるスコーンまである」

まあ、なんて人。あっちへ行って。わたしは会いたくないの。彼女はそれから数秒じっとしていたが、聖マタイがほのめかした心のなかのやさしい天使が、彼女を動かした。烏《からす》のようにまっすぐ飛んでも、窓際のベンチからドアまでは二十キロもあるような気がしたが、ソフィはどうにかその距離を横切りドアを開けた。

「ちょうど階上《うえ》に来る用事があったんだ。エティエンヌのメイドたちはみな忙しいらしくて」

チャールズはまっすぐ目を見つめてきたから、ソフィも見返すしかなかった。彼の家に住み続けるつもりなら、そうしないわけにはいかない。ソフィは彼の顔にあの皮肉な笑みが浮かんでいないのを見てほっとした。そこにあるのは痛恨の表情だけだ。それを見たとたん、すすり泣きが喉をせりあがってきて、彼女は口に手を当て二十キロの距離を窓際まで撤退した。

目の隅で見ていると、チャールズはテーブルにトレーを置いて見おろしていたが、やがてスコーンを手に取り、ベンチまで持ってきた。そして彼女に差しだした。「エティエンヌがひどいコックなら、石のように固いだろうが、このスコーンはふわふわだ。でも、わたしに向かって投げてくれ。さあ」

ソフィはいまいましいスコーンをひったくり、彼に投げつけた。狙いが外れると、チャールズは笑った。

「残念、チャンスは一度だけだったのに」彼はポケットに手を入れた。「ほら、もう一枚のハンカチ。涙を拭いて、鼻をかんで、わたしを許してくれ。どれが最初でもかまわない。いいや、最初に鼻をかんだほうがいいな」

ソフィは彼をにらみつけ、鼻をかんだ。こういうことは、さっさと終わらせるにこしたことはない。「さっきはわたしを欲しがっていると思ったの」

「ああ、きみが欲しかった」彼は赤くなりながらも、ためらわずに答えた。「ソフィ、ペンキ職人がバケツを手に廊下を歩いてくる音が聞こえなかったのかい？　誰かにのぞかれたら、と震えあがったんだ」

ソフィは職人たちの足音も話し声も聞いた覚えはなかった。もちろん、チャールズがあんなに情熱的に、意味ありげに体を押しつけてきては、注意深く廊下の音に耳をすませているなんて無理だ。あのときの彼ときたら、客間ではめったに行われない行為におよぶために、すぐさまソファに押し倒さんばかりだった。

「物音など思いだせないわ、提督。それより、便宜上の結婚というのは、いったいどういうものか、それを明確にする必要があるのではないかしら？」

ほら、はっきり言えた。ソフィはチャールズを見るのが怖い気がした。だが、彼は考えこむような顔をしただけだった。

「きみの言うとおりだ」彼が鉤で頭をかくのを見て、ソフィはついほほえみ、彼に見られないように急いで顔をそむけた。「最近のわたしは、その点に関して失敗続きだ」

寛容になるのがいちばんよ、そこでソフィは小さな声でつぶやいた。「わたしも同じよ。ただ、すべてがあまりにも急すぎて……」

「そのとおりだ」彼もベンチに腰をおろした。

「あなたはわたしをよく知らない」

この言葉に何かを思いだしたとみえて、チャールズは顔をしかめた。「ああ、そうだ。しかし、きみもわたしを知らない」

いいえ、知っているわ。ソフィはそう思った。あなたは親切で、チャーミングで、たぶんわたしが男性に望むすべてを備えている人よ。

ソフィはごく自然に浮かんだこの思いに胸をつかれた。ソフィ、あなたはこの国一ふしだらな女ね。それとも、愛はときどき奇妙な形で働くのかしら？「ああ、もう。すっかり混乱してしまったわ！」彼女は突然、叫んだ。「どうか、今日の午後は回想録の口述は休ませてちょうだい」

そんなことを言ってチャールズを傷つけるつもりはなかったが、あんな恥ずかしい思いをしたすぐあとで、何事もなかったように、何時間も一緒に作業できるとは思えない。とはいえ、提督はこうして仲直りの努力をしているのだ。

「ごめんなさい」彼女は小さな声で謝った。「どうすればいいか、わからないの」

チャールズは立ちあがってソフィの頭をなでた。「気にすることはない。今日の午後はブリムリー卿《きょう》を訪れて、管理人見習いを送ってくれたお礼を言おうと思っていたところだ。明日は大丈夫かな？」

ソフィはうなずいた。「ブリムリー卿が……食事に招いてくれたら、どうか断らないでね」

今度こそチャールズを傷つけたことが、彼の目を見てわかった。チャールズはそれ以上何も言わずに部屋を出て、ドアを閉めた。

ふたりは、回想録の口述を一週間延期した。その週の終わりには、これほど長い一週間を過ごしたことなどなかったような気がした。まるで王室の天文学者が天空の計測を間違え、この一週間を使って宇宙全体の時間を調整したかのようだった。チャールズはまだ毎朝紅茶を運んでくれたが、紅茶をベッド脇のテーブルに置くと、前もって練習したような言葉を二、三言口にしただけで立ち去ってしまう。ソフィはひとりでその紅茶を飲んだ。

まだ朝の時間をリヴカ・ブルースタインと過ごしているソフィは、ベッドのそばに座って泣いた。頭をなでてくれる老婦人のやさしい手が、ソフィにとっては聖書にあるギレアドの香油だった。リヴカには涙のわけは話さなかった。そんなことは問題ではなかった。「男はわたしたちとは違う生き物なのよ」リヴカはそう言った。「そのうち忘れるわ。わたしをごらんなさい。四十年も結婚しているのよ」

テラスのランチはまだよかった。直せば直すほど修理の箇所が増えていくため、いつも何か話すことがあったからだ。

「こういう家には名前があるんだ」チャールズはテラスで昼食をとりながら言った。「金食い虫だよ。わたしはスターリング・ポンドを鼠《ねずみ》の穴に注ぎこんでいる」

その状況にはソフィも同情できた。彼女は雨のもる屋根や、崩れかけた煙突、きしむ階段や洗濯室に水がたまることを、謝りたいような気持ちにかられたが、この衝動を抑えこんだ。ここを買ったのはチャールズだ。

「すっかり壊して、建て直したら？」

「そのあいだわたしたちはどこに住むんだい？」

彼の言い方の何かが夏の雨のようにやさしくソフィを包んだ。彼女は不機嫌に当たり散らしているのに、彼は彼女のことを考えている。

「バービカンの城壁の雨どいの下にでも」彼女がそう言うと、チャールズは微笑し、それから笑った。

ソフィは衝動的にスコーンをつかみ、投げつけた。今度は命中した。チャールズもひとつ投げたが、それは外れた。ソフィは久しぶりに声をあげて笑った。

ふたりはその日の午後、再び回想録に取りかかった。

八月は奇妙な月だった。彼女は毎朝チャールズのノックが聞こえるのを待って過ごした。彼はまたソフィが紅茶を飲むあいだ、座るようになっていた。最初は椅子を引いてきたが、八月が終わるころには、ソフィがベッドの自分の脇を叩くと、注意深く彼女に触れないようにしてそこに座った。

　ふたりは何度か一緒にブルースタイン家を訪れた。リヴカが彼の戦争の話を聞きたがっていると話すと、チャールズはリヴカを見舞った。リヴカが弱っていることは、それとなく伝えていたのだが、部屋を訪れても、ほとんど手を上げることもできない状態を見て、チャールズはショックを受けたようだった。

「初めて訪問したときに比べると、ずいぶん変わったね」腕を取り合ってブルースタイン家を出たあと、彼は口を開いた。

「ええ、前もって知らせようとしたのよ。でも……」

「こういうことを正確に伝えるのは難しいものだ。幸い、ヤコブはどうにか持ちこたえている」

　ソフィはうなずいたものの、確信はなかった。「チャールズ、人はお客にはいちばんいい顔を見せるのよ」

「わたしたちもそうしているのかな？」

　ソフィは答えなかった。言うまでもないからだ。一週間前、青色艦隊の艦長が数人、チャールズを訪れた。ソフィは最初のうち、ほとんどしゃべらず、できるだけ目立たぬようにしていた。誰かが自分のことを知っていると思ったからではなく、恥ずかしかったからだ。でも、テラスで夕食をとるころには、彼らが語る話に笑っていた。そしてチャールズの頼みで回想録の一部を読んだあと、実質的には彼女が書いたようなものだと彼が告げると、みんなの称賛を浴びた。

〝わたしは古い戦いや艦隊の生活を語るだけなんだ〟チャールズはそう説明した。〝虚栄心の強い提督は、みなこういう有能な筆記者を持つべきだな〟彼はそう言ってワイングラスを彼女に向かって上げた。〝いや、筆記者とは違う。妻はわたしの人生を書いてくれる作家のようなものだ〟

チャールズのやさしい言葉にソフィは頬を赤らめた。夕食のあいだこっそり彼を見守った。わたしはあなたの人生の著者なの？　その夜、寝支度をしながら、ソフィは思いをめぐらせた。本気でそう思っているはずはない。これまでの彼の人生は波乱に富んだものだった。国民ひとりひとりの命がかかった重要なものだった。わたしはただ、彼の思い、彼の言葉を紙に写しているだけよ。とはいえ、彼の称賛が嬉《うれ》しくて、それがもっと欲しくて、その夜はなかなか眠れなかった。

階下では万事順調に進んでいた。ミス・タインは化粧室で正確かつ適切な判断をくだし、ソフィの美しい服をてきぱきと整理した。だが、彼女の心はキッチンにあるようだ。最初は〝小さな生徒たち〟と彼女が呼ぶメイドたちがそこにいるからだと思った。ミス・タインを雇ったのは、このうえなく幸運な選択だったと言えるだろう。彼女はミネルヴァとグラディスに仕事を教えた。ヴィヴィアンはエティエンヌについた。エティエンヌは喜んでヴィヴィアンに自分の技術を教えていた。

　だが、エティエンヌの主な弟子がミス・タインその人だということは、誰の目にも明らかだった。チャールズでさえ、それに気づいた。「ソフィ、わたしのコックは恋をしているらしい」艦長たちが帰った数日後、夕食をとりながら彼は言った。

「ええ、間違いないわ」

「何か言うとか、したほうがいいかな？」

「いいえ、チャーリー。エティエンヌは恋の専門家よ。フランス人ですもの」ソフィが落ち着き払って答えると、チャールズは大声で笑い、彼女の頭をなでた。ようやくその癖をやめさせることができたと思ったのに。

　ひとつだけ気になることがあった。これは想像かもしれない。おそらく、敏感になりすぎているのだろう。だが、スターキーの態度が一段と冷ややかになったような気がして仕方がなかった。ときどき彼は無礼にも、ソフィを量るような目でじっと見つめ、いやな気分にさせた。

　ブライト家と家事全般を監督する彼の仕事に、女主人である彼女が口を挟むからだろうか？　ソフィはある朝、勇気をかき集め、わたしが家事を管理することで、あなたの領域を侵害しているとしたら申し訳ない、と謝罪した。

「そんなことはありません」口ではそう言ったものの、スターキーの言い方は、まるで正反対のことを意味しているようだった。

「もし侵害していたら、教えてちょうだい」彼が内心自分を非難しているのを感じ、ソフィはごくりとつばをのみながらどうにか言いつのった。「この家のあなたの立場を奪うつもりはないの」

「そうですか？」彼がつぶやくのを聞いて、ソフィは赤くなった。五月に初対面の挨拶を交わしたスターキーとは、別人のようだ。

「もちろんよ」チャールズが些細《ささい》な用事でスターキーを呼ぶと、ソフィはほっとした。彼は立ち去り際にまた曇るような目になって、ソフィをぞっとさせた。スターキーを怒らせたらあとが怖い。ソフィは身にしみてそう感じ、できるだけ彼を避けようとした。

チャールズに話したほうがいいだろうか？　彼女は迷ったすえ、黙っていることにした。なんといっても、彼女が思いがけず登場する前、スターキーは何年もチャールズの話し相手にして、信頼できる友だったのだ。スターキーが反発を感じる理由を作るのは賢いことではない。


九月に入って日が短くなり、水平線のきらめきが秋の訪れをほのめかしはじめると、ソフィの心には、チャールズ・ブライトを心から愛しているという確信が生まれていた。客間の〝惨事〟以来、彼はなれなれしく触れようとはしない。ときどき腕に軽く手を置くとか、頭をなでるくらいだ。彼に頭をなでられると、ソフィは笑った。彼女自身もまた彼に触れはじめた。といっても、腕に手を置く程度だが。チャールズは何も言わないが、ソフィが触れると彼の目がやさしくなり、温かくなった。

どちらからともなく言いだし、ふたりは夕食のあとに浜辺を散歩するようになった。チャールズは世界のあちこちにまたがる自分のキャリアや、六分儀を読み間違えて航海長にさんざん絞られた若いころの愚かな失敗談を話して、ソフィを笑わせた。

彼が語る外国の港や想像もつかない奇妙な光景を聞きながら、ふたりは手を握って歩いた。そしてソフィがためらいがちにダンドレナンでの子ども時代の話をはじめると、彼はソフィの手にキスして引き寄せた。

「きみは自分のことをあまり話してくれない。もっといろいろ知りたいな」

彼女はもう少しで亡き夫アンドリュー・デイヴィーズと、彼が食糧委員会に恐ろしい濡《ぬ》れ衣《ぎぬ》を着せられたことを話しそうになった。でも、この秘密がばれる心配はないわ。ソフィの一部はそう説いた。別の一部、日を追うごとに愛を深めていく一部は、愛する男にこういう秘密を隠しておくのは裏切りだと告げていた。

ある日チャールズは、自分のキャリアのそれまでとは違う面を口にした。ふたりはすでにすべての海を横切り、長い戦争の終わりに近づいていた。チャールズは机の向かいに座って足を机にのせ、椅子の背に背中をあずけていた。この格好を初めて見た日、スターキーは息を吸いこみ、それからよくも提督にこんなだらしのない姿勢をとらせたなと言わんばかりに、ソフィをにらみつけたものだ。

「あまり愉快とは言えない任務も含めるべきかな？」

ソフィは笑いながら身を乗りだした。「チャーリー、あなたの人生はどれひとつを取っても、地方の地主の人生ほど平凡だとは言えないわ。もっとひどい話があるの？」

「ああ。わたしの頭のなかではね。提督としての仕事には、ときどき軍法会議や、ほかの違法行為を暴くことも含まれていた」

ソフィはじっと耳を傾け、メモを取り、二、三質問をした。彼はとりわけ波乱に富んだ軍法会議の思い出をいくつか語った。「罪を悔いる者もいれば、平然としている者もいた。逃れられぬ証拠を突きつけられても、無実だと言い張る者もいた」

チャールズは机から足をおろしソフィに向かって身を乗りだした。「わたしはそういう連中が、最も嫌いだった」

「例を挙げる？　それとも先に進みましょうか？」

彼はひとつの例を挙げた。「これはかなり有名になったから、きみも聞いたことがあるかもしれないな。ポーツマスの王立食糧供給所の管理者が、腐った肉の入った樽《たる》を長い航海に出る艦に積みこんだ罪に問われたんだ」

ソフィは思わず鉛筆を取り落とし、あえぐような声がもれるのをどうにかこらえながら机の下へかがみこみ、鉛筆を捜した。

　彼は言葉を切り、くったくのない声で尋ねた。「見つかったかい？　明日の分はスターキーに頼んで、新しいのを削ってもらおう。その艦隊はカリブ海に向かっていた。三隻の艦の兵士たちがその肉でばたばた倒れ、ほぼ小艦隊に匹敵する数の兵士が死んだ」彼はソフィの前の白い紙をのぞきこんだ。「早口すぎたかな？」

　ソフィはしびれたような頭を振った。呼吸が速くなり、あえぐようになって、頭がぼうっとしてきた。チャールズが彼女を見て、けげんそうな顔をする。

「マイ・ディア、まるできみも腐った牛肉を食べたみたいな顔色だぞ！」

「いえ……なんでもないわ」彼女は口ごもった。「たぶん……テラスで太陽に当たりすぎたのね」

「今日は雨だよ」チャールズはやさしく言った。「昼食は朝食の間でとった」

「ええ……」ソフィは頭を振って、はっきりさせようとした。だが、それではっきりすることなど何もない。なんてこと、あなたはあの裁判にいたの？　それしか考えられなかった。「そうだったわ。続けてちょうだい」

　鉛筆を握ろうとしたが、しびれたような指のあいだから、またしても滑り落ちてしまった。チャールズは笑みを浮かべて鉛筆を拾い、感覚のない指に挟みこんだ。「ソフィ、きみはやさしすぎるよ！　だが、確かにあれはひどい事件だった。大勢の兵士が死んだ。のたうちまわって苦しんだすえに。それもこれも王立食糧供給所の管理者が貪欲だったために。わたしはその……なんという名前だったかな？　アンドリュー、アンドリュー・デイヴィーズだ。神よあいつに呪いあれ。海軍卿が有罪を宣告したときには、わたしたちはひとり残らず歓声をあげたと思ったな。傍聴人たちは間違いなくそうしたよ。ところが、そいつは刑が執行される前に、自分で首を吊《つ》ってしまったんだ！」

19

わたしはソフィを少しばかり酷使しすぎていたようだ。チャールズは愛する妻が机に頭をふせるのを見てそう思った。いまの話がソフィには残酷すぎたのかもしれない。トラファルガーの戦いとそこで流された多くの血と恐ろしい苦しみを描写したときには、はるかによく耐えたのだが。

「大丈夫かい、マイ・ディア。今朝エティエンヌの使った卵が悪くなりかけていたのかな？」彼は妻の頭に手を置いた。「部屋に戻って、横になったほうがいい。ほら、手を貸してあげよう」

彼は言葉もなくぐったりとしている妻を抱えるようにして立ちあがらせた。頬にキスをされても、ソフィは抗議しなかった。ほんの一瞬だけ彼にしがみついたあと、まるでどこかが痛むかのように体を折った。

「医者を呼ぼうか？」腰に腕をまわしたまま二階の寝室へ向かい、ベッドに座らせて脚をのせてやる。ソフィの靴を脱がせながら、彼は尋ねた。

「いいえ。お医者様はいらないの。すぐに元気になるわ。少しひとりにしてちょうだい」

靴を脱がせると、今度は服を緩めようと前ボタンに手をかけた。彼のいちばんのお気に入り、黄色い服よりも好きな深紅の服だ。だが、前ボタンを外しはじめると、ソフィが片手でその手を止めた。

「自分でできるわ」

チャールズは立ちあがり、鉤《かぎ》にキスをして妻のほうに振った。こうすると、ソフィは必ず笑う。だが、今日はわびしい目で彼を見つめただけだった。それからひどい痛みに耐えるように、その目を閉じた。

「スターキーに言って、医者を呼んでもらおう」

ソフィはがばっと起きあがった。「お医者様はいらないわ、チャールズ。少し休めばよくなるの。本当よ」

こんな妻をひとりにしておくのは心配だった。「ソフィ……」

「やめて……いまはだめ。お願い」

チャールズは不安な気持ちで午後と夜を過ごした。ひとりで食事をしていると、スターキーがやってきた。ソフィの具合が悪いと聞いても、まったく関心を示さぬどころか、せせら笑うような顔になった。いや、それは見間違いだろう。スターキーはそんなひどい男ではない。ソフィの具合が悪くなったことを彼から聞いたミス・タインは、様子を見に行く、と言ってくれた。そのあとミス・タインに会うと、ただの疲れだと彼を安心させた。

「提督、わたしなら心配しませんわ」

だが、彼は心配だった。心配でたまらなかった。

その夜は、眠れぬままに部屋のなかを歩きまわり、ときどき廊下を横切ってソフィの部屋の前で聞き耳を立てて様子をうかがった。朝が来ると、少しでも元気になっていることを祈りながら、チャールズは紅茶を運んだ。

ありがたいことに、ソフィはベッドに起きあがり、いつもの微笑を……少なくとも、それに近い笑みを浮かべていた。彼女の顔には、どことなく翳《かげ》があるようだった。そうとしか言いようがない。彼のために自分の横を空けてくれた妻に、疲れているようなら、読書室の口述は二、三日、よければ一週間ほど休もうと彼が申し出ると、逆らわずにうなずいた。

「ありがとう、チャールズ」紅茶を飲みながら、ソフィは説明した。「もしかしたら……ずっとリヴカのことが心配だったの。もう少し長くいて、お気の毒なミスター・ブルースタインのお役に立ったほうがよかったかもしれない、と……」

「それはいい考えだ」

ふたりはしばらくのあいだ、何も言わずに見つめ合った。美しい褐色の目には、悲しみが浮かんでいる。自分の家族を亡くしたソフィにとって、リヴカはかけがえのない存在なのだ。「彼女はきみを必要としていると思うな、マイ・ラブ」

ソフィが目を見開くのを見て、チャールズは自分が妻を〝ラブ〟と呼んだことに気づいた。

「そうだ」彼は上着のうちポケットに手を入れた。「これを見たら、少しは気持ちが明るくなるかもしれないな」

夏の初めに注文した指輪が、昨日の郵便で届いたのだ。ようやくこれで鼠嬢《ねずみ》にふさわしいと思ったシンプルな指輪をお払い箱にできる。夜空を飾る最愛の星、ソフィア・ブライトにはあの地味な指輪は似合わない。彼は小袋を鉤に引っかけ、指で開いた。

なかの指輪がベッドに落ちた。ソフィはあえぐように息をのみ、両手で顔を覆って泣きだした。彼にはわけがわからなかった。まさかこの指輪がソフィの悲しみをあおっているとは思えない。感激のあまり泣いているのか？　派手すぎるのだろうか？　くそ、こういうときにはどう振る舞えばいいか、夫のマニュアル本があればいいのに。

「ソフィ、気に入らないのかい？」

「美しいわ」ソフィはそう答えたが、手に取ろうとはしなかった。それどころか、指輪のそばから遠ざかろうとするように体をずらしたようだ。いや、それは思いすごしだろう。

「いまの指輪で充分なのに」

　ああ、そういうことか。倹約家のスコットランド人そのままの発言に、チャールズは苦笑した。「いや、鼠嬢には似合ったと思うが、きみには似合わない。それにダイヤモンドとエメラルドを使った指輪が欲しいと言ったじゃないか」

「あれは冗談だったのよ」ソフィはさらに指輪から離れながら言った。「あなたはとても親切な人ね、チャールズ。でも、この家にずいぶんお金がかかったんですもの。これはとても……」

「だが、受け取ってもらうぞ」彼は提督の声でそう言った。セント・アンドリュース教会でソフィを説得した声、多くの優柔不断な士官たちを説得してきた声だ。「きみの指に合わせて作らせたものだ。きみが財産目当てでわたしを愛する危険をおかして報告すると、わたしにはこの指輪を買えるだけの金がある。本当だよ。さあ、いい子だから手を出してごらん」

　彼はソフィに選択の余地を与えず、彼女の手を取ると、その手が震えていることに気づいて驚いた。いったいなぜだ？　いぶかしみながら、その手を鉤の上にのせ、ソフィが布を巻いた大きすぎる指輪を外した。彼がダイヤモンドとエメラルドの指輪を薬指に滑らせると、ソフィは言葉にならない声をもらした。指輪はほっそりした指にぴたりと合った。

「ほら、ごらん。ほかでもない、きみのためにあつらえたんだからね。わたしの妻になってくれてありがとう。おかげですばらしい夏を過ごすことができた。秋と冬が何を運んでくるか、楽しみだよ」

彼が腕をまわし、引き寄せても、ソフィは逆らわなかった。それどころか、首に腕を巻きつけ、片手を軽く髪に置いた。チャールズはわずかに体を離してキスをした。そしてソフィの情熱的な反応に欲望をかきたてられた。

彼は鉤を外す手間も惜しみ、ドアの鍵をかけただけでソフィのそばに戻った。彼女は寝間着を脱ぎ、ベッドに横になってチャールズを見ている。深い褐色の瞳が、豊かな髪から靴下だけの足までを貪るように見ていく。まるでそのすべてを心に刻もうとするかのように。彼は巧みに鉤を使ってすばやくズボンを脱いだ。ソフィはクラヴァットを外すのを手伝い、六月の初めてのときのように、彼を引き寄せてひしと抱きしめた。彼は目で、手で、唇で思うまま彼女を貪った。

それから、今度は彼女の番だった。チャールズはすぐにもひとつになりたかったが、ソフィは両手をゆっくり動かして文字どおり彼が骨抜きになるまでそれを引き延ばした。二本の手、二倍の効率で、と彼は思い、自分の冗談にほほえんだ。するとソフィが寄り目に見えるほど近くから彼を見た。「どうしたの?」ソフィがついに自分を受け入れた瞬間、彼は鋭い快感にそのままのぼりつめそうになった。

「愛しているよ、ソフィ」間もなくクライマックスに達してぐったりと倒れ、彼に重なる妻の耳に、彼はようやく告白した。彼の胸のすぐ上で驚くほど大きく妻の鼓動が響く。まるでもうひとつ心臓があるようだ。もしかすると、これが聖書にある〝わが骨の骨、肉の肉〟という言葉の意味なのかもしれない。これまで憎いナポレオンに人生の歓《よろこ》びを妨げられてきたチャールズには、理解できないことがたくさんあった。彼は女性の愛を奪われてきた年月を思った。ついに最後の平和が訪れると、女性の愛など必要ない、とすべてを脇に押しやったことを。だが、こうして愛する妻を得たいま、彼はその妻に持てるすべてを与え、ソフィは全身でそれを受け止めてくれた。

ふたりは朝のほとんどを一緒に過ごし、再び愛し合ったあと、裸のまま上掛けの上に横たわり、手を取り合って眠った。やがて目を覚ましたチャールズは、胸をもてあそび、その手を下へと滑らせていった。ソフィにさらに下へと導かれると、妻が望んでいる愛撫《あいぶ》に気づいて、技巧のかぎりを尽くし、深い歓びを与えた。何事もなければ、その日は一日じゅう、ベッドにとどまっていたに違いない。だが、やがてミス・タインがドアをノックした。ソフィは彼の上で体を起こし、胸を愛撫する彼の手が離れないように押さえたまま、律動的に腰を動かしながら答えた。「なあに?」

「奥様、ミスター・ブルースタインが……使いをよこし、ぜひ来てほしいと」ミス・タインはドアの向こうで報告した。

ソフィは彼とひとつになったときよりもはるかにすばやく離れると、洗面台に駆け寄り、急いで顔を洗った。そこには自分の義務を怠ったという悔いが浮かんでいる。「ああ、チャールズ、よほど具合が悪いのかしら?」彼女は深紅の服のボタンをはめてもらいながら言った。

「できるだけ慰めてあげるしかない」彼は汗ばんだ背中にキスをした。「ブラシを貸してごらん」

ソフィは化粧台の前に座り、髪をとかしてもらうと、手早く上にまとめた。チャールズはとくにこの髪型が好きだった。妻が鏡のなかから心配そうな目で彼を見つめてくる。チャールズは頬にキスし、耳元でささやいた。「ソフィ、何も心配はいらないよ」

ソフィは首を振った。そしてちらっと振り向き、彼にキスを投げると、部屋を出ていった。階段をおりる足音がしだいに遠ざかる。玄関のドアが閉まる音は聞こえなかった。自分の部屋に戻り、窓から見ると、ソフィはころばぬようにスカートを高くつかんで走っていた。

彼は風呂に入り、着替えながら思った。ソフィが昨日の病気から回復してくれて本当によかった。回想録を再開しても、軍法会議の陰惨な描写ははぶくとしよう。アンドリュー・デイヴィーズのような腐りきったろくでなしのことを、わざわざ書く必要などまったくない。

午後がのろのろと過ぎていき、やがてソフィがうなだれて私道を戻ってきた。がっくりと肩を落としている妻を見ただけでチャールズの胸は痛んだ。彼が開けた窓から身を乗りだし、声をかけると、ソフィは顔を上げて目をこすりながら走ってきた。チャールズは玄関のドアを大きく開け、両手を広げるソフィに向かって階段を駆けおり、泣きじゃくるソフィを抱きしめた。

チャールズはソフィを抱きあげて客間に運び、ソファにおろした。そしてソファの前に膝をついて、涙がおさまるまで抱きしめた。その夜、ソフィは自分の部屋で眠ったが、夜中に彼の部屋に移ってきた。ふたりは抱き合い、相手のぬくもりに慰めを求めた。やがてソフィは疲れがもたらした眠りに引きこまれた。

ふたりは朝の光のなかでゆっくりと愛を交わし、たがいのなかにもたらした歓びで悲しみをのみこんだ。ソフィは彼を放したがらず、やがてこうささやいて彼の胸をかつてない喜びで満たした。「チャールズ、あなたを愛しているわ。もうずっと。名ばかりの結婚としては史上最悪の例ね」

ソフィを自分の体のあらゆる細胞、頭、そして何よりも心で愛しながら、チャールズは笑って同意した。もしもこの国に彼よりも幸運な男がいるとしても、そんな男には会ったことがない。

マダム・ソワニェはよほど手まわしのいい女性らしく、なんと妻が注文した美しいドレスのなかには黒い服も含まれていた。ソフィはそれを着ながら言った。「マダムは誰でも一着は黒ドレスを持つべきだと主張したの。でも、こんなに早く着ることになるなんて」

ふたりは手を取り合って、落ち葉の散りはじめた長い私道を歩いていった。まだ枝にしがみついている燃えるような赤に染まった葉を除けば、はらはらと落ちて冬支度をはじめている。「もうすぐ冬が来るんだね。考えてみると、落ち葉を見るのは二十年ぶりだ」

ソフィは足を止め、美しい目を潤ませた。この涙はリヴカ・ブルースタインのためではなく、彼のため、彼が逃したすべてのためだ。チャールズは謙虚な気持ちになり、そんな妻をいっそう深く愛した。ソフィは手袋をした手で頬に触れ、再び彼の横を歩きだした。これからはいつも、死ぬまでこうして自分のそばを歩んでほしい。チャールズはせつにそう願った。

彼らはブルースタイン一家にお悔やみを言った。リヴカはすでに建物の裏の敷地に埋葬されていた。ユダヤのしきたりでは速やかな埋葬が求められるが、この付近にはユダヤ人墓地はひとつもないのだ。プリマスのオフィスでチャールズのビジネスを管理しているデイヴィッド・ブルースタインが、低い声でそう説明した。ヤコブのほかの息子たちは、父親を囲んでいる。子どもたちの慰めを受け入れていたヤコブは、ソフィの姿を見ると、自分のすぐ横の椅子を叩《たた》き、チャールズが差しだした手を握った。

「ありがとう、提督、この数カ月、快く奥方を貸してくれたことを心から感謝しているよ」

「そうしたくても、妻を家にとどめることはできませんでしたよ」チャールズはあまり深刻にならぬように軽く言った。「艦隊の提督ともあろう者が、だらしのない話だが、わたしにはそんなことをする勇気はありません」

デイヴィッドがほほえんだ。ヤコブはチャールズの手を握ったまま息子に支えられ立ちあがると、驚くほどよく光る目、力のこもった声で言った。「この春、隣人がついにわが家を訪問してくれたことは、妻にとっては計り知れないほどの喜びだった。何年も何年も、その時をリヴカと待ち続けていたのだからな！　ありがとう、ふたりとも。きみたちのためならなんでもする。どうかそれを心にとどめておいてくれたまえ」

「ええ」チャールズが声をつまらせていると、ソフィが答えた。「決して忘れないわ、ねえ、あなた？」

彼はうなずいた。ソフィは立ちあがろうとしたが、ヤコブがそれを押さえ、チャールズを見た。「提督、もう少し奥方をお借りしてもよいかな？　義理の娘たちがリヴカの服をまとめているんだ。それを手伝ってもらえるだろうか？」

チャールズはソフィを見て、彼女がうなずくのを確かめた。「妻は残るそうです。必要なだけ置いていただいてかまいませんよ。わたしはこれで失礼します」

彼はソフィの頬に触れ、ブルースタイン家の人々に会釈して、喪に服している家をあとにした。黒い布があらゆるものを覆い、ドアを包んでいる。彼は力なく道を横切り、自分の敷地に入った。そして母屋が見えると足を止めた。ソフィは外の石壁を何色にしたいかまだ決めていなかったが、玄関の両側にレモンの木を植えることには同意していた。

彼は家を見て、眉を寄せた。円形の馬車寄せに馬車が停《と》まっている。ドアの板には、一種の菱形が見えた。それがはっきり見えるところまで近づくと好奇心が湧いた。海軍省がなんの用でここを訪れたのだろう？　ロンドンを離れたとき、艦隊に戻ることはありえないときっぱり宣言したのだが。

スターキーがドアのところでチャールズを迎えた。その得意そうな表情を見て、チャールズは不吉な予感に胸が騒いだ。この男は客間の一件以来すっかり変わってしまった。そしていまは、何かに満足しているようだ。だが、何に？　チャールズには見当もつかなかった。

「おかえりなさい」スターキーは彼の周囲を見た。「で、奥さんは？」

奥さん？　無礼なやつだ。あとで注意しなくては。チャールズはそう思った。この男の言葉遣いをとがめねばならない日が来るとは思ったこともなかった。「レ、、、ディ・ブライトは、ミスター・ブルースタインに残って手伝いをしてほしいと頼まれたんだ」彼は咳払《せきばら》いをしてから続けた。「スターキー、何か言うときは、閣下とか提督という称号をつけてもらいたい。それとも、わたしの聞き違いかな。ああ、たぶんそうだろう。大砲のそばで何年も過ごしたからな」

スタ－キ－がろうばいするのを見て、チャ－ルズは内心笑みをもらした。「アイ、閣下。失礼いたしました」

「誰が来ているんだ？」

「ウィルフォ－ド・クラッチ卿《きょう》です、提督」

チャ－ルズはスタ－キ－に帽子を渡し、コ－トを脱いだ。「ウィルフォ－ド？　たしか彼はまだ海軍卿の秘書官だったな？」

「アイ、提督。客間でお待ちです」

何時間もあと、ソフィはのろのろと家に向かっていた。体のなかのあらゆる骨が疲れていた。ブル－スタインの若い妻たちがリヴカの身のまわりの品物を片づける手伝いをしたことで、リヴカを失った悲しみと痛みが増したようだった。彼女はヤコブが肩にかけてくれたペイズリ－模様のショ－ルに触れた。これをソフィに渡してくれとリヴカに頼まれたのだと、ヤコブは言った。

ソフィは長い私道で立ち止まり、ブル－スタイン夫妻の愛とチャ－ルズの愛に感謝しながら、一番星を見あげた。チャ－ルズは窓から見ていて、ドアを開けてくれるかもしれない。そして彼女を抱きしめて帰りを喜んでくれるだろう。決してたやすいことではないが、アンドリューのことを彼に話さなくてはならない。そしていままで黙っていた理由をわかってもらえるように説明しなくては。もうこれ以上引き延ばすことはできなかった。彼に愛していることを告げたあとだもの。きっとわかってもらえるわ。そう自分に言い聞かせる。

家の前は暗いようだ。彼女は眉をひそめ、足を速めた。なぜみんなランプに灯を入れるのを忘れているの？　ドアの取っ手をまわそうとすると、鍵がかかっていた。もう一度まわし、得体の知れぬ不安にかられながらノックした。二度目のノックでありがたいことにドアが開いた。

そこにはスターキーが立っていた。ソフィが入ろうとしても、戸口に立ちはだかったまま、動こうとしない。ソフィはこの無礼な態度に驚き、彼を見つめた。するとスターキーはわずかに横に寄った。ソフィがかろうじて横を通り抜けることができるだけ。「スターキー、提督はどこ？」彼女は尋ねた。だが、スターキーはにやにや笑いながらそこに立っている。

そしてあごをしゃくった。「読書室だ。しっかりノックするんだな」スターキーはぶっきらぼうに言って、ソフィを玄関ホールに残して立ち去った。

いったい、あの態度はどういうことなの？　ソフィは外套《がいとう》を脱ぎ、スターキーが閉める手間もかけずに出ていったドアのすぐそばにある椅子にかけた。帽子も取ってそこに置く。そのあいだも不吉な予感がみぞおちをかき乱していた。みんなはどこにいるの？　読書室まで歩くあいだ、がらんとした廊下に足音が大きくこだまするようだった。彼女はつかの間たたずんで不安を静め、それからドアを開けた。

夫が無表情な顔で彼女を見た。ソフィは恐怖にかられ、彼の手元を見つめた。この夏いっぱいの努力の賜物《たまもの》、回想録を引き裂いているのだ。その音があまりに鋭い苦痛をもたらし、ソフィは耳をふさいだ。

「ドアを閉めろ」

ソフィはうろたえ、言われたとおりにして、ドアのすぐそばの椅子に座った。脚に力が入らず、それ以上立っていることができなかったのだ。チャールズは回想録のページを念入りに引き裂いていく。それが終わるとソフィが息をのむほど腹立たしげに暖炉に放りこんだ。

それでもまだ何も言おうとせず、再び机に向かって座ると、海軍の紋章が入った封筒からびっしり文字で埋まった紙を取りだし、机に置いた。プリマスでアンドリューと暮らしていたときに、何度も目にしたことのある紋章だ。

触れるのもけがらわしいと言わんばかりに、チャールズはそれをソフィのほうに押しやった。

「どういうことなの？　いったいどうしたの、チャールズ？」

「それを読めばわかる」

ソフィは紙を手に取り、再び腰をおろした。ドアのそばは暗くてよく見えないが、夫のそばに行くのは怖い。読みはじめたとたん、顔から血が引き、言葉が小さなかたまりになった。まるで夫がそれを投げつけてくるようだ。読みながら、勇気をふるって一瞬だけ机のほうを見た。それだけで充分だった。彼は氷のように冷たい目でソフィを見ている。

すべてがそこにあった。一枚の紙に。海軍卿からの礼儀正しい挨拶の言葉に続き、チャールズの妻である、もとサリー・ポール、実際には海軍に仕えた極悪人の未亡人、サリー・デイヴィーズについて、強く警告したいと願っていると書かれていた。ソフィは息を止めるようにして読み進んだ。そこには亡き夫の罪のすべてが詳しく列挙され、未亡人は常に居所を海軍省に届けねばならないという勧告を無視したことが書かれていた。アンドリューが横領した金は一ペニーも発見されなかった。未亡人がそれをどこかに隠しているに違いない、と彼らは考えてソフィの挙動を監視しようとしたのだ。

ソフィは深く息を吸いこみ、もう一度吸いこんだ。最後の一節を読むときには、涙で視界が霞《かす》みはじめた。海軍省はこの情報を探りだし、海軍卿に伝えたジョン・スターキーを称《たた》えていた。〈きみの使用人は恐ろしい屈辱と破滅からきみを救った。ぜひとも気前よく褒賞を与えてもらいたい。その女性をどうするかは、きみに任せる〉

ソフィは目をふせたまま手紙を机に戻し、ぶるっと震えた。

「何も言うことはないのか？」

なんという冷たい声だ。夫の裁判のあいだ、ドア越しに耳をそばだてていたときですら、こんな冷たい声は聞こえてこなかった。これがつい何時間か前に、愛していると言った男の声だろうか？　だが、彼女がチャールズをあざむいたのは確かだ。その愚かさが恐ろしい結果をもたらした。それはいわば自業自得かもしれない。

ソフィは咳払いをして話そうとしたが、声が出てこなかった。チャールズが拳を机に叩きつけた。

「何か言ったらどうだ！」

彼女は怯《おび》えながらも、目を上げた。そしてチャールズが先に目をそらしたことに、ささやかな満足を感じた。それから、彼が海軍省の同僚の前で自分にひどい恥をかかせた妻を見ることすら我慢できないのだと気づいた。わたしが何を言っても関係ないんだわ。いまさら信じてもらえる見こみはない。そう思うと、みぞおちが足もとまで沈むのを感じた。

「何が言えるの？」彼女はようやくそう言った。「あなたはもう有罪だと決めつけている。わたしはだますつもりはなかった。それにこの事件はあなたが思っているようなものではなかった。そう言っても信じてくれるとは思えないわ」

ソフィはうなだれて立ちあがった。亡きリヴカと同じくらい年をとったような気がする。

こんなつらい思いをするくらいなら、いっそ棺《ひつぎ》に横たわり、彼女のそばに埋められたほうがよかった。

「これ以上、いったい何があるんだ？」非難に満ちた声を聞いて、ソフィは思った。彼は答えを求めているわけではない。

だが、わかってもらう努力をしなくては。「わたしの話を聞いてくれれば――」

「出ていけ」

「チャールズ……」

彼は机にあった文鎮をドアに投げつけた。それが砕けてガラスが飛び散るのを見て、ソフィは悲鳴をあげた。彼が椅子を後ろに押しやるのが聞こえたが、そのときにはすでに部屋を飛びだし、廊下を走っていた。ガラスのかけらに覆われたリヴカのショールが、階段の親柱に引っかかって裂けた。ソフィはせめて鍵のかかる部屋に一刻も早くたどり着きたくて、ショールを柱に残したまま階段を駆けあがった。

ドアの内側で崩れるように座りこみながら、手を伸ばして鍵をかける。呼吸が正常に戻るまで、体を丸めて座りこんでいた。意識して呼吸を整え、落ち着けと自分に言い聞かせるあいだも、チャールズの足音がしないか耳をそばだてていた。

ソフィはしばらくそこにうずくまっていた。動くのを恐れ、スターキーの裏切りに驚《きょう》愕《がく》し、もっと早くにすべてを打ち明けるだけの勇気がなかった自分を責めた。チャールズには知られずにすむと思っていた。使用人の嫉妬を考慮に入れていなかったのだ。

倒れずに立ちあがるだけの力が戻ったと感じると、ソフィは震える指でボタンを外し、手の届かないふたつを引きちぎって、これ以上ガラスのかけらが自分につかないように、体から遠ざけながら、喪服を脱いだ。注意深く洗面台の上にかがみこむと、髪にかかったかけらが小さな音をたてて落ちた。顔をそっとなで、口のまわりが二、三箇所切れているだけだとわかるとほっとした。化粧台の前に座り、ガラスのかけらを取り除くためにピンを外して髪をとかしていると、すすり泣きがもれた。チャールズがこの髪をやさしくとかしてくれたのは、つい昨日のことだったのに。ブラシを強くかけ、すっかり落とすうちに、怒りも消えていった。

残ったのは鋭い悲しみと、背中に杭《くい》を打ちこまれ、それをよじられたような痛みだった。彼女は長いことシュミーズ姿で震えながら座り、絶望を浮かべた自分の顔を見つめていた。彼を愛していたのに。結婚式のときからずっと愛していたに違いない。その彼に最低の嘘《うそ》つきだと思われるなんて。あなたたちと一緒に死ねばよかったわ、ピーター、アンドリュー。そうすれば天国で一緒にいられたのに。

彼女は化粧室に行き、なんの期待も持たずに〈ドレイク〉亭の食堂にひとりで座っていたときの服を取りだした。昔の服を着てからもう一度脱ぎ、美しいシュミーズを脱いで、古い下着をどこにしまったか思いだすまで裸で立っていた。何度も繕い、継ぎを当てたその下着がまるで古い友達のように思え、彼女はため息をついた。その上から再び昔の服を着て、継ぎの当たった靴下と、親指のところに穴が空いた靴をはく。

着替えが終わると、書き物机に向かい、何枚か紙を取りだした。チャールズに話そうとしても、聞いてもらえないことはわかっている。だが、手紙なら読んでくれるかもしれない。彼に会ったときサリー・ポールだと名乗ったのは、五年間そうしてきたからだ。決して意図的なことではなかった。彼が求婚せず、自分が結婚を承知しなければ、何も考えずにいまでもその名前を使っているはずだ。旧姓を名乗るのは、すっかりあたり前になっていたからだ。確かにあれは間違いだったが、どんな邪悪な意図もなかった。ただ、そのあと本当のことを話さなかったのは愚かの極みだ。

ソフィはそのことを手紙で説明した。どれほど彼を愛しているか告げたところで、なんの役にも立たないだろうが、それも書くとしよう。おそらく彼は読みもしないで、この手紙も引き裂くことだろう。だから、何でも好きなことを書いてかまわないわ。

ソフィは手紙を書きはじめ、夜のほとんどをそれに費やした。そしてブライト邸を去った。

20

チャールズの怒りは長いあいだ静まらなかった。彼は文鎮が作ったドアのへこみを見つめながら、上階の物音に耳をそばだてていた。だが、何も聞こえない。足音すら聞こえてこない。呼び鈴を鳴らし、ミス・タインに妻の様子を見に行かせようか？　そう思ったが、考え直した。悪いのはソフィだ。そう思うと、新たな怒りが込みあげてくる。わたしがうろたえることはない。くそ、絶対に妻のご機嫌をうかがったりするものか。

彼は煮えたぎる怒りを抱えていた。読書室にこもってウィルフォード・クラッチ卿《きよう》の訪問がもたらした屈辱を思うと、喉がつまりそうになる。あのめめしいクラッチに！　秘密を嗅ぎつけ、人を裁き、有罪と断定する。それしか能のないクラッチのやつが、このチャールズ・ブライトを、人々に敬われている艦隊の提督をばかにしたのだ。〝きみの女性の選択は、実に嘆かわしい〟と。それを思いだすと、じっと座っていることができずに、彼は読書室を歩きまわった。

だが、しばらくすると、文鎮を投げたこと、自分の狙いのひどさを悔やみはじめた。妻を狙ったつもりはなかった。ただ、腹立ちまぎれに手元にあったものを壁に向かって投げただけだ。が、もう少しでソフィに当たるところだった。彼女がドアを引きちぎらんばかりにして、この部屋を逃げだしたのも無理はない。

いや、部屋ではなく、彼から逃げたのだ。真夜中になるころには、チャールズは自分のしたことを恥じて、再び部屋のなかを歩きまわっていた。もしもあれがソフィに当たっていたらどうなった？　文鎮は粉々に砕けて床に散らばっている。当たっていれば頭蓋骨が砕けたに違いない。チャールズはその事実に気づいて足を止め、とうの昔に冷たくなった暖炉の前に立ちつくした。ありがたいことにその声は小さかったものの、頭のなかの声が、あれはついこの日の朝、激しく愛した女性だ、と彼に思いださせた。彼の愛を同じように情熱的に返してくれた女性だ、と。

考えてみれば、もしもあれが愛だとすれば、ソフィの愛は驚くほど深いことになる。しかし、まだ怒りのおさまらないいまは、その点については深く考えたくない。彼は落ち着きなく歩きだし、また足を止めた。つい今朝、彼女が愛していると言ったことを思いだしたのだ。

「おまえは、その女性に文鎮を投げたんだぞ」時計が二時を打つのを聞きながら、チャールズはつぶやいた。「何を考えていたんだ、ばか者が」

彼ははっとした。恐怖を浮かべた顔を見てから、二階ではまったくなんの音もしない。

もしも彼女が死んでいたらどうなる？　ガラスのかけらが、目に入っていたら？　いまごろは血の海に横たわっているかもしれない。目が見えなくなっている可能性もある。

　チャールズは読書室のドアを開け、廊下に走りでて階段の前に立ち、暗がりを見あげた。先ほどメイドたちが上階に引き取るのが聞こえたが、廊下にはまったく明かりがなかった。家全体が静まり返り、彼を恐れている。チャールズは腰をおろし、靴を脱いで、足音をしのばせて妻の部屋の前に立った。息を殺すようにしてドアに耳を近づけると、かすかに引っかくような音が聞こえたような気がした。何をしているのか知らないが、少なくとも死んではいない。再び階段をおりると、途中でガラスのかけらを踏みつけた。靴下を貫いて皮膚を刺した。毒づいてそのガラスを引き抜く。あの文鎮のことはもう考えたくない。

　読書室は狭すぎる。暖炉に行き、自分が引き裂いて火のなかに放りこんだ紙の燃えかすを見おろした。残っているのは小さな断片だけだ。彼は焦げた紙の角をひとつ拾いあげた。彼女が書いた達者な文字がほんの二、三語見える。どうしてこんなことをしたんだ？　彼は自問した。あんなにたくさんの時間と努力を注いだ仕事を。ソフィは彼のまとまりのないおしゃべりを、読み応えのある記録に作り変えた。しかも、間もなく仕上がるはずだったのに。

　彼は再び座り、腕の上に顔をふせた。謝るつもりはない。なんといっても、ひどい仕打ちをされたのはこちらのほうだ。それでも、明日の朝、紅茶を一杯運ぶくらいはしてやってもいい。ほとんどの男は、明らかに有罪の相手にそこまで寛大にはなれないぞ。だが、わたしはあのいまいましい女に度量の大きいところを見せてやろう。そう思いながら目を閉じ、彼は眠った。

チャールズは夜が明けると間もなく目を覚ました。椅子に座ったまま寝てしまったせいで、体じゅうが痛む。机のこの椅子は、ソフィが使っていたから、彼女の身長に合わせてある。ふたりの上背はほぼ同じとはいえ、背中に激痛をもたらすだけの違いがあった。くそ、あの女ときたら、とんだ疫病神だ。今朝は紅茶を持っていくが、それでやめにするぞ。これからは自分で調達してもらう。朝食がどこにあるか、わかっているんだからな。

朝食はすでにできていた。エティエンヌがサイドボードに並べたおいしそうな料理を見て、彼は眉を寄せた。とくにチーズがたっぷり入ったケーキのようなデザートは、ソフィの大好物だ。紅茶と一緒に、これもひとつ持っていこうか。別に仲直りのしるしというわけではない。ああ、そうとも。そんなつもりはない。ただ、昨日の朝、体をからめ合って横になっていたときに、ソフィに少し肉がついてきたのに気づいただけだ。顔も少しふっくらして、滋養のあるものを食べている健康的な女性らしく肌もつややかになってきた。元が美しいものだから、ずいぶんと見栄えがよくなった。

サイドボードの上の鏡に目をやり、血走った睡眠不足の目と無精ひげで黒ずんだ顔に眉をひそめた。それだけでも充分気がめいるが、ソフィの恐怖にかられた顔までがそこに浮かび、彼は目をそらした。

ソフィの紅茶と朝食をのせたトレーを手に、チャールズは部屋を出た。廊下がまだしんと静まり返っているのが、何ともいやな感じだった。いつもなら、どこを歩いていても使用人にぶつかりそうになるのに、誰もいない。みんな彼を怖がっているのだろう。昨夜は耳を貸そうとしなかったが、ソフィの話をきちんと聞いてやるとしようか。そして彼女がもう一度謝れば、寛大なところを見せてやろう。そのうち許してやってもいい。

軽い足音が部屋を横切り、ドアが開き、妻の明るい笑顔がのぞくのを、自分がどれほど心待ちにしているかに気づいて驚きながら、チャールズはドアをノックした。顔のまわりで波打つ乱れた髪も彼には好ましく見えた。うなじに顔をうずめ、彼女の体が求める愛撫《あいぶ》を与えながら、ついでに自分の必要もひとつかふたつ満たす。その歓《よろこ》びを、ほとんど感じることができた。

足音がしない。彼はもう一度ノックした。くそ、ドアを開けてくれないつもりか？　わたしに苦労して開けさせるつもりなのだ。まあ、昨夜の行動を考えると、ソフィが怒っているのも無理はない。彼の怒りがどれほど正当なものだったとしても、だ。

まだ何も聞こえない。彼は紅茶のバランスを取り、ゆっくりトレーを下におろして、取っ手をまわした。部屋は空っぽだった。ベッドには横になった形跡すらない。ブルースタイン家に着ていった黒い服が、たったいま脱ぎ捨てたかのように丸く床に落ちていた。化粧室にいるのだろうか？　彼はドアを開け、長いことなかを見まわしてから閉め、ぐったりともたれた。もう一度部屋を見る。メイドが運んできた真鍮《しんちゅう》のじょうろが目に入り、彼は近づいて触れた。まだ熱い。ソフィはいったいどこにいるんだ？

暖炉に行くと、昨日の朝の燃えかすが片づけられたあと、使われた様子はなかった。彼はうなだれ、昨夜ソフィが帰ってくる前のことを思いだそうとした。ウィルフォード卿が立ち去ったあと、二階のメイドに火をおこすなと命じたのだった。なんと意地の悪い夫だ、片づいた炉床を見ながらそう思った。

暖炉のそばの椅子に腰をおろすと、書き物机の上に紙が見えた。急いで立ちあがり、その前に座った。恐ろしいことに、折りたたんだ紙の上には、指輪がふたつのっていた。ひとつは鼠《ねずみ》嬢に似合いの指輪、もうひとつはもと提督の愛する妻にふさわしい指輪だ。座っていてよかった、チャールズは肺の息がすっかり抜けるような気がした。

折った紙に、ソフィは彼の名前を書いていた。夜中の引っかくような音の原因はこれだったのか。手紙は何ページにもわたっている。震える手でそれを開くと、〝親愛なるチャールズ〟というソフィの文字が目に飛びこんできた。

彼はそこにある言葉を読み続けることができず、代わりに屑《くず》かごを見た。書きかけの紙であふれている。それを手に取り、様々な挨拶の言葉を見つめた。〝最愛のチャールズ〟、〝マイ・ラブ〟、〝親愛なるブライト提督〟、〝親愛なるチャールズ卿〟。〝親愛なるチャーリー〟を見つけると、涙がにじんだ。そのすべてを元どおり屑かごに戻す。

しばらくのあいだそこに座って、勇気をかき集め、それから手紙を持って暖炉の前に戻った。最初の節が終わらないうちに、涙で読めなくなり、目を拭かなくてはならなかった。

〈最愛のチャールズ、上等な紙をこんなに無駄にしてごめんなさい。でも、どんなふうに書きだせばいいか、よくわからなくて。たぶんあなたは読みもせずに、火のなかに投げこんでしまうでしょうね。だから何を書いても、ほとんど関係ないわ。紙を無駄にする前に、そのことを思いつくべきだった〉

息が苦しくなり、彼は手紙を置いた。それから再び取りあげた。ソフィは許しを請うことからはじめていたが、自分の過ちは決して意図的なものではなかった、と訴えていた。

〈あなたが〈ドレイク〉亭の食堂で自己紹介したとき、五年も旧姓を使ってきたあとだったから、ごく自然にサリー・ポールだと名乗ったの。なんと名乗ろうと、あのときは関係なかった。でも、あなたは性急に結婚を申しこみ、わたしはよく考えもせずにそれを承知した。わたしの名前が厄介な問題になることなど考えもしなかった。でも、あなたになんらかのよからぬ意図があって偽名を使った、と誤解されるのを恐れて、わたしは朝早く教会へ行き、式の前に夫の死亡証明書を見せて司祭に記録してもらったの。そのあとすぐに、話すべきだったわ。でも、告白するタイミングを逃してしまったのよ。それに、貧民の作業所には行きたくなかった。あなたがあの夜、教会で見つけてくれなければ、それがわたしの運命だったはずだから〉

わたしか貧民の作業所か。ソフィには選択の余地はなかったのだ。「ソフィ」チャールズは妻の名前をささやいた。そこにある一行一行が、ゆうべの文鎮のかけらのように心に突き刺さったが、彼は読み進んだ。

〈しばらくのあいだは、だましたままでいられるかと思った。この結婚は名ばかりで、自分の好きなように暮らすのをお節介焼きの姉たちに邪魔されないためだ、とあなたはきっぱり言ったからよ。好きな暮らしがなんなのか、わたしにはまだよくわからない。でも、あのとき与えられた役割は果たそうと努めたわ。そして回想録を書くことが役に立つと思ったの。あの原稿を燃やさないでくれればよかったのに。あれにはずいぶん多くの労力を注いだんですもの〉

チャールズはめったに吐き気をおぼえるたちではなかった。死体やその一部が散乱する血だらけのデッキに立っても、まばたきひとつしなかったものだ。だが、これは別だった。こちらのほうがひどい。なぜなら、あの回想録はソフィの愛の結晶だったからだ。彼はソフィの心臓をえぐりだし、火のなかに投げこんだも同然だったのだ。彼は手紙を置き、洗面台に駆け寄って吐いた。顔を拭いてドアへ行き、ドアを閉めて鍵をかけ、手紙に戻った。

チャールズは男泣きに泣いていた。次のページを読むとすすり泣きがもれた。

〈でも、あなたを愛するようになると、状況はまったく変わった。誠実な妻は、そういう秘密を抱えていてはいけないことがわかっていたから。あなたの怒りはもっともよ。でも、どうかわたしを信じて。あなたに恥をかかせるつもりなどまったくなかったの〉

茫然《ぼうぜん》として、ともすれば息をすることも忘れそうになりながら、チャールズは読んだ。ソフィは亡き夫アンドリューについても書いていた。

〈あなたが貪欲なぺてん師のいたち野郎とあっさり片づけた男は、公平な裁判を受けられなかった〉

チャールズは偏見を捨て、理性的な判断を働かせながら、アンドリューの罪に関する説明を読んだ。ソフィはアンドリューの上官だったエドマンド・スパーリング――エドバラ卿の弟で、海軍卿のひとりだった男――に疑いをかけていた。スパーリングがアンドリューの注文を取り消し、代わりに質の落ちる安物を取って、正規の食糧との差額を懐に入れていたのだ、と。

〈スパーリングはギャンブルで莫大《ばくだい》な額の借金をしていることでよく知られていたそうよ。アンドリューは彼の債権者が供給所に毎日のように押しかけてきたのを思いだしたわ〉

チャールズは手紙を置き、目をこすった。海軍の金で自分の懐を肥やそうとする男たちの逃げ口上は、ほかにもいろいろと思いつく。だが、この事件はそのどれよりも、はるかに上まで達していたのだ。どうりで、身分の低い管理者の訴えに、誰ひとり耳を貸そうとしなかったはずだ。ソフィはアンドリューの絶望と、スパーリングを裁きの座に引きずりだそうとする彼の努力を書いていた。

〈夫は信じすぎたのよ、チャーリー。彼はスパーリング自身が偽造したメモや仕入れ書を持って、スパーリングを訪ねたの。証拠を突きつければ、過ちを認め、悔い改めると思ったのね。スパーリングはそれを受けとった。メモも仕入れ書もそれっきり二度と現れなかったわ。そしてたくさんの不幸な兵士が腐った肉で死んだあと、会計士がついにこのからくりを暴いたときには、スパーリングはやすやすとすべての罪をアンドリューにかぶせていた〉

チャールズは手紙を手に窓辺に行き、ソフィのお気に入りの場所に座って、小さなクッションに寄りかかった。空気は冷たかったが、潮風を顔に受けたくて、彼は窓を開けた。何度か潮の香りを深く吸いこんでから、再び手紙に戻った。ソフィは裁判のことも書いていた。裁判のことは彼もよく覚えている。回想録のためにこの件を持ちだし、アンドリューをこきおろした日、ソフィがどんな気持ちだったかを思うとため息が出た。彼女は法廷に入ることを許されなかったが、毎日ドアのすぐ外に立ち、夫が激しく糾弾され、非難され、有罪とされて、刑を言い渡されるのを聞いていたのだ。

〈彼はわたしたちの家の馬車置き場で首を吊った。隣人が見つけたわ。海軍省は激怒し、

その遺体を持ち去って、もう一度絞首刑にしてから焼いた。それも覚えているのでしょうね〉

ソフィは書き続けていた。

〈彼らはその灰をわたしに引き渡すどころか、どこへ捨てたのかさえ、教えてくれなかった〉

確かにチャールズもこの気の毒な結末を覚えていた。チャールズ自身も、臆病者のアンドリューが正規の刑を逃れて自殺したことに激怒したひとりだったのだ。「どうか許してくれ、ソフィ」彼はつぶやいた。

手紙はまだ続き、彼は涙に曇る目で読み続けた。ソフィは海軍省を徹底的にあざむいたと告白していた。なぜならば、海軍省は常に居所を報告しろと彼女に命じたからだ。

〈アンドリューが盗んだはずのお金がどこからも出てこないので、わたしがどこかに隠したと疑ったのね。そしていつかそれを取りだす、と。でも、チャーリー、そんなお金がどこかにあれば、わたしがみすみす息子を死なせたと思う？　なんと無知で、愚かな男たちかしら。名前を変えることで、わたしは彼らにつきまとわれるのを防いだ。これからも同じことをするわ。それに関しては、ひと言だって謝るつもりはありませんから〉

きみは何ひとつ謝る必要などないとも。チャールズは思った。腕が重くなり、手紙を持っていられないほどだった。しかし、残りはわずかだ。彼は胸の張り裂けるような思いで読み続けた。

〈あなたに出ていけと言われたとおりに、自分が持ってきたものしか持たず、すみやかにここを立ち去ります。あなたが買ったものは、すべてこの家に残していくわ。あなたが何を信じようと、これだけは本当よ。わたしは心からあなたを愛しているの。もう決して迷惑をかけるつもりはないけれど、あなたが世界のどこへ行こうと、あなたを愛している女がいることは忘れないで。それがわたしの負うべき十字架なのでしょうね。役立つどころか、恐ろしいほど不都合な妻となった、サラ・ソフィア・ポール・デイヴィーズ・ブライト〉

矢印がその紙の裏を指していた。

〈どうか、使用人たちは誰ひとり解雇しないで。人数が多すぎるとこぼしているのは知っているけれど、彼らにはほかに行くところがないの。わたしの罪は、彼らにおよぶべきではないわ。ソフィア・ブライト〉

彼は手紙の上で頭を垂れて、最初よりも小さく折りたたんだ。見慣れた文字を見ることに耐えられなかった。毎日、午後になると、読書室でソフィが彼の話に耳を傾け、適切な質問で足りないところを補って数カ月過ごすあいだに、彼はソフィの筆跡も言葉の使い方もよく知るようになっていた。ソフィは夜の時間を使って、文章を整理し、まとめていた。だが、その成果はすべて灰と化した。彼の結婚生活と同じように。こんな事態をもたらした自分にほとほと愛想が尽きて、彼は化粧室を見まわした。そこにかかっている美しい服が静かに彼を鞭《むち》打った。お気に入りの深紅のドレスのそばに行き、息を吸いこむと、ソフィのにおいが彼を包むようだった。チャールズは長いことそこに立ちつくしていた。

部屋を出る前に、彼はもう一度机に戻った。そこにはもう一枚の紙が、手紙のようにたたんであった。筆跡はソフィのものだが、紙は黄ばんでいる。彼はそこにある文字を読んだ。

〈スパーリングが書いた書類をアンドリューが持ってでる前に、この一枚だけ抜いておいたの。夫ほど彼を信用していなかったのでしょうね。わたしたちはこれを法廷弁護士に見せたけど、被告の妻が提出したものは、法廷ではなんの価値もないと言われて突き返されてしまった〉

それは提督時代に何千回と目にした食糧供給所の仕入れ書だった。スパーリングがしたことは、それを見れば明白だ。だが、ソフィの言うとおりだ。軍法会議にこういう書類の持ちこみを許可する判事はいない。気の毒なアンドリュー。彼は世間知らずすぎたのだ。

手紙と仕入れ書を手に、チャールズは階下に行き、そこからさらに階段をおりて、使用人のホールに入った。使用人はひとり残らずそこにいた。最年少のミネルヴァから、彼が波止場で雇い、庭仕事をしているふたりの元水兵まで、そこに座り、黙って彼を見ている。いかにも機嫌がよさそうなスターキーがその上座についていた。

チャールズは背筋を伸ばし、前置きなしでこう言った。「レディ・ブライトが出ていったことはもう知っているな。彼女がどこにいるかわからないが、知る必要がある。少しでも手がかりになりそうなことを知っている者がいたら、どうか教えてもらいたい」

彼は期待を込めて使用人を見まわした。彼らは無表情に見返している。

「誰も知らないのか？　彼女が行くところを見た者はいないのか？」

誰も口を開かない。ソフィのやりそうなことだ。わたしの怒りを買ってはいけないと、誰にも知らせなかったのだ。

「よろしい。仕事をしてくれたまえ。スターキー、ひと言いいかな。砂浜に来てくれ」もちろん、ひと言ではすまなかった。長年の従者がソフィの手紙を読み終えるまで、彼は黙っていた。スターキーは途中でやめようとしたが、チャールズはその手紙を彼の顔に突き返した。「ちゃんと読むんだ、くそったれ！」彼は叫んだ。風がその声を館へと運び、使用人をいっそう怖がらせるかもしれないが、かまうものか。

最後のページまで読むと、スターキーは座っていた流木から立ちあがろうとした。この夏砂浜を散歩したときに、ソフィが何度も腰をおろしたのと同じ流木だ。チャールズはスターキーがたじろぐのもかまわず、鉤《かぎ》で彼の肩をつかんだ。

「わたしの問題に、どうして首を突っこむ気になった？」チャールズは少し落ち着きが戻るのを待ってから尋ね、スターキーの肩を離した。

「あなたが彼女のことを何ひとつ知らなかったからです」彼は肩をなでながら答えた。

チャールズはうなずいた。「確かに。ひとつ聞くが、スターキー、わたしが妻に関してきみの助けが必要だと本気で思ったのか？」

「いいえ、提督」

「では、自分のしたことを説明したまえ」

スターキーは黙っている。チャールズは彼をにらみつけた。

「何をしたか話すんだ」

スターキーは目をふせ、足もとを見つめた。

「何もかもだ！」

スターキーの口から言葉があふれだした。彼はセント・アンドリュース教会の司祭を訪ねたこと、教区の記録にはソフィの夫としてアンドリュー・デイヴィーズの名前を見つけたことを語った。「彼のことは覚えていました。それで、あなたがまんまとだまされたのだと思ったんです。それだけです！　そこで海軍省へ行くと、彼らは喜んでわたしの話を聞いてくれました」

「この件を話したものは、ほかにいないのか？」

スターキーはますます頭を垂れ、つぶやいた。「お姉様たちに」

「なんだと！　何を考えていたんだ？」チャールズは思わず叫んだ。

「何が起こったか話し、これは秘密だと口止めしました。わたしは……海軍省がレディ・ブライトを厳しく糾弾することはわかっていました」スターキーは涙をこぼした。「それで……もう少し辛抱すれば、あなたを取り戻せると教えたんです」

チャールズは言葉を失って目を閉じた。

「申し訳ありませんでした！　お許しください！」

チャールズは声が出るようになると、こう言った。「スターキー、きみはわたしの信頼を裏切った。それにアンドリュー・デイヴィーズは無実の可能性が高い。エドマンド・スパーリングのことは覚えているよ。エドバラ卿は弟に海軍省の様々な地位を与えたが、そのひとつとしてまともに果たすことができなかった。あの男は屑だ。わたしはスパーリングの件を調べるつもりだ。だが、その前に妻を捜す必要がある」

スターキーはうなずいた。「海軍省へ行って、所在を――」

「いや。きみはいますぐ荷造りして、わたしの前から消えろ。今年いっぱいの給金は払ってやる。だが、推薦状は書かんぞ。こんなことをしたあとだからな」

口調こそ穏やかだったが、スターキーを解雇する決意は固かった。スターキーが抗議しようと口を開けたが、チャールズは黙って首を振った。そしてつかの間ためらったあと、踵《きびす》を返して館に戻りはじめた。使用人が大勢いても、物乞いの前に置かれた皿よりも空っぽのわが家に。

21

　チャールズは帆桁係たちにすぐさまソフィを捜させた。戦争の終結とともに、不運にも軍を辞めねばならなかったとはいえ、もともと彼らは有能な男たちだ。それにプリマスを誰よりもよく知っていた。ソフィが家を出てから、まだそれほど時間がたっているわけではない。港の中心であるバービカンまでは五キロの道のりだった。

「きみたちは妻を知っている。容姿を説明して、尋ねてまわるんだ。おそらく、またサリー・ポールという名前を使っているだろう」わたしの名前を使わないことだけは確かだ。彼は暗い気持ちでそう思った。

　彼は恥をしのんで隣を訪ね、ブリムリー卿《きょう》に事情を説明した。意外にも、ブリムリーは深い同情を示してくれた。そのあとあわただしく馬車が出入りしているブルースタイン邸に目をやり、ヤコブ・ブルースタインを訪ねるべきかどうか迷った。愛する亡き妻の友人とは二度と会えないことを、あの老人に告げるのはしのびない。知らせるのは、弔問者たちが帰宅し、ヤコブの気持ちが少し落ち着いてからにしよう。

チャールズが客間を落ち着きなく歩きまわるあいだ、使用人たちは足音をしのばせていた。客間を選んだのは、そこからは私道がよく見えるからだ。チャールズもアンドリューと同じようにうぶかもしれないが、もしかすると、ふと顔を上げれば、ひどい仕打ちで報いた男に二度目のチャンスを与えるために、長い私道を歩いてくるソフィが見えるような気がしたのだ。

夜までには、彼女が戻らないことが明らかになった。スターキーも出ていった。彼は残った男たちに砂浜で火を焚《た》くように命じた。そして流木に座り、リーキー・タドウェルが現れるのを待った。間もなく好奇心を浮かべたリーキーが、密輸ワインをもっと売りつけようともみ手をせんばかりにやってきた。

「いや、ワインはいらない。リーキー、実は妻が出ていった」チャールズはこのろくでなしに苦境を打ち明けていることに、自分でも驚きながら告げた。

「逃げだしたのかい?」タドウェルは尋ねた。チャールズはその声に含まれた深い同情に意表をつかれた。「それじゃ、もっと酒が必要だな。ミラノ産のフォーガルが手に入るぜ。こいつを飲めば、自分にかみさんがいたことさえ忘れられる」

チャールズはため息をついた。「そうじゃないんだ! わたしは妻の心を引き裂いた。それで彼女は出ていったんだ」

「こう言っちゃ悪いが、提督、あんたは女についちゃ、ちっとばかり学ぶ必要があるぞ。

せっかくきれいなかみさんをもらったのに」

なかなか話が通じなくてチャールズは苛立《いらだ》った。だが、癇癪《かんしゃく》を起こして、貴重な情報源に逃げだされては困る。「リーキー、きみはプリマスの全員を知っているな」

「デヴォンポートにも知り合いが大勢いる」

「うむ。ふたつの町でそれとなく尋ねまわってくれないか。ほら、妻の特徴はここに書いてある。顔見知りに訊《き》いてみてくれ。そして彼女を見た者がいたら、わたしに知らせてくれ」

タドウェルはチャールズが差しだした紙を受け取り、懐疑的な目を向けた。「提督、悪いが字が読めねえんだ。さもなきゃ、こいつはすばらしい作戦だったんだが」

チャールズは心のなかで十数えてから、その紙を受け取った。「わたしが読んでやる。サリー・ポールかサリー・デイヴィーズと名乗っている女性を捜してくれ。覚えていられるか？」

老密輸業者は傷ついた顔をした。「それから？　提督、わしはまだもうろくしちゃいないぜ」

「もちろんだ。妻はおまえより二十センチか二十五センチ背が高い。髪は褐色、瞳の色も同じだ。ほっそりしているが、がりがりではない。それに、すばらしいスコットランドの訛《なま》りがある」

タドウェルはうなずき、チャールズの描写を繰り返した。「全部覚えてるよ。この前、ちらっと会ってるからな。で、ほかにはどんな特徴がある？　舌足らずに話すのか？　くわっくわっと笑うのか？　老ノウジーみたいに？」

チャールズは首を振った。「いや、老公爵とはまるで違う。妻は静かな女性で、人目を引くようなことはまったくしない」

タドウェルは汚れた帽子を取り、頭をかいた。「それじゃ捜すのは苦労するぜ、提督」

「わかっているよ。とにかく、最善を尽くしてくれ」

わびしい秋が過ぎていった。チャールズはダンドレナンやスコットランドの低地地帯にあるほかの都市や町に手紙を書き、自分が描写した女性に関して何か知らせてくれと頼んだ。だが、そちらからも何ひとつ手がかりはつかめなかった。元水兵たちは手ぶらで戻り、海岸沿いの町を行き来するリーキー・タドウェルからも朗報は届かなかった。しばらくしてチャールズがヤコブ・ブルースタインのことを思いだしたときには、ブルースタイン邸のノッカーは取り去られていた。プリマスのデイヴィッド・ブルースタインに問い合わせると、ヤコブはブライトンにいる娘を訪ねているという返事だった。

クリスマスが来るころには、もう自分をごまかすことはできなくなった。ソフィは手紙で約束したとおり、彼の人生から消えてしまったのだ。これを認めるのは耐えがたい苦痛だったが、認めないわけにはいかなかった。チャールズはある夜、読書室にこもってドーラとファニーに手紙を書き、状況を説明して、自分をひとりにしておいてくれと懇願した。

クリスマス・プレゼント代わりに、彼はミス・タインを家政婦に昇格させ、ミス・タインはこれを受け入れた。彼女からの嬉《うれ》しいプレゼントは、エティエンヌと結婚できるように二日ほど休暇をもらいたい、という申し出だった。チャールズは喜んで承諾したものの、ふたりの幸せを羨ましく思わずにはいられなかった。

デュピュイ夫婦がプリマスから戻ると、彼はワイン蔵を除いた鍵をマダム・デュピュイに手渡した。そして蔵の鍵を手に地下室におり、そこに居座った。ひと月のあいだにそこにあるワインをすべて飲みほしてやる。そう決意して上の階で食事をとらせようとするエティエンヌをにらみつけた。新しい家政婦の涙にも屈しなかった。彼は飲んでは眠り、また飲んだ。無精ひげが伸び、臭くなりはじめた。


救い主は思いがけないところからやってきた。おとなしく従ったのは、完全に意表をつかれたせいかもしれない。

その日もいつものように飲んだあと、ワイン蔵で目を覚ました。口が渇き、胃がきりきり痛んだが、いつもと違って誰かの膝に頭をのせていた。ソフィに違いない。わたしをここから救いだしに来てくれたのか！　だが、ぼやけていた視界がはっきりすると、そこにいるのは姉のドーラだった。いつもファニーの陰にいて、自分の意見というものを持ったことのなかったドーラだ。

「ドーラ姉さん？」彼は自分の目が信じられずに言った。「ほんとに姉さんかい？」

「ええ、そうですとも」姉は彼の汚れた頭を腕に抱えて答えた。「チャールズ・ブライト、そろそろやめる潮どきですよ」

　姉にほほえみかけようとすると、乾いた唇が割れ、血がにじみでた。この堅苦しい話し方、姉さんらしいや。そう思ったとたん、涙が流れた。ソフィに姉のことをそう説明したのを思いだしたからか。酔っているせいかもしれない。それとも、姉の顔を見てほっとしたからだろうか。

　ドーラはひどい状態の弟をしっかりと抱きしめ、慰めて、レースのハンカチで涙を拭いてくれた。ラベンダーに何かしゃれた香りのまじったにおいが鼻をくすぐった。ドーラに抱かれていると、はるか昔、母が死んだあと、まだ小さい彼を、この姉とファニーが同じように抱いて慰めてくれたことを思いだした。

「ファニーは？」彼はようやくそう言った。

「わたしたちはけんかをしたの」ドーラはチャールズの髪をやさしく指でとかしながら言った。「ファニーはあなたが苦しむべきだと思ったのよ。この前ひどい仕打ちをした報いだ、と言うの。考え直してくれと頼んだのだけれど、がんとして聞いてくれないの。でも、口汚くののしり合ったわけではないわ。礼儀正しく話し合っただけ。いつものように」吐《と》瀉物《しゃぶつ》でぬるつくワイン蔵の床に座り、彼を抱きながらドーラは笑った。「ファニーはさぞ驚いたでしょうね！　わたしたちは決裂し、わたしはここへ来たの。どうやら、もっと早く来るべきだったようね。チャールズ、わたしと一緒に階上《うえ》に行きましょう。しなければならないことがあるわ」

荷車の車輪を押してセントジェイムズ通りを進む力もないドーラには、彼を地下室から運びあげることなど不可能だったが、大声で呼ぶとすぐさま帆桁係が駆けつけた。すぐあとから従ってくるドーラに注意深く運べと指示されながら、彼らはチャールズを寝室へ連れ戻した。姉は彼の抗議にも耳を貸さず、服を脱がせ、男たちを手伝って彼を熱い湯のなかに入れた。そして袖を肘の上までまくり、髪からはじめて一カ月の汚れを彼の体からきれいに洗い落とした。そのあいだも低い声で叱り続けている。少し前までは、この小言がチャールズを苛立たせたものだったが、いまは久しぶりに聞く甘い音楽のように思えた。

わずか百五十センチしかないドーラだが、間もなくすっかり彼をきれいにして、濡《ぬ》れた体をよく拭き、寝間着を頭から着せてくれた。チャールズは姉がしのび足で部屋を出ていく前に眠っていた。

チャールズは二十四時間眠り、猛烈に腹をすかせて目を覚ました。ドーラは彼が夕食に欲しいと挙げる料理に呆《あき》れて首を振った。そして、大皿の大きさの牛の腰肉に大盛りのポテトの代わりに、コンソメスープをスプーンで彼の喉に流しこんだ。それとトーストと紅茶を。まる一日この粗末な食事で我慢させたあと、ドーラはミネルヴァとグラディスに牛肉とポテトを運ばせた。そして編み物をしながら、彼が食べるのを見守った。編棒が当たるかちかちという音が、彼の傷ついた心を慰めてくれた。チャールズは再び眠った。

目を覚ますと、チャールズはひとりだった。少女のひとりが湯の入ったじょうろを持ってきたらしく、見慣れた真鍮《しんちゆう》のじょうろが洗面台に置いてあった。左の手代わりの鉤《かぎ》は見当たらないが、いまのところは必要ない。それより、ひとりで立てるかどうかを確かめねばならない。

何度か挑戦したあと、この任務を達成したものの、化粧室のほうへぐらりと体が傾いた。このときすばやく針路を調整した彼を見ていたら、何年も前に死んだ最初の航海長が、よしよしとうなずいてくれたに違いない。しかも、じょうろを傾けて洗面器に顔を洗う湯を入れることもできた。

たいしてきれいにはならなかった。一カ月分のひげが伸びた顔をきちんと整えるのは、彼の手に余る。いまはこれで我慢するしかない。香水をつけると、ひげ剃《そ》りでつけた傷にしみ、顔をしかめた。それでも、これでだいぶましに見える。さて、お次は着替えだ。

ドーラがノックして、部屋に入ってきたとき、彼は誰かが化粧室に片づけた義手の鉤とハーネスを前にして、ベッドの上に座っていた。ドーラはすぐさま状況を見て取った。

「さあ、これで完璧《かんぺき》、百パーセントよ」彼女はそう言って留め具のつまみをひねった。

ドーラが軽口を叩《たた》くとは知らなかったな。彼はそう思いながらほのぼのと胸が温かくなるのを感じた。そして感謝のしるしに、姉がシャツのボタンを留めはじめても黙ってされるままになっていた。

昼食は朝食の間で食べましょう。ドーラはそう言って、彼が腕を取り、テーブルにエスコートするのを許してくれた。昼食が終わり、チャールズがナプキンで口を拭くと、ドーラはこほんと咳払《せきばら》いをひとつした。

「そろそろ海軍省を訪れるのね？」

「姉さんの徳はたくさんあるが、相手の思いを読むのもそのひとつだね」

二日後の夜、チャールズはセントジェイムズ・パークに近い、静かな横道に面したドーラのタウンハウスで、立派な寝室に通されていた。

「好きなだけいらっしゃい」ドーラはそう言って表のドアの鍵を手渡した。「使用人はみなわたしと同じように年寄りだから、あなたが気晴らしに出かけた夜は、誰も帰りを待ちませんからね」

「訪ねるのは海軍省だけにするよ」チャールズはそう言って鍵をポケットに入れ、ため息をつきながら窓の外に目をやった。

「よかったら一緒に行きましょうか?」ドーラは唇を震わせながらもそう申し出た。

この姉はわたしを守るためなら、虎とだって戦うに違いない。そう思って謙虚な気持ちになりながら、彼は姉の額にキスした。「ドーラ、必要なことはもうすべてしてくれた。これだけで充分だ。この恩は一生忘れないよ」


翌朝早く、まだほかの人々が眠っているうちに、チャールズはセントジェイムズ・パークを横切って海軍省に向かった。夜のあいだに降った雪が、葉を落とした枝をきらめかせている。彼はソフィが買ったソネットの本を思いだした。彼が買ったほかのすべてと同じように、彼女はあの本も残していった。地下のワイン蔵におりて閉じこもる前、彼はソネットを読んでいたのだった。

「〝寒風に揺れる枝には葉もなく、小鳥たちが歌っていた聖歌堂もいまは廃墟《はいきょ》となった〟」彼は小さな湖を見ながらつぶやいた。このソネットはそらで覚えている。ソフィにはもう二度と会えないかもしれない、そんな思いに襲われるのがいやで、続けたいとは思わなかったが、言葉が自然に口をついてでた。「〝やがて別れねばならないものを愛《いと》おしく思うのだ〟」

彼は公園を突っ切り、東へ、近衛騎兵隊とその先の海軍省へと歩き続け、建物が見えてくるとひとりでに笑みが浮かんだ。最初は大尉として、次いで艦長として長く血なまぐさい戦いを続けながら、やがて提督となったときには、すべての扉が開き、彼を歓迎してくれた。海軍省では彼はエリートのひとりだった。ホレーショ・ネルソン提督と同じ階級に所属していたのだ。それがいまの彼にとってなんらかの価値があるか？　いや。塵《ちり》よりも低い価値しかない。

見慣れた入り口に着くころには、ロンドンはすっかり目覚めていた。チャールズは私服だったが、昔自分がしたように謁見を待つ艦長たちが、すぐに気づいて敬礼した。ほんの少し誇らしさを感じながら敬礼を返し、旧友と挨拶を交わし、これまでよりもはるかに平穏な平和時の海軍の近況に耳を傾けた。平和な時代には名誉がふんだんに注がれることもないが、恐ろしい出来事も少ない。チャールズはつかの間心から喜びを感じ、若い大佐たちが暇を持て余してじれているのを見て口元をほころばせた。何を願うか、よくよく気をつけることだ。

海軍卿にお会いしたいという彼の要請は、即座に聞き入れられ、ほとんど待たずにオフィスに通されて、気がつくとビドル卿に頭をさげ、握手を交わしていた。ふたりはぎこちなく挨拶を交わした。ビドル卿が彼の私生活で起こったことを非常によく知っているのは確かだ。だが、分別を働かせ、チャールズの新居などあたりさわりのないことを尋ねただけで、そのことにはふれなかった。

やがて世間話がつきかけ、残るは天気の話だけになると、チャールズは片手を上げてそれを制した。「閣下、貴重なお時間を侵害するつもりはありません。エドバラ卿にお会いできますか？　訊きたいことがあるのです」

ビドルはうなずいた。「チャールズ、きみは数カ月遅かったぞ！　彼はクリスマス直前に退職したのだ」

「いまはどちらに？」

「きみは実際、運がいい。つい昨日ブラトルトン卿が真っ白な顔のお嬢さんのために催した集まりで彼に会ったばかりだ。きみは笑うが、あれは煉獄《れんごく》にもひとしかったぞ。彼は自宅におるはずだ」ビドルは引き出しからメモ用紙を取りだし、それに走り書きした。「これが住所だ」

「ありがとうございます。エドバラ卿を訪ねる前に、ポーツマス食糧供給所を管理していたアンドリュー・デイヴィーズ裁判の記録を見たいのですが。たしか一八一一年三月に行われた軍法会議だったと記憶しています」

ビドルはチャールズと目を合わせずに、じっと座っている。

「記録がここにあるのは確かです」沈黙が長引くと、チャールズは重ねて言った。

「それを取りだすことはできん」

「なんですって？」

「その記録は、もはや存在していない」

「なんと」チャールズはみぞおちが足もとまで落ちるのを感じながら、赤くなった海軍卿を見つめ続けた。「ただ消えてしまったのですか？　ファイルが勝手に姿をくらました？　無断で歩み去った？　どういうことです？」

「そういうことだ」海軍卿は机越しに身を乗りだした。先ほどまでの温かい表情がいまや不自然にこわばっている。「チャールズ、われわれ同様、世の中がどう動くのかきみもよく知っているはずだぞ。あの軍法会議の記録はないのだ」

チャールズの脳はこの言葉を額面どおりに受け入れようとはしなかった。「記録がない？」自分の声が高くなるのもかまわず、彼は繰り返した。「最初からなかったんですか？　わたしは証人台に立たなかった？　無実の男に……ええ、彼は間違いなく無実です……その男に投げつけられた非難を聞かなかった？　あれは全部なかったことだと、そうおっしゃるのですか？」

嵐のなかでも命令を伝えられる彼の声は、おそらく控えの間にいる男たちの耳にも入っているだろう。海軍卿はいまや目を細め、堅苦しい、非難するような顔に変わっていた。お気に入りの提督が地獄に落ちればいいと思っているようだ。ドーラがこんな状況で言いそうな言葉がふと浮かんだ。

「あなたはご自分を恥じるべきですよ、ビドル卿。失礼します」

控えの間で待っている将校たちは、誰ひとりチャールズと目を合わせようとはしなかった。彼は急ぎ足に建物を出て、官公庁の周囲に集まっている馬車のひとつを呼んだ。

街なかを走る馬車のなかで、チャールズは目的の場所に着くのをじりじりしながら待った。だが、ついにエドバラ卿のエレガントな邸宅の前に立ったときには、何をしても無駄だということはわかっていた。アンドリュー・デイヴィーズは必死に疑いを晴らそうとしたが、無残にも失敗した。チャールズも同じ目に遭うはずだ。海軍省のポーチの下に立っていたとき、彼は痛感したのだった。英国海軍の力は、世界の海だけではなく、そのはるか先までおよんでいるのではないか？　それには間違いなく、なんの罪もない人々の人生を滅ぼす力があった。気の毒なアンドリュー・デイヴィーズが、良心の呵責《かしゃく》など微塵《みじん》も感じずに自分を押しつぶそうとしている男たちに向かって、弱々しく無実を主張する姿が目に浮かんだ。

チャールズはエドバラ卿の居間に通され、一時間近く待たされた。そのあいだ彼は、雨が壊れた雨どいを走り、通りを横切るのを見守り、人々が濡れて滑りやすい歩道を走っていくのを見守った。そしてソフィのことを思った。彼女はいまどこでどうしているのだろう？　雨を見ているだろうか？

「ブライト提督！　よく来てくれたね。して、用向きは？」

振り向くとエドバラ卿が立っていた。平凡な男だが、チャールズは昔から彼が好きだった。またしても退屈な世間話をひとしきり、またひとしきり。チャールズは胸のうちに抑えこんでいる疑問をぶつけたくてたまらず、もう一分も待てなくなってさえぎった。

「閣下、手短に申しあげます。五年前、海軍はポーツマスの食糧供給所の管理者を不正利得、汚職、不法行為の罪で起訴しました。アンドリュー・デイヴィーズという男です。わたしには、それらの不正行為があなたの弟君の仕業であったと信じる理由があります」

エドバラ卿は黙っている。

「弟さんがいらっしゃいますね?」チャールズは相手をたきつけようとした。

「いる。いや、いたと言うべきだな」エドバラ卿はようやく口を開いた。「三年前に他界した」

チャールズは勝手に手近な椅子に腰をおろした。「弟さんはアンドリュー・デイヴィーズの人生を台無しにしました。未亡人と幼い息子は巷《ちまた》に放りだされ、息子は風邪をこじらせて死に、未亡人は痩せ細りました」彼はエドバラ卿にソフィが手元に残していた、偽装仕入れ書を手渡した。「これは弟さんの不正の明白な証拠です。だが、実際の不正行為をごまかそうとする法廷を満足させるには充分ではなかった。これをお取りください、閣下。破くなり、燃やすなり好きになさればいい。これはあなたの卑劣な弟君……地獄で朽ちて当然の弟君に対する最後の証拠です。これがなくなれば、地上のどんな法廷で明るみにされる恐れもない。あなたのけがれた秘密はこれで安泰ですよ。ごきげんよう」

チャールズがドアを開けようとすると、エドバラ卿が声をかけた。「ブライト提督、待ちたまえ」

チャールズは振り向いた。老人が自分の険しい顔で怯《おび》えたとしてもかまうものか。だが、心配する必要はなかった。エドバラ卿の表情は彼よりも険しかった。

エドバラ卿は注意深く言葉を選びながら言った。「あれは弱い男だった。エドマンドは。常に借財にまみれていた。うちのものはみなあれの行動に眉をひそめていた」

「すると、やはり彼の仕業だったのですね」チャールズはささやくような声で言った。

エドバラ卿はそうだとも、違うとも言わなかった。「だが、あれはわたしの弟なのだよ、チャールズ。良《よ》し悪《あ》しはともかく、わたしの弟だ」

「しかし」

「あれは弟だ」子爵は繰り返した。「きみがなんらかの行動を取ろうとしたら、わたしは法の力を総動員して、それを阻止する」彼は仕入れ書を細かく引き裂きはじめた。チャールズが恐怖を浮かべたソフィの前で回想録の原稿を引き裂いたように。「これで証拠は何もない。わたしはたったいまきみに話したことを、法廷では決して口にしないぞ、ブライト提督。ごきげんよう」

22

ドーラはまだ来たばかりなのに、と引き留めたが、チャールズは譲らなかった。

「家のことも気になるからね」彼は最後のシャツを鞄《かばん》に滑りこませながら言った。「二、三週間したら、遊びに来てくれと招待状を送るよ」彼は朝食のあと、外で一緒に立っている姉にそう言った。「わたしたちの……わたしの家がどれほど変わったか、きっと驚くぞ。もう行儀の悪いキューピッドはどこにもいない」

今日のようにみじめな灰色の日には、南半球のどこかを漂う艦の後甲板を歩きたくなる。

ふた晩ほど宿に泊まったあと、陸《おか》の旅はもうたくさんだという気になった。三日目、御者は彼を屋敷のまん前で降ろしてくれると言ったのだが、どんなに疲れていても、ソフィがいない家に帰ることを思うと、それを引き延ばしたくなった。そこで彼は〈ドレイク〉亭に立ち寄って、昼食をとっていくことにした。それを食べ終えたら、家に向かうとしよう。客間で誰かが行きつ戻りつしながら、彼の帰りを待っているわけではない。彼には好きなだけ好きな場所で時間をつぶす自由がある。

だが、その自由は明らかに〈ドレイク〉亭の状況に左右されるようだ。彼が料理を注文すると、給仕は一度、それからもう一度戻り、ホテルの経営者がつい一週間前に変わったばかりで、少々ご迷惑をおかけすることになるかもしれない、と告げた。チャールズは肩をすくめ、御者に〈ドレイク〉亭に入ってくるか、もっとましなパブを見つけるように、と告げるために、外の雨のなかに出た。

チャールズはいつものテーブルについた。その左前、サリー・ポールが座っていたテーブルへひとりでに目がさまよう。胸が痛むと思うのは愚かだが、ずきんと痛み、痛みを和らげようと胸をなでながら、もう〈ドレイク〉亭を贔屓《ひいき》にするのはやめようと決心した。

ソフィがいた場所では、男が新聞をがさつかせながら、いらいらと懐中時計を見ている。やがてその男は大きな声で毒づいて、新聞を畳み、それでテーブルをばしっと叩《たた》いて食堂を出ていった。近くの席で紅茶を飲んでいる年配の女性が、小さな悲鳴をあげ、椅子の上でびくっとした。

誰もそのテーブルを片づけに来ないので、チャールズは新聞を回収した。そして、戦艦が停泊しているとか、通常どおり使われているといった、退屈極まりないニュースをくつろいだ姿勢になって読んだ。読み終わって畳んだが、ふと思いだして後ろのページを開いた。ソフィがこの店でじっと読んでいるのを見て、彼女から目が離せなくなったのだ。

求人欄にはめぼしいものはほとんどなかった。その下の法的通知の欄へと目を走らせた。そのうちいくつかは、この店からわずか通り三本しか離れていない、ブルースタイン・アンド・カーターのオフィスが出しているものだった。チャールズは驚いて目を見開き、もう一度読んだ。

土地の所有者が行方不明の親戚を捜している広告自体は、興味深くもなんでもない。この所有者はその親戚に金を貸しているらしい。彼の目を引いたのはその書き方だった。それは去年の夏の楽しいひと時に彼を連れ戻した。ソフィが持ち前の機知を注ぎこみ、彼のささやかな人生の物語をせっせと書き留めていたころに。彼はその広告をもう一度読んだ。間違いなく、これはソフィが書いたものだ。

チャールズが見ているのは広告のいちばん下の一行だった。そこにはD・Bというイニシャルがある。明らかにデイヴィッド・ブルースタインだ。チャールズはためていた息を吐きだしながら、スラッシュのあとの小文字のイニシャルを見た。s・b。彼は自分がどこにいるかも忘れて、立ちあがった。ソフィア・ブライト。これはたんなる想像に違いない。D・B／s・bからの似たような通知をもうひとつ読んだ。それともうひとつ。こちらはs・b／s・bだ。三つの通知の内容は平凡だが、そこに使われている言葉は違う。

「まだわたしの名前を使っていたのか」チャールズは声に出してそう言うと、紅茶を飲んでいる年配の女性に向かってその通知を指さした。「彼女はまだわたしの名前を使っているんだ！」

その女性は彼をにらみつけ、指を鳴らして給仕を呼んだ。チャールズを〈ドレイク〉亭から放りだすためだったに違いないが、そのときには、チャールズはすでに店を飛びだしていた。新聞をつかんだまま、ハイストリートを足早に歩いていく。何人か旧知の将校とすれ違い、声をかけられたが、無視した。それから息を切らして、ブルースタイン・アンド・カーターとある、慎《つつ》ましいドアの前で立ち止まった。

呼吸が正常に戻るまで待ち、ドアを開ける。

そこは、昔からまったく変わらないオフィスだった。実際、ロンドンへ行く前も立ち寄り、ヤコブが引退してからはいつもするように、デイヴィッドと話したのだった。金を引きだしながらデイヴィッドと話した。つい先週のことだ。

濃い色のパネル壁、トルコ絨毯《じゅうたん》、座り心地のよい椅子。事務員が礼儀正しく彼を見て、どんな要請でも満たそうと待っている。

「ブライト提督？　今日はどんなご用でしょうか？」

チャールズは必死に落ち着きを保とうとしながら、その事務員の机の前に立った。そして新聞の通知を見せた。事務員がけげんそうに彼を見あげる。「はい？」

「ソフィ・ブライトはどこだ？」彼は低い声で尋ねた。事務員の後ろのドアを引きはがし、廊下を走って、デイヴィッドの仕切りだけでなく、あらゆる仕切りをのぞきたかった。

事務員は眼鏡を直し、立ちあがった。「ミスター・デイヴィッド・ブルースタインを呼んできます」

「わたしも一緒に行く」

「いいえ、ここでお待ちください。提督！　どうかお待ちください」

わたしは忍耐強い男だ、礼儀正しい男でもある。チャールズは自分にそう言い聞かせ、腰をおろしたが、すぐさま立ちあがった。デイヴィッドがドアを開け、首のスカーフを直しながらオフィスに入ってきた。父親に似て小柄な男だ。

「ミスター・ブルースタイン、わたしの妻はどこだ？」

チャールズは低い声で言った。もしもソフィが聞こえる範囲にいるとすれば、彼女を怖がらせるようなことは決してしたくない。

デイヴィッドは事務員の机の端に座り、なかに入るドアを効果的に隠した。だが、その気になればこの男を横に押しやるのは簡単なことだ。「彼女はここにいますよ。どうやって見つけたんです？」

チャールズはため息をつき、目を閉じた。そして開けたときには、彼の目は涙で濡《ぬ》れていた。デイヴィッドの目も潤む。

「提督、どうやって見つけたんです？」

チャールズは言葉もなく、新聞の通知を指さした。

「よくわかりませんが——」

「ソフィの書いた文章はわたしにはすぐにわかる」彼は頭文字を叩いた。「それに、このs・bはソフィ・ブライトだ。どうか彼女と話をさせてくれないか」

デイヴィッドがうなずいたとき、サミュエルがオフィスに入ってきた。おそらく忙しい時間にわざわざオフィスに足を運んで兄が何をしているのか、好奇心にかられたのだろう。兄弟はイディッシュ語で言葉を交わし、それからサミュエルがなかに戻っていった。

「ミセス・ブライトの意向を訊《き》きに行きました」デイヴィッドは立ちあがりながらそう言った。「彼女がいやだと言えば、このまま帰ってもらいますよ」

「いいとも」

チャールズは忍耐強い。プライドなどとうになくなった。海軍への信頼も粉々に砕けた。彼は待ちながら思った。ソフィが自分と話したくないと言えば、あの家は彼女に与え、南アメリカへ行くとしよう。そうすれば、彼女は二度と困ることはない。彼はすべてを失うことになるが、かまうものか。海軍省の大臣、海軍卿《きょう》が言ったように、世の中とはそういう具合に働くのだ。

ドアが開き、サミュエルの姿が見えると、チャールズはがっかりした。彼の後ろにソフィの姿はない。行き先はモンテビデオにするか？　それともリオデジャネイロか？　どちらでも同じことだ。

「提督、わたしと一緒に来ていただけますか？」

チャールズは驚いて通りに面したドアを振り向いた。デイヴィッドが彼の腕に手を置いた。

「違いますよ、サミュエルと一緒に行ってください」

ソフィは机を前に、背の高いスツールに座っていた。両手を前で組み、青ざめた顔で彼を見ている。サミュエルは片手を振ってほかの事務員を立ち去らせた。チャールズは一歩踏みだすのが怖いような気持ちで、ドア口に立ちつくした。

「ブルースタインの法的通知を読んだんだ。まるで……」彼は息をのみこんだ。「きみが書いたものにとてもよく似ていた」

ソフィは彼をじっと見ている。怖がってはいないが、重々しい表情だ。

「チャールズ……元気なの？　痩せたように見えるわ。エティエンヌはまだあなたの下で働いているんでしょう？　それにスターキーもね。どうか、ミス・タインがまだ――」

「スターキーはとっくにいないよ」彼は少しだけ近づいた。広い窓から差しこむ明るい光のなかで、ソフィはため息が出るほど美しかった。この明るさは書記にとっては申し分のない環境だろう。彼女の顔にはこれまで気づかなかったやさしい輝きがある。「スターキーは、きみが出ていった日に解雇した」

彼女はうなずいた。

「ほかの使用人？　ミス・タインはもういないんだ」

「チャールズ！　それだけがわたしの願いだったのに。あなたが彼らをちゃんと――」

「落ち着いてくれないか、ソフィ！　彼女はエティエンヌと結婚したんだよ。ミス・タインではなくなったんだ」

ソフィは嬉《うれ》しそうに笑った。「意地悪な人！」

チャールズはまたしても込みあげてきたものをのみこみ、目をそらした。

「若いメイドたちはみな元気だ。エティエンヌとアメリアが二、三週間出かけられるように、ヴィヴィアンはコックの修業をしているよ」彼はためらい、それからありったけの希望をこのひと言にこめた。「きみはまだ外壁の色を決めていなかったぞ」

「淡い空色がいいわ」彼女はスツールからおりて、机の角をまわってきた。「レモンの木によく合うでしょうから」

チャールズはやさしいカーブを描く彼女のおなかを見つめた。それからひざまずいて、彼女を抱きしめた。ソフィはおなかに顔をうずめる彼の頭に片手を置いて抱きしめ、自分もひざまずいて引き寄せた。「こんなに痩せて。まさか病気じゃないでしょうね！」

彼はただ黙って首を振り、ソフィを抱きしめることしかできなかった。押されたのがいやだったのか、おなかの赤ん坊が動いた。

「父親になる日がくるとは夢にも思っていなかったよ」彼はそれからしばらくして、ソフィの唇が離れると言った。「そんな途方もないことは、考えることも……」

「だったら、考え直すのね、チャーリー」ソフィは背中に手を置き、彼に寄りかかって立ちあがった。「ヤコブ・ブルースタインにお悔やみを言いに行った日の朝に授かったのだと思うわ」彼女はチャールズの手を引っぱった。彼は立ちあがり、再び妻を抱き寄せた。ふたりの赤ん坊がまたしてもおなかを蹴って抗議する。ソフィが低い声で笑った。「それとも、その二日前の朝だったかしら？　あるいは……」

「ふたりとも便宜上の結婚がへただったようだな、マイ・ダーリン？」

ソフィはドアまで彼を引っぱり、ドアを開けた。廊下には、事務員たちとブルースタイン兄弟が期待をこめて待っていた。「みなさん、あなた方のお仕事を中断させる気はなかったのよ」

デイヴィッドが自分のオフィスを示した。「あそこで話すといい」彼は言った。「サムとわたしは〈ドレイク〉亭にでも行って紅茶を飲んでこよう」

「あそこのサービスは最悪だぞ」ソフィがデイヴィッドのオフィスのドアを閉め、再びチャールズを抱きしめる前に、彼は警告した。「永遠に待つことになる」

チャールズは座り、ソフィを膝にのせた。「きみはあの朝、ブルースタイン邸に行ったんだね」

ソフィはうなずいて、彼の胸にもたれた。チャールズの手はまるで磁石に吸い寄せられるように、丸みをおびたおなかにはりつく。「ほかにどこへ行けばいいかわからなかったの。ミスター・ブルースタインはいつでも頼ってくれと言ってくれたわ。それに引っきりなしに馬車が出入りしていたから、目立たずにどこかへ行くことができた」

「すまなかった」彼は実際の苦悶《くもん》をかすかに感じさせる声で謝った。

ソフィは顔をうずめ、くぐもった声で言った。「長いこと、あなたはわたしを傷つけた新たな人間にすぎなかったわ」

「わかっているよ。どうしてその気持ちが変わったんだい?」

ソフィは少し考え、小さなため息をもらした。チャールズは自分がどれほどそれを恋しく思っていたか気づいた。「赤ん坊よ。あのあとでは、わたしの産む赤ん坊にあなたがどういう気持ちを持つかわからなかったけど――」

「そんなことを言わないでくれ。わたしは癇癪《かんしやく》を起こし、きみにひどいことをした」

彼はソフィを抱きしめ、腕のなかで身じろぎするまで放さなかった。「この赤ん坊を守るためなら、わたしはなんでもするわ。それがいつ起こったのかわからないけれど、ある朝、目を覚まして気づいたの。二度とあなたに会わないとしたら、わたしの命は生きるだけの価値はない、とね」ソフィは彼の上着の裾をもてあそびながら言った。「でも、あなたがどう感じるかはわからなかった。だから……」

「きみは説得力のある手紙を残した。わたしは地下にあるワインを一本残らず飲み終え、ドーラが来て――」

「ドーラ？　彼女が何をしたの？」

彼はシニョンから外れた巻き毛を指に巻きつけた。「ソフィ、きみもドーラみたいに大げさに話しているぞ。ドーラはわたしを階上《うえ》に運ばせ、すっかり酒っ気を抜いてくれたんだ。わたしは海軍省へ行き、遠まわしによけいなことはするなと言われた。アンドリューの裁判に関する記録はすっかり消えてしまったんだよ。信じられるかい？　煙のように、消えてなくなったんだ」

「これで真実はわからないわね」

「いや」彼は妻を抱きしめながら、エドバラ卿から引きだした告白に近い言葉を話して聞かせた。「だが、訴えでても、法廷でそれを立証することは決してできない、とも言われたよ。認めたくないが、彼の言うとおりだ。エドマンド・スパーリングは死んだよ。それが少しでも慰めになれば、だが」彼はため息をついた。「自信たっぷりで愚かだった数カ月前のわたしなら、スパーリングが天の法廷で正当な裁きをくだされることを願っていただろう」

「でも、いまは違う？」

「ああ、違う。若いころは正義を求めたが、いまは慈悲が欲しい」

彼はひとりで屋敷に戻ったが、その顔には打って変わって明るい笑みが浮かんでいた。デイヴィッドとサミュエルは、彼が愛する妻をそのまま連れて帰ろうとすると、ひどくうろたえ、四半期の終わりが近づいていることを、チャールズに思いださせた。だからチャールズの身重の美しい妻がもう一週間だけはどうしても必要なのだ、と。「彼女はわれわれにとって、なくてはならない存在になっているんです」デイヴィッドはそう言った。

　これはチャールズにも理解できた。そうとも、結婚に同意してくれたときから、サラ・ソフィア・ポール・ブライトは独特の魔法を彼にかけた。もしも彼が見つけなかったら、どうするつもりだったのか？　そう訊いてみたい気もしたが、もうどうでもいいことだ、と思い直した。そのうちいつか、ソフィのほうから話してくれるだろう。

　わが家に帰り着き、客間のいつもの椅子に腰をおろした。読書室にはいやな思い出が多すぎる。彼はソフィがリヴカのために買ったソネット集を取りだし、二十九番のページを開いた。五カ月のあいだ、彼は不遇や無益な叫び、訊く耳持たぬ天を悩ませると書かれたこの詩の最初の数行から先に、どうしても進めなかったのだ。だが、今夜はその先に読み進む。顔をほころばせながら、小声で読んだ。「〝きみのことを思うとわたしの心は弾み……きみの甘美な愛を思いだすと心が豊かになる〟」愛する妻は、妻と赤ん坊はまだプリマスにいるが、チャールズはこれまでにない満足をおぼえた。

　それから間もなくブライト邸の正面に馬車が停《と》まった。彼は本のそのページに指を置き、窓の外を見た。「これは驚いた。ソフィ、きみはずいぶん衝動的だな。いつか子どもたちにはこう言うとしよう。きみが待ちきれなくて、わたしに求婚した、と」

チャールズはドアを開け、御者が彼女の柔らかい体を降ろすのを見守った。これからはあれは彼の仕事になる。喜び勇んでする仕事に。だが、いまは少し離れたところにたたずんで見守るだけで満足だ。これからは、このわずかな距離以上にふたりは離れることはありえない。

御者は彼女の慎ましい鞄を降ろして御者台に戻り、帽子の縁を傾けてふたりに別れを告げた。ソフィはそこに立ち、片手をおなかに添えて彼を見ていた。彼女はおなかの子どもとよく知り合っているようだ。彼はこれから遅れを取り戻さねばならない。チャールズは階段をおりると、妻の鞄を取りあげ、それから妻を腕に抱いた。

彼女はしばしたたずんで、家を見ていた。「ええ、淡い空色がいいわ。レモンの木はいつ植えるの？　いますぐ食べたいの」

チャールズは笑って妻の頬にキスした。「デイヴィッド・ブルースタインのところにとどまって、彼らを手伝うんじゃなかったのかい？」

ソフィは注意深く彼の左腕をつかむと、鉤《かぎ》が当たらないようにしながら肩にかけた。

「あなたが帰ったとたんにめそめそ泣くものだから、首になったの」

チャールズは大声で笑い、妻を抱きしめた。

訳者あとがき

本書『拾われた1ペニーの花嫁』は、ロマンス小説のアカデミー賞ともいうべきRITA賞ほか、これまで数々の賞に輝き、幅広いジャンルで活躍する、カーラ・ケリーの作品です。

文字どおり一文無し、頼る相手も職もなく、途方に暮れているヒロインのサリー（ソフィ）。そして姉たちのお節介から自分の人生を守るために、急遽《きゆうきよ》、妻をめとることに決めたものの、約束どおり花嫁が現れず、苛立《いらだ》つブライト提督。そんな彼が食堂にぽつんと座っているサリーに目を留めたことから、物語ははじまります。

海軍に勤務していた夫のアンドリューが無実の罪を着せられ、絶望してみずから命を断ったあと、サリーはひとり息子を病で失い、絶望のどん底に落とされながらもけなげに生きてきました。ところが、ようやく見つけた雇い主である老婦人が、彼女が到着する一日前に亡くなってしまい、一文無しで知らない町に放りだされるはめに。〝紅茶を飲みながら考えれば、解決できない問題はめったにない〟夫の口癖だったこの言葉を思いだし、サリーは最後の硬貨で紅茶を飲みながら新聞の求人欄を探しますが、平和がもたらした不景気のせいで求人はほとんどありません。

　同じ食堂で昼食をとろうとしていたチャールズ・ブライト提督は、サリーの様子に目を引かれます。海軍を退役したばかりで、さあこれから好きなように生きようというときに、小さいころから母親代わりだったふたりの姉が花嫁探しに奔走し、次から次へと適齢期の美しい令嬢たちを彼の前に連れてきます。でも、お天気の話しかできない女を妻にするのはごめん。

　姉たちのしつこさに閉口した提督は、とりあえず誰かと結婚してしまおうと思いつき、ひそかに鼠《ねずみ》嬢とあだ名をつけたさえない女性、部下の妹と結婚する段取りをつけました。彼はその鼠嬢を待っているところでしたが、彼女はかなり遅れていて現れません。提督はサリーに関心を持ち、ささやかな嘘《うそ》をついて、彼女に昼食をごちそうします。機知に富んだ会話でますます彼女の魅力度はアップ。サリーの窮状を知った彼は、よかったら便宜上の結婚をしないかと持ちかけます。そうすれば、きみは衣食住に困ることはないし、自分は姉たちのお節介から解放されるし、決して夫婦の営みを強要することはない、と。

　著者カーラ・ケリーはこれまで多くの作品をものにしてきた大ベテラン。ここ何年かはナポレオン戦争時代のロマンス小説に力を注いでいます。父親が海軍に勤務していた影響で海が大好きな彼女にとって、この時代の英国艦隊はたいへん魅力のある素材なのです。

作中、ヒーローがヒロインを呼ぶときの呼称に、彼の愛が深まる様子がよく表れています。最初は自分をサリーと呼んでいたヒロインが、ヒーローの呼び方に合わせてソフィアへ、その後ソフィへと変わっていく過程に、しだいに夫に心を許し、彼を愛するようになる心の変化がよく描かれています。

海の絶景が気に入って、まるで娼館のような館を買った元提督、誤解を恐れて夫に言えない秘密を抱えた愛すべきヒロイン、善意とやさしさにあふれたこのふたりの恋のお話を、どうぞお楽しみください。

二〇一四年一月　　　　　　　　　　佐野　晶

＊本書は、2014年1月にMIRA文庫より刊行された
『拾われた1ペニーの花嫁』の新装版です。

mira

拾《ひろ》われた1ペニーの花嫁《はなよめ》

2023年4月15日発行　第1刷

著　者　カーラ・ケリー

訳　者　佐野《さの》 晶《あきら》

発行人　鈴木幸辰

発行所　株式会社ハーパーコリンズ・ジャパン
東京都千代田区大手町1-5-1
03-6269-2883（営業）
0570-008091（読者サービス係）

印刷・製本　中央精版印刷株式会社

定価はカバーに表示してあります。

ISBN978-4-596-77061-5

mirabooks

灰かぶりの令嬢
カーラ・ケリー
佐野　晶 訳
潰れかけの宿屋を営む祖母と暮らすエレノアは、ひもじさに耐えていた。髪も切って売り払ったとき、厳めしい顔つきの艦長オリヴァーが宿泊にやってきて…。

籠のなかの天使
カーラ・ケリー
佐野　晶 訳
父に捨てられ、老貴族に売られ、短い結婚生活の末に未亡人となったローラ。幸せと縁遠かったローラの人生は、港町に住む軍医との出会いで変わっていき…。

遥かな地の約束
カーラ・ケリー
佐野　晶 訳
貴族の非嫡出子という生まれと地味な風貌で、自分に自信が持てないポリー。偶然出会った年上のエリート将校が、眼鏡の奥に可憐な素顔を見出して…。

子爵と忘れな草の恋人
ローラ・リー・ガーク
清水由貴子 訳
6年前、子爵との身分違いの恋から身を引いたローラ。運命のいたずらにより再会した彼は、かつての愛情など欠片もない瞳に、冷たい憎しみを浮かべ…。

伯爵と窓際のデビュタント
ロレイン・ヒース
さとう史緒 訳
家族の願いを叶えるため、英国貴族と結婚しなければならないファンシー。ある日出会った謎の紳士は、爵位目的の結婚に手酷く傷つけられた隠遁伯爵で…。

初恋のラビリンス
キャンディス・キャンプ
細郷妙子 訳
使用人の青年キャメロンと恋に落ちた令嬢アンジェラ。だが周囲は身分違いの関係を許さず、二人は別れさせられた。13年後、富豪となったキャメロンが伯爵家に現れて…。